傑作長編時代小説

殿さま浪人 幸四郎
刺客の夏

聖 龍人

コスミック・時代文庫

本書は小社より刊行された「殿さま浪人 幸四郎 雪うさぎ」「殿さま浪人 幸四郎 まぼろしの女」を再編成、および書下ろし一編を加え、加筆訂正して刊行したものです。

目次

第一話　恨み晴らします

一

文政《ぶんせい》十一年、霜月《しもつき》上旬の江戸はなぜか春のように暖かい日が数日続き、お調子者の江戸っ子のなかには、わざとふんどし一丁になって、昼から酒を飲み、

「この暑さは異常だぁ。破滅《はめつ》の印《しるし》だぁあ。そろそろ江戸は終わるぞ。いまのうちに楽しめよ。そりゃぁ」

などと騒ぎたてながら、浅草広小路《あさくさひろこうじ》を走りまわるような輩《やから》が現れていた。

ひとりがはじめると、それを真似る連中が集まってくる。

とうとう十人近い集団となり、自分たちを『江戸終わり教』などと称《しょう》して大騒ぎを続け、あちこちの飯屋や居酒屋で暴《あば》れまわっては金も払わず、女にちょっかいを出し、客と喧嘩《けんか》をするような集団と成り果てた。

最初は、興味だけで笑いながら見ていた江戸っ子たちも、そうなると眉《まゆ》をひそめて、町方になんとかしてくれと訴えてくる。

浅草界隈《かいわい》を縄張りとする目明かしの貫太郎《かんたろう》のもとにも、店を荒らされたり、困らされた者たちが集まり、窮状《きゆうじよう》を口々にとなえだした。

貫太郎は、いまや縄張りの浅草界隈だけではなく、江戸中で評判の親分だ。不思議な事件をばったばったと解決に導いて、奉行所からも頼りにされるほど。

もっとも、それには裏があるのだが、町民もそこまでは知らない。

あの親分なら、江戸終わり教の馬鹿騒ぎをなんとかしてくれるのではないかと、見まわり中の貫太郎を見つけては、寄り集まって、不平を訴《うつた》える。

本人としても、馬鹿騒ぎの連中をなんとかしたいとは思っているのだが、ひとりではなかなか太刀《たち》打《う》ちできずに、困っているのだった。

——こんなときは殿さまに相談するのがいちばんだが……。

へちまのような顎《あご》をさすりながら、貫太郎はすぐに、だめだ、とつぶやいた。

殿さまとは、みずからを幸四郎《こうしろう》と名乗る謎の浪人《ろうにん》である。名字は聞いたことがない。聞いたら聞いたで、

「姓《せい》は幸、名は四郎……」

などと、すっとぼけた答えが返ってくる。

横川《よこかわ》の法恩寺《ほうおんじ》橋のそばにある船宿、春屋《はるや》の二階に居候《いそうろう》しているのだが、貫太郎が思うに、どこぞの御大身《ごたいしん》の次男坊かなにかだろう。

風貌《ふうぼう》や姿形は、のんびり、ふんわり、とりとめもなく、ぼんやりしたたたずまいはなにを考えているのかまるで見当もつかない。

だが、この殿さま幸四郎、いざ事件となれば、考えもつかぬような突飛《とっぴ》な策を練って悪党を退治《たいじ》するのだ。

じつは貫太郎、この殿さま幸四郎と因縁《いんねん》浅からず。

なにしろ、春屋を紹介したのは貫太郎自身である。したがって、おかしな事件が起きたときには、すわこそ、と相談に出向くのが最近の流れなのだ。

しかし、今回の騒動にかぎっては、

「こんなくだらねぇ事件を相談しても、無視されるのがオチだぜ……」

そう胸のうちでつぶやきながらも、はたと手を打った。

「そうだ、近頃、意味のわからねぇ辻斬《つじぎ》りまがいの殺しが頻発《ひんぱつ》している。その話をもちこんで……」

ついでに、江戸終わり教の騒ぎを鎮《しず》める策をもらおう、とほくそ笑んだのではあったのだが……。

「ん。殺しの集団が裸で騒いでおるとな」

横川沿い、法恩寺橋の袂《たもと》にある春屋の二階座敷。

いつものごとく、幸四郎は脇息《きょうそく》に肘《ひじ》をついて、ぼんやり顔を浮かべている。

「違いまさぁ。殺しは殺し。騒いでいる連中はまた別でして……」

貫太郎が答えると、幸四郎は、あはぁ、と意味不明な言葉で返した。

秋を意識しているのか、紫紺《しこん》に紅葉《もみじ》の小紋《こもん》が散らばった羽織《はおり》姿。

地味な感じは受けるが、雰囲気は、やはりどこぞの殿さまである。ただし、相も変わらず、顔はぼんやりとして、とりとめのないのっぺり面《づら》。

こんな表情をしていても、頭はちゃんと働いてるみてぇだから不思議だ、と貫太郎は笑いをこらえながら、

「ですから、その……殺しの件ですが、ただの辻斬りとも思えねぇから困っていますんで」

「ならば待ち伏せでもすればよろしい」

「そんなあっさりと。それができたら悩《なや》みませんや。だいいち、どこで殺しが発

生するか予測はつきやせんよ」
ふぅん、と幸四郎からは、まるでやる気が感じられない。
どうしたら、その気にさせることができるかと考え、横に侍《はべ》る顔から身体から
すべて四角い、もうひとりの男に目を移した。
名を浜吉《はまきち》といい、奔放《ほんぽう》な幸四郎の付き人として陰《かげ》になり日向《ひなた》になり、幸四郎を
助ける役目を担《にな》っている。
町民の格好はしているが、じつは侍だろう、と貫太郎は睨《にら》んでいた。なにしろ、
言葉から態度から、まるで家臣のそれである。
この貫太郎の推理は、間違ってはいないが、正確ともいえない。
じつのところ、この殿さま幸四郎はある藩の領主、つまりは大名《だいみょう》なのだ。
参勤交代で江戸に出てくると、数日に一回は千代田《ちよだ》のお城に登城して、菊の間
にあがることになる。だが、決まった役についているわけでもなく、ただ同じ部
屋に集まるよその藩主たちと、無駄話をするだけ。
そんな生活に飽《あ》きたらず、幸四郎は江戸の市井《しせい》に出てみたいと願った。
そこで、双子《ふたご》の弟、新二郎《しんじろう》を自分の身代わりに立てて、江戸暮らしを楽しんで
いるのだ。

浜吉は、この秘密を知る家老の朝倉十右衛門《あさくらじゅうえもん》に、殿さまの目付役を命じられた藩の家臣である。本名は浜田吉乃丞《はまだよしのじょう》といい、幸四郎とは乳飲み兄弟であり、竹馬《ちくば》の友でもあった。

最初は、市井のなかで暮らすのを潔《いさぎよ》しとしなかった浜吉であったが、法恩寺橋を渡ったところにある百姓屋でひとり暮らしをしながら、いまや幸四郎とともに、おおいに市井暮らしを楽しんでいた。

そして貫太郎の見たところ……。

――近頃は、おりんとの関係が怪しい。

おりんとは、これまた貫太郎とは因縁《いんねん》浅からぬ仲。とんびのおりんと二つ名を持つ女掏摸《すり》である。

六助《ろくすけ》という子分がいて、このふたりもある事件解決をきっかけに、殿さまに心酔《しんすい》しきって、以来、悪党退治《たいじ》にひと役もふた役もかっているのだ。

さらに、幸四郎のまわりには、ときどき顔を見せる千佳《ちか》という娘がいた。

どこぞのご大身の姫で、幸四郎の許婚《いいなずけ》らしいが、貫太郎もくわしいことはわからない。ただ、この千佳という娘がまたじゃじゃ馬で、ときどきやりこめられている幸四郎を見ると、とても小気味いい。

殿さまを中心に集まる連中の顔を思いだしながら、貫太郎は浜吉を見つめる。

だが、浜吉も幸四郎と同じく、興味を持つには至っていないらしい。

こんなとき、千佳さんがいてくれたら、と嘆息《たんそく》する。こういう話は千佳のほうが喜《よろこ》ぶのだが、今日は姿が見えない。

「へち貫の親分……ならば、教えてやろう」

「なんです」

へちまの貫太郎、縮《ちぢ》めて、へち貫である。最初、そんな呼び方をされたときは、さすがにむっとしたが、いまではもう慣れっこになってしまった。

「その馬鹿騒ぎを起こしている連中の押さえ方だ」

「え。あぁ、終わり教の連中のことですか。それはありがたい……」

「親分も、一緒に騒げばいい」

「はぁ」

「だからのぉ。親分が一緒に裸になって、大騒ぎをするのだ。さすれば、みなもやめるのではないか。まさか町方まで一緒になってはしゃぐとは誰も思わぬ」

「そ、そんな……あっしが、裸になって奴らと一緒に」

そばで浜吉が、それはいい、と大喜びをする。

貫太郎は、冗談じゃねぇや、とつぶやくと、もういいです、とため息をついた。

幸四郎は大真面目に、そうかなぁ、いいと思うのだがなぁ、と屈託《くったく》ない。

聞いた相手が悪かったと思いながら、

「裸の件は考えておきますがね。それはそれとして、辻斬りまがいの殺しですが……そっちの知恵はありませんかねぇ」

しかし、幸四郎はそっぽを向いて、冬が近いというのに、暑いのぉ、などとつぶやいている。

「そういえば、親分……」

浜吉が膝《ひざ》をにじり寄せて、

「江戸には昔から、金を払えば恨みを晴らしてくれるという組織があるらしいではないか。最近よくその噂《うわさ》を聞く。それとのかかわりはないのか」

「……はは ぁ……なるほど。それなら殺された被害者に関連がなくてもおかしくはねぇ」

それだ、と幸四郎がいきなり叫んだ。

「親分。それだ、それだよ。それに間違いあるまい」

本気で答えているのかどうなのか、見当もつかない。

「殿さま、なんです、いきなり」

「だから、それだろう。恨みを晴らしてやる、という殺し屋が本当にいるのかどうかわからぬが、いたとしたらそいつらがやったに違いない」

「は、はぁ……」

身体を揺するほど喜んでいる幸四郎を見て、貫太郎はため息をつくだけだ。

「えぇ、よくわかりやした。まぁ、そんな輩がいる噂はありますからね。なんとか聞きだしてみますよ」

「気をつけたほうがいいぞ」

「どういうことです」

「親分が命を狙《ねら》われる、ということもあるからの」

「あっしが」

「岡っ引きほど嫌われる商売はねぇ、と親分が自分でよくいってるではないか」

「ああ、はぁ、そうですが……」

自分がそんな連中に狙われるなど、夢にも思ったことはない。

しかし、たしかに考えてみると、まったくないともいえぬ話だ。

嫌な顔をした貫太郎が、縁起《えんぎ》でもねぇことをいわねぇでくだせぇ、と苦虫《にがむし》を嚙《か》みつぶした。

「まぁ、油断はせぬほうがいいぞ、親分」

浜吉が、本気で心配顔をする。

「ちっ、それほどあっしは嫌われている、ということですかい」

舌打ちをしながら、貫太郎は、今日はこれで、と立ちあがった。

二

「貫太郎親分はご在宅かな」

朝の見まわりに出るつもりで貫太郎が用意をしていると、聞き覚えのない声が聞こえた。外に出てみると、黒羽二重《くろはぶたえ》に巻き羽織《ばおり》姿の同心が、朱房《しゆぶさ》の十手《じつて》をひらひらさせながら立っていた。

四十がらみの、ぼんやりとした目つきで風采《ふうさい》のあがらぬ容貌《ようぼう》。一応、髷《まげ》は銀杏《いちよう》に結ってはいるが、粋《いき》な雰囲気はまるでない。

「へぇ、あっしが貫太郎ですが」

腰を屈《かが》めて返事をすると、同心は丁寧《ていねい》に、

「よろしく頼む」

と、頭をさげた。

意味がわからず、貫太郎は、はぁ、と聞き返す。

「今日から儂《わし》は、貫太郎親分と一緒に見まわりに出ることになったのだ」

そんな話は聞いていない。

貫太郎が手札《てふだ》をもらっているのは、同心の杉枝敏昌《すぎえだとしまさ》さまだ。

「不審に思うのも無理はない。じつはな……」

山岡周次郎《やまおかしゅうじろう》と名乗ったその同心の話を聞いて、貫太郎は仰天《ぎょうてん》する。

「殺し屋の探索ですって」

「近頃、噂になっているその……恨み晴らし人とかいう殺し屋を探索せよ、というのが上司からの命なのだ」

「あっしと、ですかい」

「なんでも親分は、かなりの腕っこきと聞き及ぶ。よろしく頼む」

「……ですが、どうして山岡さまとあっしが組むことになったんです」

「知らぬ。おそらくは……」

「おそらくは」

「儂と親分が手を組めば、きっとうまくいくと、上司は踏んだのであろうな」

貫太郎は、目の前に立つ山岡のぼんやりとした顔を見つめる。

幸四郎とはまた別種の、のほほん面である。

さらに、めやにがくっついていて、鼻毛も伸び放題。定町廻《じょうまちまわ》り同心といえば、粋な職業のひとつとして、町娘たちからも一目《いちもく》おかれる人気者だ。

だが、いま目の前にいる山岡周次郎なる同心からは、そんな雰囲気はまるで感じられない。

貫太郎があまりにじろじろ見つめるので、なにかを感じたのか、

「あ、いや、不審な点は認める。だが、本当に奉行所からの達しなのだ。勘弁《かんべん》してくれ」

頭をさげてしまった。

「そ、そんなことはしねぇでくださいよ」

いくらなんでも、相手は同心である。岡っ引きの貫太郎が文句をいう筋合いではない。奉行所からのお達しならば、それでしょうがない。

「こちらこそよろしくお願ぇします」

と、腰を曲げたが、胸のうちでは嵐《あらし》が吹きまくっていた。

なんの因果《いんが》か、恨み晴らし人と陰で呼ばれる殺し屋を、山岡周次郎という同心と探索することになった貫太郎。

数日、一緒に行動してみたのだが、この山岡という同心、自分では、腕っこきだから組むことになった、というが、そんな話は大嘘《おおうそ》である。

目明かし仲間に聞きこむと、あぁ、あのへま岡さんか、と辛辣《しんらつ》な言葉が返ってきた。

ろくに仕事もせず、いつもへまばかり起こしているから、へま岡と陰口を叩《たた》かれているらしい。

ある日など、山岡の自宅に見まわりの迎えにいくと、朝から夫婦喧嘩の声が聞こえる。

よく聞いていると、喧嘩というよりは、一方的に周次郎が叱責《しっせき》されていた。それも、

「なんです。着物をなくしたとは。近頃は古着も高いんですからね。また、お足《あし》がいるではありませんか。あなたがお手柄を立てないから、いつまで経っても、ご褒美《ほうび》がもらえないのです」

いわれっぱなしの周次郎は、へい、はぁ、いや、それは……などと、腰砕けな答えばかりを返している。

周次郎は十年前に山岡家に養子として入り、義父の跡を継いで同心になったらしい。そのためか、探索も得手《えて》ではなく、奉行所でも浮いた存在だ、というのである。

山岡には、頭が禿《は》げているせいか、年齢のはっきりせぬ照吉《てるきち》という小者《こもの》がいた。この男がまたとんでもない鈍《どん》で、動きは鈍《にぶ》い、勘も鈍い。まわりからは、似た者主従《しゅじゅう》と笑われている、というのであった。

そんな話を聞くにつけ、貫太郎はため息が出る。

たしかに、見まわりをしていても、やる気は感じられない。

照吉は、貫太郎のそんな気持ちを察しているのか、腰を曲げながら、身体を小さくして、

「すみませんねぇ……真面目にやって、悪党たちを捕まえましょう」

などと、声をかけてくるが、行動と言動は正反対である。

――こんな連中と一緒じゃぁ、手柄など夢のまた夢だぜ……。

今日も貫太郎は、山岡と一緒に夜まわりに出た。

戌《いぬ》の刻も過ぎて、木戸は閉まっている。こんな刻限に歩きまわるのは、犬か、あるいは盗賊。または、産気づいた妊婦というのが相場だが、酒を飲みすぎて遅くなった酔っぱらいなども歩いている。

今日は新月のせいか、月明かりも薄く、武家屋敷の白壁がぼんやりと幽霊のように浮かびあがっているだけだ。

そんな寂《さび》しい初冬の夜。

なぜ、こんな頼りにならない山岡や照吉と、見まわりなどするはめになったのか……。貫太郎はいまさらながらに、山岡の上司という与力《よりき》が恨めしかった。

さすがにこの刻限になると、大川《おおかわ》から流れてくる川風は冷たい。

浅草御蔵周辺を歩いていると、間口三間程度の店があった。大戸は閉まっているのに、なにか音が聞こえる。

不審に思って貫太郎が山岡に伝えるが、ぽかんとして動かない。

しかたなく店のそばに寄ると、くぐり戸が開いて、黒い手ぬぐいを盗人かぶりにした男が姿を現した。じっと見ていると、ひとりだけらしく、なにかを抱《かか》えている。見るからに盗賊である。

「山岡さん……」

声をかけたが、山岡は、はぁ、という顔つきをしているだけで、目の前で起きていることがなんであるか判断できない様子だ。

――しょうがねぇ。

ひとりごちた貫太郎は、十手《じって》をかざして音のそばに走り寄る。

山岡はおろおろしているだけで、役に立たない。照吉は、もとより喧嘩は苦手だとその場から離れてしまい、姿を消してしまった。

――なんてぇ町方なんでぇ。

心で叫んだが、ふたりは加勢してくれそうもない。

「神妙にしやがれ」

賊の前に立ちはだかる。

賊は、暗闇《くらやみ》からいきなり飛びだした貫太郎に驚いた様子だったが、持っていたものを投げつけ、逃げようとする。

道の角に設置されている辻行灯《つじあんどん》が、かろうじて賊の動きを映していた。

ひとりになってしまった貫太郎だが、目の前にいる盗賊をそのまま見逃《みのが》すわけにはいかない。

思いきって、組みかかった。

敵はもっと抵抗するかと思ったが、それほどでもない。

数回、くんずほぐれつの戦いを経ただけで、賊は動きを止めた。

そこにおずおずと、山岡が顔を出し、

「縄を打て」

と指示をする。

捕り物は苦手なのか、見ていただけなのに、はぁはぁと息を荒くしている。その姿を見て、貫太郎はまたもやため息をつくしかなかった。

そのとき、呼び子が鳴った。

貫太郎が吹いたわけでもなければ、山岡でもない。照吉でもないだろう。なにが起きたのかと周囲を見まわすと、顔見知りの太った御用聞きが飛んできて、

「誰か不審な野郎を見なかったか」

「この小盗人のことですかい」

貫太郎は、いま捕縛《ほばく》して解決した事件がもう伝わったのかと驚く。

だが、その岡っ引きは、捕まえた盗賊を見て、

「違う……逃げたのは侍だ……」

「なにがあったんで」

「殺しだ」

そう叫んで、太った御用聞きは走り去っていった。

その後ろ姿を見ながら、山岡と貫太郎は、ぼぉっと突っ立っていた。

三

わはは、と哄笑《こうしょう》が座敷に響いた。

「犬が歩いて棒にあたったが、骨を折っただけ、というわけか」

貫太郎の愚痴《ぐち》を聞いて、幸四郎が大口を開けて笑っているのだ。

そばにはいつものように、浜吉が四角く座っている。

「冗談じゃありませんや。どうしてあんなまぬけな同心を押っつけられたのか、さっぱりわからねぇ。まるで、恨み晴らし人を捕縛しなくてもいい、と奉行所は考えているみてぇです」

「……ほう。親分はおもしろいことをいう」

ちっともおもしろくなんかねぇ、と貫太郎は毒《どく》づいた。

「結局、あの夜の手柄は、山岡に持っていかれてしまったんですぜ」

「わはは、それはしかたあるまい。それより、問題は近くで起きたという殺しであろう」

真面目な顔つきになると、貫太郎は、

「金貸しが殺されていたんですよ」

「ほう……」

「浅草広小路にある金貸しの主人、新右衛門《しんえもん》て野郎なんですがね。例によって、いままで殺された被害者とはまるで繋がりが見つかりません」

「また、例の殺し屋の仕業《しわざ》とでも考えておるのかな」

「まぁ、そんなところで……」

貫太郎は、唇を噛み締める。

「ということは、その新右衛門も誰かから恨みをかっておる、ということになるわけだが」

「そこまではまだ調べてませんが、当たらずとも遠からずでしょう。金貸しなんてぇ野郎が、いい人間なわけがねぇ」

吐き捨てる貫太郎に、そう決めつけると全体が見えなくなるぞ、と浜吉がたしなめた。

長い顎を撫でながら、貫太郎は、あぁ、と横柄《おうへい》な返事をする。真剣に考えもしてくれないのに、よけいなお世話だ、とでもいいたそうな顔。

だが、浜吉の言葉にも一理あると思い直したのか、

「たしかに……危なくなったら頼みますよ、浜ちゃん」

貫太郎がにやりとした。

浜ちゃん、とは幸四郎がときどきからかい半分に声をかけるときの呼び名である。浜吉は、四角い顔をさらに四角くして、じろりと貫太郎を睨んだが、別に文句もいわなかった。

「良い人間は死なぬから心配するな」

真面目くさって幸四郎が口をはさみ、貫太郎は驚いて視線を送る。

「なに、気にするな、ということだ。それより、いつまでもこんなところで油を売っていていいのか」

幸四郎の言葉で、貫太郎はしぶしぶ春屋から出ていった。

「へちま顔の貫太郎がいなくなると、この座敷も広く見えるな」

幸四郎が笑った。

「……しかし、さきほどの話ですが……」

「殺し屋の話なら、少し考えがある」

「やはり……それで貫太郎を帰したのですね」

「そうだ。浜吉……少し調べてほしい。それと、おりんさんたちにも手伝ってもらうことがある」

「合点でさぁ……」

四角四面な浜吉も、近頃はときどきこんな戯言《ざれごと》をいうようになった。幸四郎は苦笑しながら、

「ただし、へち貫には内緒にしておけ」

と、命じる。

なぜです、とは浜吉も聞かない。聞いても、どうせ返ってくる言葉は、そんなこともわからぬか、であろう。あるいは、そのうちわかる……。

いずれにしても、まともに答えてくれはしない。

「さっそく、おりんたちを呼びますか」

心なしか、浜吉の表情がゆるむ。

「……ふむ、まぁ、そのうち来るであろう。それからでもよい」

「さいですか」

がっかりした目つきで、幸四郎を見た。

「……なんだ、その不服そうな目は」

「なんでもありません」

さらに四角くばった肩は、あきらかに不満を表している。幸四郎は、ならばよろしい、とわざと浜吉を無視して、窓際に立った。

横川の土手に生えている木々の葉は、すでに赤や黄色から茶色となって川沿いに舞い落ち、ときどきくるくると迷った蛇《へび》のごとく風に舞っている。

真冬の到来が間近なのだろう。ここ数日は、異常な天候から逃《のが》れて、ようやく風の冷たさが肌《はだ》を切るようになった。

だが噂によれば、鳥肌をさらしながらも、江戸終わり教の連中は、いまだ町中で騒ぎを続けているらしい。

「そういえば、貫太郎親分は、裸になったのだろうか」

「そんなことはしないでしょう。顎が風邪《かぜ》を引きます」

幸四郎は苦笑しながら、唐突《とうとつ》に話題を変えた。

「ならば、浜吉……おりんさんとはどうなっておるのだ」

以前、浜吉は、流行《はや》り風邪を患《わずら》ったことがある。そのとき、必死に看病をしてくれたのはおりんであった。そのころから、どうもふたりの様子におかしな雰囲気が流れるようになっている。

「……はぁ。話の繋がりが見えませぬが」

しれっとした返答に、幸四郎はつまらぬことを聞いてしまった、と後悔しながら、窓を閉めると、

「まぁ、よい。ふたりの仲がどうなろうと、知ったことではないが、今後、おりんさんをあまり危険な目には遭《あ》わせられぬな」

「はい」

あっさりとうなずいた浜吉は、ごほん、と空咳《からせき》をする。

犬が骨を折っただけだと。

夕刻の浅草広小路を歩く貫太郎は、いまさらながら幸四郎の皮肉《ひにく》にむかっ腹を立てている。

本当のことだからしょうがないのだが、とにかく山岡周次郎という同心には呆《あき》れるばかり。

迎えにいくたびに、周次郎が奥方にやりこめられている場面に遭う。

それも毎日、小言《こごと》の内容が異なるから、ある意味すごい。

嫁とはこんなものか、と思ってしまい、あわてて振り払うのだが、ついつい、こんな生活なら嫁などいらねぇ、とふたたび考えてしまう。

今日も――。

夜の見まわりのため、役宅に入ると、

「あなた……お待ちになってください」

これから出かけようとする周次郎を奥方が呼び止め、貫太郎は苦々《にがにが》しい思いが募った。照吉も小さくなってかしこまっており、早く出かけましょう、と貫太郎が声をかけるわけにもいかない。

なにが起きるのかと見ていると、

「今度こそ、こんな傷は作らないでくださいよ」

と、奥方が周次郎の袖《そで》を引っぱった。どうやら、羽織《はおり》の袖をつくろった、という話らしい。

そういえば、いつぞやは着物をなくした、と怒られていたし、今度は袖に傷を作ったのだろう。

「あ、あいや、あれは、あのとき……ほれ、盗賊を捕縛したときについた傷でな。

そう、それゆえ、手柄を立てたときなのだから、しかたなかったのだ」

ぺこぺこと頭をさげるが、貫太郎にいわせると、とんでもなくしゃらくさい話だ。

――あのとき、賊と戦ったのは俺だろう……。

横から見つめる照吉の目が、しょぼしょぼとすまなさそうである。

奥方はなおも、家の暮らしがこのままでは立ちいかなくなりますよ、ほかの同心たちと同じようにもっとあこぎなことをやりなさい、と、とんでもないことをまくしたてる。

とうとう周次郎は、わかったわかった、とその場から逃げだしたのだが、通りに出た瞬間、

「ふぅ。親分、嫁などもらうものではないぞ」

ため息をついたのだから、話にならない。

広小路の喧噪《けんそう》を眺《なが》めながら、貫太郎は腹を立てて歩いている。いまさらながら、こんなへま岡と組まされたことが不当に感じられてしかたがない。

――一度、杉枝さまにねじこんでやる。

そう決心したことで、少しは気持ちが楽になり、周次郎に話しかけた。

「ところで山岡の旦那《だんな》」

「なんだ」

「例の殺し屋の件ですがね。殺された連中には、どこか共通するものがあるはずですが……」

「あぁ、それなら最初からわかっておる」

「ええ」

だったら早く教えてくれたらいいではないか、と貫太郎は胸のうちで毒《どく》づいた。

「奴らは、誰かに恨まれておる」

「……そんなことはとっくに……」

なんだ、と貫太郎は拍子《ひょうし》抜け。

「そんなこととはなんだ、大事なことではないか」

「ですから、その恨みに共通したところがあるとか、人に繋がりがあるとか、そういうことが大事でしょう」

ついつい、きつい言葉になってしまった。

「……ん。そういうことか。ならば、わからん」

「もう、焦れってぇ」

「だがな……親分、儂《わし》らは誰かに尾行《びこう》されておるぞ」

「は、なんです」

だがな、の意味はなんだと考える暇《ひま》もなく、貫太郎は身体をひねっていた。

そこにいたのは……。

怪しげな雰囲気で歩く、おりんと六助である。あきらかに尾行の足取りだ。

「親分、照吉……逃げるぞ」

周次郎は、そういうと裾《すそ》をからげて走りだした。

その逃げ足の速いこと速いこと。まるで韋駄天《いだてん》である。

しかも走り方が変わっていた。なにやら身体を斜めにしているから、その不格好なこと極まりない。照吉はと見れば、これも不格好ではあるが、周次郎に遅れをとらずについていく。

夕方の広小路は、酔い客やこれから遊びにいこうとする職人の集団、買い物帰りの娘たちなどがぞぞろ歩きをしていて、立錐《りっすい》の余地もない。そんななか、ふたりはすいすいと泳いでいく。

逃げ足だけは一流か、と貫太郎は呆《あき》れながら、一緒に逃げたものかどうしたものか、と悩《なや》んで、途中で足をゆるめた。

あとで、はぐれたとでもいえば、山岡も気にするまい。

広小路から雷神門前まで進み、大川端まで貫太郎はおりていった。

おりんと六助も声をかけずに、後ろからついてくる。

川端を進んで、舫《もや》っている猪牙舟《ちょきぶね》に乗ってふたりを待つ。すぐに、おりんと六助も舟に乗りこんだ。

六助が、器用に竿《さお》を使って舟を岸から離すと、櫓《ろ》を操《あやつ》りはじめる。

「おめぇは、なんでもやるんだな。まさか舟もすったことがあるのかい」

嫌みな貫太郎の言葉に、六助は、にやりとしただけである。

「で……おめぇたち、なんの真似だい」

貫太郎の問いに、おりんがとぼけて答えた。

「なんのことです」

「ふざけるな。俺をつけてきただろう」

「……親分を追いかけていたわけではありませんよ」

「なら、へま岡さんかい」

「へま岡さんですって」

「とぼけるない」

おりんは、まったく知らないねぇ、と手を頭に向けて、簪《かんざし》をもてあそんだ。六助は舟を操っているからか、話には加わらない。

四

川も風も下に流れるそうですよ……。

おりんがそんな台詞《せりふ》を吐《は》いた。

「なんのことだ」

貫太郎は怪訝《けげん》な目つきで、おりんのすっきりとした目元を見つめる。

とんびのおりんという二つ名を持つ女掏摸とは思えないほど、姿形に黒い影はない。これも、殿さまの手伝いをはじめてからだ、と貫太郎は気がついている。

さらに近頃、浜吉となにやら怪しげな仲になりかけているのも、おりんが変わった原因のひとつかもしれない。

一時は、おりんに惚《ほ》れていた貫太郎だ。その変化がまぶしい。

舟はゆったりと流れ、山谷堀《さんやぼり》に近づいたらしい。似たような猪牙舟があとを追い越していく。なかには、二艘《そう》立て、三艘立ての猪牙舟もあった。

「ちっ、勘当舟《かんどうぶね》かい……」

ほとんどが、吉原通いの舟だろう。とくに三艘立ては、大店《おおだな》の道楽息子たちがつるんで出かけるのによく用いられ、そう呼ばれていた。

「で、なんだ、その川も風もなんとか、というのは」

「さぁねぇ。殿さまの言葉ですから、さっぱり……」

「けっ、まぁいいや。ということは、おめぇたち、また殿さまになにかいいつかったんだな」

「さすがに知恵はまわりますねぇ」

「ちゃかすんじゃねぇ」

「いえませんよ」

「なんだと」

「殿さまにへちまの親分には教えるな、と固く釘《くぎ》を刺されているんですよ」

薄笑いをしながら、おりんは貫太郎の顔を見つめた。

「くそ……なにをやろうってんだ」

秘密をばらしちゃぁいけませんや、と六助が声をかけたが、顔は笑っている。

「ふたりして、俺を馬鹿にしようってんだな」

「そんなことはありませんよ。ひとつだけいいことを教えてあげましょう」

「なんだい」

「あの山岡周次郎という同心ですけどね」

「あの山岡さんがどうかしたのか」

「どうして親分と組むことになったか、ご存じですか」

「さぁなぁ。なんでも上司からのお声がかりだとは聞いているが」

「それは嘘ですよ」

「嘘」

「山岡さんみずからが、いいだしたことなんです」

「どうしてそんなことを知ってるんだ」

「浜吉さんが調べたんですよ」

また浜吉かい、と貫太郎は苦々《にがにが》しい思いだが、しかし、その話が真実だとしたら、あの山岡の言葉はたしかに嘘だということになる。

「浜吉がどうして、そこまで調べられるんだ」

「なにいってるの。殿さまと千佳さんがいたら、たいていのことは調べがつくでしょうに」

いわれてみたら、たしかにそのとおりだ。

「そうか、あのふたりはどういうわけか、ご公儀《こうぎ》にまで伝手《つて》がありそうだからな。町方の人事くらい、簡単に調べられるだろうよ」

「親分、もっと頭を使ってくださいよ。殿さまや千佳さんがそんなことをするわけないでしょう。浜吉さんが杉枝さまに確かめただけですよ」

貫太郎は、言葉がない。

たしかにその手があった。山岡周次郎の言葉を鵜呑《うの》みにした自分がまぬけに思える。

「なら、俺と組もうとした理由はなんだい」

「本人に聞いてみれば」

おりんは、けらけらと笑った。

「それはいいが……おめぇたちが、山岡さんを見張っていた理由をまだ聞いていねぇぜ」

「さぁねぇ。じつは私たちも知らないんですよ。先日、殿さまにいいつけられただけですから」

ううむ、と貫太郎は腕を組むしかなかった。

殿さまが意味もなくそんなことをさせるわけはない。かならず、なにか思惑《おもわく》があるはずである。

さきほどから、六助は漕《こ》ぐのをやめている。

舟は川に流され、たゆとうていた。

船縁《ふなべり》に小さな波があたっている。

――そうか。川と風の流れは下へ、だ。

「わかったぞ……」

貫太郎が叫んだ。

「さっきの流れの意味だ。いつかは、下に流れる。そうだ、かならず川も風も下に流れる。ようするに、最後はおさまるところにおさまる、という意味にちげぇねぇ」

本当ですかねぇ、とおりんは疑わしそうに貫太郎の顔を見つめる。

「まちげぇねぇぞ。黙《だま》って、この流れに身をまかせろ、という謎掛けだ。そうすれば、やがて行き着くところに行き着くのだ」

貫太郎は嬉《うれ》しそうに、船縁をとんとんと叩き続けていた。

数日前のこと。

おりんと六助は、浜吉のことづけで、幸四郎が居候している春屋の二階を訪ねた。そこで幸四郎から、山岡周次郎を見張るようにいいつけられたのである。

理由は教えてくれない。

浜吉も、知らぬ、と顔を横に振っているので、またしても幸四郎ひとりの考えなのだろう。そうやってこれまでも、いろんな事件を解決に導いてきたが、おりんも六助も本心では不服である

「わかりましたけどね。でも、山岡さんがなにかしたんですかい」

六助が諦《あきら》めきれずに尋ねる。

「……わからん。だが、まぁ、そうしておいたほうがいいのではないか、と思ったまでだ」

「また、そんな……まったくわかりませんよ」

おりんが眉をつりあげる。いつも幸四郎だけが、わかった風な顔をするのだ。

不機嫌そうなおりんに気づいた浜吉があわてたように、

「いや、殿さまには殿さまの考えがあるのだ。ともかく、山岡なる同心を見張ってくれ」

「といわれても、見張る目的がわからないのですからねぇ。ただ漠然《ばくぜん》とそばにいても、大事なことを見逃《みのが》すって場合もありますよ」

幸四郎は茫漠《ぼうばく》とした表情を崩さずに、

「うむ……おりんさんのいうとおりである。だが実際のところ、私にもどうしてそんな考えに至ったのか、自分自身よくわからぬのだ。許せ」

本気なのか、それともその場しのぎなのか、判断に困るような幸四郎の物言いである。ため息をつきながら、おりんは、しょうがありませんねぇ、とうなじを掻《か》いた。

そんなことがあり、この日、おりんと六助は、山岡周次郎を尾行《びこう》していたのだ。当然、山岡と一緒に見まわりをしている貫太郎の後ろを追うことにもなる。

おりんの話を聞いて、貫太郎は、そうだったのかい、とうなずいているが、心はほかのところにあるようだ。

「親分、なにか不審な点でも」

目を細めるおりんに、

「いや……だがじつは、俺も山岡さんには少し疑問を感じてたんだ」

「おや……どういうんで」

「これというはっきりした話ができねぇのが、焦れってぇんだが……」

「へぇ、じゃぁ、殿さまも同じような思いを持ったんでしょうかねぇ」

「そうかもしれねぇなぁ」

「殿さまと同じ勘が働くとは、親分も力をつけてきたんですね」

揶揄《やゆ》するおりんに、貫太郎は長い顎を曲げた。口を歪《ゆが》ませると、そのように見えるのだ。

「馬鹿にするなよ。俺だっていっぱしの御用聞きだ」

おりんはにこりと笑って、そうでござんした、と頭をさげた。

貫太郎とて本気で怒っているわけではない。むしろ、殿さまと同じだといわれて、本心では喜んでいたのだ。

だが、貫太郎はすぐ真顔になって、

「おりん……おめぇ、山岡さんをどう見た」

「どう見たとは」

「焦れってぇなぁ。なにか裏がありそうじゃねぇかい」

「……さぁねぇ。あたしには、ただのぼんくらとしか見えませんが」

「そうか、じゃ、六助はどうだい」

舟が流されないように、櫓《ろ》をときどき漕《こ》ぎながら、六助が答える。

「まだ、見張りはじめてから二日目ですからねぇ。よくはわかりませんや」

「そうかい、まぁ、いいだろう……それにしてもおめぇたち、山岡さんには、顔が割れてしまったぜ。これからどうするんだい」

「そうなんですよ、親分。どうしましょうか」

「そんなこと、自分で考えろ。浜吉にでも相談するがいいさ」

「あら、親分……それはどういう意味です。はぁ、妬《や》いてるね」

「け、しょってるぜ」

六助は口に出さず笑いながら、おりんと貫太郎のやり取りを聞いていた。

五

山岡周次郎を見張るという策は、あっさりと見破られた。

おりんと六助は、どうして簡単にばれたのかなぁ、と首をひねり、浜吉も怪訝そうだ。

「おりんさんにしても六助にしても、素人《しろうと》ではない。それをあっさりと看破《かんぱ》するというのは、山岡もただの鼠《ねずみ》ではなさそうだが……」

話しこんでいる場所は、いつもの春屋ではない。浜吉が法恩寺橋から数町入ったところに借りている百姓屋の板の間だ。

天井からさがっている自在鉤《じざいかぎ》には鉄瓶《てつびん》がさがり、横木には彫《ほ》り物の鯛《たい》がいまにも逃げだしそうにはねている。

炭火は真っ赤に熾《おこ》っていて、鉄瓶からはしゅんしゅんと蒸気が飛びだし、あたかも鯛が泡を吹いているようで不思議な光景である。

天井の明かり取りから、数条《すうじょう》の光が桟《さん》をかすめて斜めに伸び、紗幕《しゃまく》を作っていた。

この家で話をしようと誘ったのは、浜吉である。

「浜吉さん、どうしたらいいんでしょうねぇ」

おりんが途方に暮れた顔をする。

「はて、どうしたものかの。そうだ、どうせならば、このまま続けたらどうだ」

藍色《あいいろ》の着流しに茶のどてらを着て、格好は町民なのに、言葉は侍である。そのちぐはぐさがおかしいのか、おりんは手を口に添えて、ふふっと笑いながら、

「でも、もう私たちがあとをつけているると、ばれているのですよ」

「そこが味噌《みそ》だ。すでに意味がないと思われることをわざと続ける。これで山岡のほうが焦《じ》れて、かえって尻尾《しっぽ》を出すかもしれぬ」

そうですかねぇ、とおりんは半信半疑。

「心配はわかるが、顔が割れたからといって、やめてしまっては、結局なにも変わらない。続けることで、相手の焦《あせ》りを誘えばいい」

「焦りを待つといっても、なにが主眼なのかもわからず続けるんですか」

「人というのは、常に自分が見られていると思うと、つい、尻尾を出してしまうものなのだ」

その物言いはまるで幸四郎である。

「……わかりました。浜吉さんがそこまでいうなら、ねぇ、六助」

声をかけられた六助は、はぁ、と返答するしかない。

そこで六助は、ふと眉をひそめて、

「そういえば、千佳さんはどうしたんです。近頃、顔が見えねぇ」

と、首を傾《かし》げた。

あぁ、と浜吉が笑いながら答える。

「千佳さまは、千秋屋《せんしゅうや》がいたく気に入ったらしくてな。いまは、そちらにいりびたりなのだ」

「千秋屋へ」

千秋屋とは、ある事件の解決のため、親父橋《おやじばし》の袂《たもと》に建てた料理屋のことである。そこで、千佳は女主人を演じて見事、事件解決を果たしたのであるが、どうやら店自体が気に入ったようで、いまでも店の主《あるじ》としてたまに顔を出しているらしい。

「まさか、そんなご大身のお姫さまが」

じつのところ、千佳姫は、将軍家に連なるお家の姫なのだが、幸四郎と浜吉以外はその事実を知らない。せいぜいお歴々《れきれき》か、ご大身の姫さまというのが貫太郎、おりん、六助の見方である。将軍家にかかわりがある、などと知ったら、これまでのように気楽に話すことができなくなるだろう。

「へぇ……つくづく、おかしな殿さまとお姫さまの取りあわせですねぇ」

おりんと六助は、顔を見あわせた。


ふたりが、引き続き山岡周次郎を見張ってみます、といって帰っていったあと、浜吉も家を出た。

着流しに、どてらを羽織《はお》ったままである。

なるべく、遊び人風に見せようとはしているのだが、やはりそこは武士。どこか肩が張っているのは否《いな》めない。それでも、そこそこ町中に隠れることはできた。

法恩寺橋から、横川沿いに竪川《たてかわ》に向かい、二つ目から新大橋へ。さらに鎧《よろい》の渡しから親父橋を目指し、堀江町《ほりえちょう》に出た。

千秋屋は、一流とはいえないが、出す料理がとにかくおいしいと評判であった。そばには葺屋町《ふきやちょう》やら堺町《さかいちょう》があり、芝居帰りの客も足を止める。

玄関に入ると、千佳が、まるで本物の商売人のように客をあしらっていて、浜吉を驚かせた。

「おや、浜ちゃん、どうしたんです」

しばらく見ていた浜吉に気がついて、千佳が汗を光らせながら近寄ってきた。

浜ちゃんと呼ばれたことに苦笑しながら、

「幸四郎さまは」

「あら、よくここにいることがわかりましたね」

ふふっと微笑《ほほえ》みながら、二階の菊《きく》の間にいますよ、と答える。

階段をあがり、障子《しょうじ》を開くと、四畳半程度に仕切られた座敷で、幸四郎がごろりと横になっていた。

浜吉が入っても、すうすうと寝息を立てて起きる気配はない。じつにのんきなものである。

「こんなところに菊の間があるとは気がつかなかったなぁ」

浜吉がつぶやくと、幸四郎は薄目を開けて、

「せめて、お城にいる気分になろうと思ってな」

菊の間というのは、幸四郎が江戸城に登城したときに控える部屋の名である。

「起きていたのですか……新二郎さまの気分になっているとでも」

「まぁ、そんなところだが……で、なんだ。その顔は、また貫太郎に頼まれ事でもされたらしいのぉ」

「まぁ、そんなところですが……」

浜吉は、おりんや浜吉から聞いた話をする。

「……なるほど。それはおもしろい。江戸には、金で恨みを晴らすという殺し屋がいるらしいが、どんな連中か一度は見てみたいのぉ」

「ですが、殺し屋には変わりありません」

真面目な浜吉がいいそうな言葉だ。幸四郎は目を細めながら、

「国許《くにもと》ではそんな連中はおらぬか」

「いるわけありません」

即座に答えた浜吉を笑いながら、幸四郎は皮肉《ひにく》な顔を見せる。

「しかし、庶民《しょみん》たちは喜んでいるのであろう。それを捕縛すると、町民たちに嫌われてしまうではないか」

「正義は正義です」

「なるほど。まぁ、よい。で、どうしようというのだ」

「千佳さまをお借りしたいのですが」

「千佳さんを。はて」

「じつは……」

浜吉が、小さな声で話しはじめる。

それを聞いていた幸四郎は、わはは、と口を開けて、

「そんなことで、山岡周次郎なる同心の裏の顔が見えるとでも」

「さぁ……それはやってみねばわかりません」

「まぁ、いいだろう。だが、そんなことなら、千佳さんでなくてもいいではないか」

「おりんと六助が山岡を尾行《びこう》しているので、人がいないのです」

なるほど、と幸四郎は返事をしながらも、笑いをこらえている。

「しかし、浜吉にしては子どもじみた策だぞ」

「心得がない者ではできませぬゆえ、千佳さまが適任かと」

「そうであろうかのぉ」

幸四郎の笑いは、一刻でも続くのではないかと思われた。

六

ここのところ暑かった江戸に、ようやく本格的な寒さが戻った。

だが、例の裸で騒ぐ連中は、いまだ鎮《しず》まろうとする気配がない。

浅草奥山《おくやま》は、まだ師走《しわす》ではないものの、気の早い江戸っ子らしく歩く人たちの足も速くなっている。

さすがに正月用の松飾《まつかざ》りなどは売りだし前だが、ところどころ道ばたに筵《むしろ》を敷いて、野菜やら竹籠《たけかご》、瓶《かめ》などを売る行商人が座っている。普段より露店が多いように思われ、なかには、金を払えと地まわりに追いたてられる者もいるが、貫太郎としても今日はそこまで目を向けるわけにはいかない。

貫太郎の目の前には、山岡周次郎が照吉と歩いている。

ふたりを視野に入れながらも、貫太郎は、掏摸でもいないかと周囲に目配りをしていた。この時期、浅草奥山や広小路は掏摸の稼ぎ場所だ。みな急ぎ足のせいで、自分の懐《ふところ》にまで気がまわらないのだ。

そして、三人の後ろには、幸四郎と浜吉が歩いていた。

幸四郎は、見るからに高級そうな羽織袴《はおりはかま》姿だが、浜吉は、着流しにどてらである。

主従《しゅじゅう》にも見えない不思議なふたり連れであった。

子ども向けの竹細工《たけざいく》を見て幸四郎がやたらと感心し、箍屋《たがや》が仕事をしていると、前に突っ立って、楽しそうにしている。

「浜吉、職人というのはすばらしいものではないか」

「……はぁ」

「あのような者たちがいるから、安心して暮らしていけるのであるなぁ」

なにをいまさら、と浜吉は思うだけだ。

「江戸の人はやはりすばらしい」

喜んでいる幸四郎に、浜吉は、山岡が見えました、と短く告げた。

「ん。山岡の顔を知っているのか」

「貫太郎がついてますし、後ろにいるおりんと六助が目で合図を……」

なるほど、とうなずき、幸四郎は同心に目を向けた。

おりんと六助は、しっかり山岡周次郎のあとを追い続けているらしい。当然、山岡も気がついているのだろうが、先日以降、取りたててなにかを仕掛ける気はなさそうだ。

浜吉が目配せで、気をつけろ、と伝える。

以心伝心、おりんはかすかにうなずき返した。

そこに——。

人混みの後ろから石が飛んできた。

放物線を描《えが》いて、山岡の頭に当たった。それほど強く投げられたわけではなさそうだが、石が頭に当たったのだ。あわてるのが普通だろう。しかし、

「いて……」

山岡周次郎は石が当たった場所に手をあてて、

「ううう……」

数呼吸おいてその場にうずくまってしまった。

あまりにも無様な格好である。

むしろ、照吉があわてて身構《みがま》えたほど。

その様を見ていたおりんと六助は、思わず声を出して笑いそうになった。

「姐御《あねご》……あらぁ、本物のぼんくらですぜ」

「……なんだかねぇ。あんな奴を、どうして見張っておけなんていうんだろう。

殿さまも酔狂《すいきょう》なもんだよ」

「今回は、眼鏡《めがね》違い、ってことですかね」

「さぁねぇ。だけど、殿さまがいままで間違ったことはないよ」

「それはそうですが、今回ばかりは外したんじゃありませんか」

「だけど、なにを外したんだい」

「さぁ……それがわからねぇ」

たしかに、見張る目的をふたりはいまだに教えてもらってない。

そこに、女が現れた。

「おりんさん……」

誰だい、と問おうとして、おりんは目を見開いた。

赤い前垂《まえだ》れに姉さんかぶりの手ぬぐい。どこから見ても、どこぞの女中《じょちゅう》か店の女将《おかみ》さんである。だが、その顔は千佳であった。

「どうしたんです」

するとと、六助が、あっ、と叫んで、

「さっきの石は、千佳さんで」

ふふっと笑いながら、千佳は、うんとうなずいた。

「しかし、若衆姿に見慣れていますからねぇ。そんな格好をしていると誰だかわかりませんよ」

そうはいっても、ぱっちり開いた目からすうっと通った鼻梁《びりょう》まで、そこはかとなく漂《ただよ》う高貴な薫《かお》りは隠せない。

「どうしてそんな格好をしているんです」

おりんは、怪訝な顔をする。

「千秋屋で働いているのですよ」

あっけらかんと答えた千佳に、ふたりは呆れ返ってしまった。どうやら女主人として顔を出すだけでなく、実際に客と接しているらしい。武家の娘がそんなところで働くなど前代未聞である。

「まぁ、いつ呼び戻されてしまうかわかりませんからね。いまのうちに、いろんな体験をしておくのも必要なのです」

と千佳は無邪気《むじゃき》に笑う。

「それより、あのふたりの出会いのほうが見物ですよ」

千佳が目線を向けた先では、幸四郎が山岡周次郎の前に立って、なにやら話しかけているところであった。

「いかがなされたかな」

いかにも思いやっているような声音《こわね》で、幸四郎が山岡に話しかけた。

「あ……いや、うっむ、痛いなぁ……まったく……」

山岡はぶつぶついいながら、立ちあがると幸四郎を見つめる。

「ほう……おぬしは」

思いのほか立派《りっぱ》な侍と見たのか、山岡が目を細めた。

「いや、なに、ただの通りすがりの者だがな」

ケラケラと笑う幸四郎に、山岡は不思議そうな顔つきで、

「誰かが儂《わし》に石をぶつけたらしい」

と、これまた能天気に答えた。

そのあっけらかんとした素振《そぶ》りに、浜吉はどこかで見たような、と幸四郎を見つめてふたりを比べた。

どこかのんびりとした表情に重なりあうものが感じられ、自然と含《ふく》み笑いが出る。

だが幸四郎は、ぼんやり見えてもときどき鋭《するど》い切れ味を見せる。山岡周次郎はどうなのか、ともう一度、表情をうかがうが……。

顔をしかめながら、石のぶつかった場所に唾をつけている姿は、じつにしまらない。

周囲を見まわしながら、誰がこんな悪戯《いたずら》をしたのだ、とぶつぶつつぶやいているが、まわりからは失笑が漏《も》れ続けている。

「で、おぬしは」

一度聞いたはずなのに、それを忘れたのか、山岡はまたもや幸四郎のたたずまいに怪訝な目つきを見せる。

「ん。私か。人呼んで、殿さま浪人」

幸四郎も、のほほん顔で答える。

「はん。意味がわからぬが……まぁいいだろう。儂《わし》になにか用でもあるのか」

「……いや。別にない」

そっけない返答に、山岡は腰砕けしたが、幸四郎はかまわず続ける。

「頭は大丈夫かな」

「あ、あぁ……まぁ、血は出ておらぬからな」

「それはよかった」

「ふむ」

「石をぶつけられて怪我をしたのでは目もあてられぬ」

「そんな遊びでも流行《はや》っておるのかのぉ」

「はてなぁ」

様子をうかがっているおりんと六助、それに貫太郎は、ふたりの会話を聞きながら、吹きだしそうだ。

幸四郎はにこにこ笑みを見せて、怪我がなければ重畳《ちようじよう》、などと真面目くさった顔でいう。そして、その場から離れながら、ちらりと浜吉に視線を送り、みな離れていろ、と目で伝えた。

おりんと六助の見張りはこれで打ち切り、ということらしい。

浜吉たちは、道行く人々に溶けこみながら、その場から立ち去る。

千佳も、それを確認してから姿を消した。

七

浜吉は、幸四郎の命によって、いままで恨み晴らし人に殺されたと思える商人や武士の行状を調べた。するとみな、たしかに殺されてもおかしくない人物であったことが判明した。

ただ、ひとつ不思議だったのは、殺し方の違いである。以前は、あまり残虐《ざんぎゃく》ではなく、本人すら気がつかぬうちに斬られてしまったのではないか、と思える殺し方であった。それがここのところ、首を斬ったり、腑《ふ》を抉《えぐ》ったり、と悲惨《ひさん》な殺しが増えているのである。

その話に幸四郎は、首を傾げて、別の殺し集団があるのではないか、とつぶやいたのだが、浜吉には、それを確かめる術《すべ》はない。

まずは、もっとも残虐な殺され方をした男の過去を調べることにした。

金貸しの安治《やすじ》という男である。

この男、表向きはただの野菜売りだが、裏では金貸しをやっていたらしい。葛西《かさい》に住み、自分の畑で作った野菜を江戸市中に運んでは筵《むしろ》を敷いて、商売していたという。

四十がらみの見栄えのする男で、話しぶりも如才《じょさい》がなかった。

その手練手管《てれんてくだ》で、野菜を買おうとした客にうまく取り入り、借金をさせる。

本気で金に困っている者たちは、その甘言《かんげん》に乗せられて、少し借りてみようか、という気持ちになるという。

そして、貸したところで態度は豹変《ひょうへん》。

約束の返済日の前から催促《さいそく》がはじまり、それで泣かされた町民は数多くいた。

それでも、借りたいという人間はあとを絶たなかったというから、よほど金貸し商売がうまかったのだろう。

安治が殺されたことで、奴にひどい目に遭《あ》わされていた連中は胸を撫でおろしたらしい。そもそも、無体な返済を迫《せま》られていた連中同士で連絡を取りあい、抵抗しようとしていたことも調べがついた。

そのなかに、お敏《とし》という女がいた。商家の内儀《ないぎ》である。

浜吉が訪ねてみると、お敏は、なかなか口を開こうとしなかった。

脅《おど》されると思ったらしい。だが、浜吉の実直なたたずまいと、真面目な態度に、徐々《じょじょ》に態度をやわらげていった。さらに浜吉は、自分も安治と同じような男に借金をしていて、恨みを晴らしたい気持ちがあるのだ、と切々《せつせつ》と訴《うった》えたのである。

お敏から聞きだしたいのは、恨みを晴らすという殺し屋のことだが、いきなり切りだしても、答えてはくれまい。

まず浜吉は、自分がいかに非道な金貸しに虐《いじ》められているかを話した。もちろん作り話だが、お敏の気持ちを動かすには十分だったのだろう。

浜吉が涙ながらに語り終えると、しばらくして、お敏が話しはじめた。

お敏は、ある遊び人とねんごろになり、金をせびられていたらしい。初めは、なんとか都合《つごう》をつけていたのだが、やがてその額がどんどん高くなっていった。

店の帳場をごまかしながら渡していた金が、すぐに追いつかなくなってしまった。金をくれなければ別れる、といわれて、しかたなく工面していたのだが、とうとうそのごまかしが旦那に見つかってしまったのである。

それ以上、都合をつけることはできない、と男に伝えたところ、ではこれが最後にしてやる、といって五十両の大金を要求された。

そんな金など簡単に作れない。途方に暮れていたときに、知り合いから、安治が金を貸してくれる、と教えてもらったという。

先にもあとにも進めず、お敏はとうとう安治から金を借りた。

すると、初めの約束とはまるで異なり、数日経《た》ったころから返済の催促《さいそく》が激しくなった。そんなに簡単には返すことはできない、と答えると、安治は旦那に返してもらう、と脅してきたという。

そんな内容を涙混じりに話すお敏に、浜吉は尋ねた。

「それでどうしたんだね」

「……そんな返済のあてなど初めからないのですから、返せるわけがありません、そこでしかたなく……」

「身体で返した……」

はい、と小さくお敏はうなずき、泣きじゃくった。

「ひでぇ野郎だが、その安治は殺されちまったんだ。これにおめぇさん、なにかかかわりはありませんかい」

お敏は驚き顔をする。

「心配いらねぇ。あっしは町方じゃねぇよ。それにね、もし、恨みを晴らしてくれる人たちがいるなら、あっしもお願いしてぇ、と思っているんだ……だから、教えてくれねぇか」

四角く真面目な面構《つらがま》えを持つ浜吉に安心しきったのか、お敏はうなずき、

「わかりました……その人たちにお願いするにはある場所に文を置かなければいけません。それにには、自分がどうしてその相手を恨んでいるのか、漏らさず書くことが必要です。それを読んで、恨みを晴らすかどうか判断されるのです。お礼は、首尾《しゅび》がなってから、またその場所に置くことになっています」

「おめぇさん、その話を誰から聞いたんだね」

「それは……」

逡巡《しゅんじゅん》していたお敏だったが、

「気がつかないうちに、助けてやろう、という文が懐に入っていたのです」

いつそんなものが懐にもぐりこんでいたのか、さっぱりわからない、とお敏は首を傾げる。その仕草《しぐさ》から嘘は感じられなかった。

「礼金はいくらくらいあればいいんだろうな。で、お内儀《ないぎ》はどう都合《つごう》つけたんです」

「十両でした。しかたなく、主人に本当のことをいって……」

「旦那が出してくれたんですか」

「……はい」

その表情からは、旦那が殺しの代金を本当に出したのかどうか判断はつかなかった。だが、大事なのはそんなことではない。恨みを晴らすという殺し屋は、本当に存在していたのだ。しかも、目の前の女が実際に依頼をしたというのである。

「で、その恨み晴らし人が、どんな連中かは……」

「それは知りません」

それはそうだろう。殺し屋たちが、いくら依頼人だからといって、自分の正体をさらすわけがない。それでも浜吉は、なにか気がついたことはないか、と問い直した。

「……さぁ、本当に知らないのです。でも、頼み方を教えましょう。ただし、私から聞いたことは絶対に内緒にしてください」

浜吉は丁寧《ていねい》に頭をさげて、お敏の言葉を聞いていた。

意外にも、幸四郎は、おもしろくなさそうに浜吉が仕入れてきた話を聞いている。

窓を開いたままなので横川からの川風が冷たいが、幸四郎は気にする様子もなく、窓から外を見つめていた。

「浜吉……」

「はい」

「どれほどいい刀でも、人を斬れば血で汚れてしまうものだのぉ」

「はぁ……」

「もっとも刀は観賞用ではあるまい。使うためにあるのであろうが……」

「……………」

「だからといって、むやみに人を斬ってもいいとはかぎらぬ」

おそらく、恨み晴らし人のことが頭に浮かんでいるのだろう。浜吉はそう想像しながら、背筋を伸ばして、

「どんな連中がそんな不埒《ふらち》なことを働いているのでしょう」

「まぁ、本人たちは、人助けをしているつもりであろうがなぁ」

「殿は、反対だと」

「反対もなにも……人を殺していいはずがあるまい」

「しかし、庶民《しょみん》にはそれしか思いを遂《と》げる術《すべ》がないとしたら……」

「それでも、人を殺していいという法はあるまい」

「まぁ、そうですが……」

浜吉にしても、幸四郎の言に諸手《もろて》をあげて賛成するわけではないが、だからといってまったく否定もできない。

だが……。

藩主としては、法を守らねばならない気持ちが強いのであろう。

——本当のところは、少し共鳴するところもあるのではないか……。

浜吉は、そう考えるが、口には出さない。

さぁっと、窓から川風が吹きこんだ。

一緒に、枯れ葉が数枚、座敷に飛びこんでくる。二階まで枯れ葉が舞いこむなど、あまり見られることではない。幸四郎は、茶色い葉を手に取り、数呼吸すると、

「葉も、色が変われば役目が終わるか……さて……では、その恨み人とやらをあぶりだして役目を終わらせてみるかのぉ」

それまでとは違った明るい声で、窓から顔を離し、浜吉を見てにやりと笑った。

「……ご出馬ですな」

「そんなところだ」

策が思い浮かんだのだろう、悪戯《いたずら》っぽい目つきが幸四郎の顔に戻った。

八

お成り街道に、真新しい古着屋ができた。

間口は三間。大店《おおだな》というには足りないが、高級そうな古着を扱《あつか》うわりには価格が安いと、人だかりがすごい。奉公人は男女がひとりずつ。さらにごたいそうにも用心棒がひとりいて、入り口を徘徊《はいかい》しているのだが、その顔はあまり強そうではなかった。

強面《こわもて》の用心棒が店の前にいたのでは、客もなかなか入りにくいだろうが、こんな用心棒なら気にならないのだろう。ときどき、太った女に突き飛ばされて、よれよれとたたらを踏んだりしている。

いうまでもない。幸四郎である。

主人は浜吉。そして、内儀《ないぎ》が千佳姫。奉公人は千佳の家臣たち。

繁盛しているという評判を聞きつけたのか、山岡が貫太郎と照吉と一緒に、見まわりの途中で顔を出した。

用心棒姿の幸四郎に気づいた貫太郎は、口をぽかんと開けて驚き顔。

また殿さまが中心になって、なにか策を練っているのだろうとは予測したが、自分だけ蚊帳《かや》の外というのが気に入らない。仏頂面《ぶっちょうづら》をしながら、きょろきょろしていると、店の奥ではなにやら浜吉と千佳がいい争っているではないか。

「あのふたりが店の主《あるじ》と内儀かのぉ」

山岡がのんびりとつぶやく。

――そうか……山岡さんは浜吉と千佳さんの顔は知らねぇ。

なにやらとんでもねぇ奇策を企《たくら》んでいやがる、と貫太郎は舌打ちをした。

すると、浜吉が普段は見せないような憤怒《ふんぬ》の形相《ぎょうそう》で、千佳の腰を続けて蹴《け》りつけた。そのたびに、どすんどすんと音がして、何事が起きたかと集まった野次馬たちも、眉をひそめているが、止めようとするものはひとりとして出てこない。

さらに、蹴られている千佳の身体が妙にふくらんでいることに、貫太郎は気づいた。

――千佳さんは、もう少し身体がすっきりしていたはずだがなぁ。

ひとりごちながらも、浜吉の乱暴を、さすがに見ていられなくなってしまった。

一歩、前に出て貫太郎が止めようと思ったときに、

「旦那さま。私がいけなかったのです。お内儀さんには関係ありません」

飛びこんだのは、千佳姫の家臣扮《ふん》するお店者《たなもの》。

そんな言葉も意に介《かい》さず、浜吉は、まだ蹴《け》り続けようとする。

さらに、今度は女中が浜吉にすがりつき、

「おやめください。お腹の子が」

――はぁ。千佳さんが身ごもっている。

それで、少し太っているように見せていたのか、と貫太郎は納得する。綿入れでも着こんでいたのだろう。

山岡周次郎が、さすがにあわてた様子で、

「貫太郎、どうにかしろ」

というが、うろうろするばかり。とても俊敏《しゅんびん》な同心とはいえない。

そばにいる照吉は、まるで汚《けが》らわしいものでも見るように、眉をひそめている。思いのほか、真面目な男なのかもしれない、と貫太郎は照吉の憤慨《ふんがい》する顔を見て、意外に思った。

用心棒役の幸四郎も、山岡と同じようにぽかんとした顔つきで、間《あいだ》に入る気配はない。

ようやく暴行を止めた浜吉が、はぁはぁと荒い呼吸をしながら、おめぇなんか死んじまえ、と暴言を吐いている。野次馬たちは、息を呑んで見守っていたが、浜吉の乱暴が終わったことで、安堵《あんど》のため息があちこちから吐きだされた。

千佳がようやく立ちあがったが、浜吉は手も貸さずに店の奥に入っていく。それを見た山岡が、千佳のそばに寄ってなにか話しかけた。貫太郎にはなにをしゃべっているのか聞こえないが、千佳はうんうんとうなずきながら、山岡の肩を借りて、よろよろと店の奥に向かった。

それからの千佳は忙しかった。

お敏から聞いた殺し屋に、殺しを頼むために動いたのである。

お成り街道に、わずか間口一間しかない駄菓子《だがし》店があり、老婆が店番に座っている。その店の天井から瓢簞《ひょうたん》がぶらさがっていて、その口に、適当な小銭と恨みつらみを書いた書き付けをともに入れる。

それが殺しの頼み方であった。

千佳がお成り街道に店を出したのには、そんなかかわりもあったのである。

首尾《しゅび》よく、千佳は、その瓢簞に小銭と文を入れることができた。内容は、主人が横暴《おうぼう》で、私をいたぶっている。このままだと、お腹の子とともに殺されてしまう……云々《うんぬん》。店の老婆は、かかわりがあるのかないのか、千佳とはろくに会話も交わさず、半分眠ったような眼つきで応対していただけである。

事件にかかわりがあるとしたら、そうとうなたまであろう。

問題は、恨み晴らし人が、千佳の願いを聞いてくれるかどうかだ。

幸四郎には、勝算があるらしいが、六助は、大丈夫かなぁ、と半信半疑である。おりんはそんなことより、浜吉が悪者にされたことが気に入らないらしい。なにより、間違いがあって本当に浜吉が斬られでもしたら大変である。殿さまが後ろについているのだから心配はない、と六助はなだめるのが大変であった。

とにかく、瓢箪に文を入れてから、幸四郎は浜吉と行動をともにしている。どこに行くのも一緒である。浜吉も腕はたしかなのだが、敵が大勢であったときには、いくらなんでもひとりでは太刀《たち》打ちできない。

数日は何事もなく過ぎた。

恨みの気持ちは届かなかったのか、と千佳が考えはじめたある日、浜吉は、深川八幡《はちまん》にお参りに出かけた。表向きは、浜吉と幸四郎のふたり連れであったが、心配した貫太郎、おりん、六助たちが、気づかれぬようにあとを追う。

幸四郎も、見た目は用心棒らしくしようと気を使ったのだろう、ぞろりとした着流し姿に、どてらのできそこないのようなものを羽織《はお》っているが、そこはかとなく漂《ただよ》う気品は隠せない。

浜吉と一緒に歩いていても、どちらが主人なのかわからないほどだ。そんな不思議な主従《しゅじゅう》が、深川八幡の奥殿から右に抜けて路地に出た。

少し歩くと、林が見える。ふたりはその奥へと進んでいく。

その一角だけが杉林になっていた。通る人たちが近道でもするのか、一定の場所だけが、獣道のように禿げている。ふたりはそこをゆらゆらと歩き続ける。

光が杉の木に遮《さえぎ》られ、薄暗い。

突然、木の陰から、黒覆面《くろふくめん》の集団が姿を現した。そのなかの頭目《とうもく》らしき男が、浜吉に向かって言葉を吐きだす。

「そこの、お店者《たなもの》……義《ぎ》によって、死んでもらおう。そばにいる用心棒は邪魔《じゃま》だからどけ……」

「ほう……だが、私も用心棒をしているのだから、この者を殺させるわけにはいかぬの。それに、義とはなんだ」

「……いちいち伝える義務はない」

「義務ときたかえ」

薄笑いを見せながら、幸四郎は半歩前に出た。圧力を感じたのか、男たちが数歩、後ろにさがる。

いきなり敵のひとりが幸四郎に襲いかかった。同時に、ほかの賊が浜吉に向かう。幸四郎は刀を抜かず、相手の水月《すいげつ》に鐺《こじり》をあてた。

浜吉は丸腰。しかし、いつの間にか敵の刀を奪《うば》い取り、峰《みね》で相手の肩を砕いていた。

幸四郎と浜吉の鮮《あざ》やかな手並みに、賊たちは色めき立つ。頭目《とうもく》らしき男が、覆面のなかで目を細めた。驚きと警戒の表情だろう。

そして、幸四郎がやおら言葉を放った。

「そろそろ正体を現してもいいのではないかな。山岡周次郎……の偽者《にせもの》、照吉とやら」

「…………」

あとをつけてきたおりん、六助、貫太郎が身をひそめた場所で驚愕《きょうがく》する。

「答える気はないらしいの」

「……なぜ俺を照吉などと」

「そんなことがわからずに、殿さまはやっておれぬわ」

「なにをわけのわからぬことを」

「……わからぬか、ならよい。聞かせてあげよう。普段は山岡周次郎のそばに侍《はべ》り、身体を屈《かが》めて小柄《こがら》に見せている。だが、普通に立ちあがれば、ちょうど山岡周次郎と同じくらいの背格好だ。いまがそうであるようにな」

「……それがどうしたというのだ」

「その言葉遣《づか》いからすると、おぬしももとは侍らしいが、人斬りに成りさがってはいかぬなぁ」

照吉と呼ばれた賊は、それでも答えない。

「いつまでも人殺しを続けていたら、よい死に方はできぬぞ、照吉」

「……人は感謝してくれるのだ。そんなことはない」

「その答えは、おぬしが照吉だと白状したも同然であろう」

「名など、いらぬ」

「そうはいかん。武士は名を惜しむものだ」

「そのようなものがあるから、武士は自分の首を絞めるのではないか」

「ほう。そんな答えが出るということは、おぬしもそうとうに苦労をしてきたらしいな」

「……うるさい」

照吉は腰を低くすると、そのまま腰だまりに刀を構えて、すすすっと幸四郎目がけて走ってくる。半間になったところで、上段に構え直し、空を駆けあがるような動きを見せて、斬りおろした。

――うっ。

幸四郎は、寸の間で切っ先を見切る。

あまりにもあっさり自分の太刀筋を読まれたことに、照吉は驚愕《きょうがく》していた。ただのぼんやり侍ではない、と思ったのか、足場を確認しながら、八双《はっそう》に構える。まともに戦っては勝てないと踏んだらしい。

幸四郎はその姿を見て、にやりと不敵な笑いを見せながら、

「なるほど。邪剣《じゃけん》だのぉ」

とつぶやく。照吉は、ふんと鼻で笑いながら、じりじりと幸四郎に近づく。

ほかの賊たちは、浜吉を狙っているのだが、さきほどの力を見せられ、動けぬままだ。

幸四郎は、ぶらりと手をさげたまま、動こうとはしない。照吉がどう出るか、探っているのだろう。

木の陰から見つめているおりんたちも、固唾《かたず》を呑んで勝負の行方《ゆくえ》を見守っている。

先に動いたのは照吉であった。八双のまま幸四郎に向かってきたと思ったら右に身体をかわして、袈裟懸《けさが》けに斬りつけてきた。

一寸の間でかわすと、幸四郎は逆袈裟に剣を振りおろした。照吉は、それを弾《はじ》き返し、突きを入れてくる。

「きえ。きえ。きえ」

裂帛《れっぱく》の三段突きである。

胸を逸らさずに、幸四郎は前屈《かが》みになって剣先を外した。

普通なら、そり返って逃げるはず。するとそこに隙《すき》が生ずる。その間隙《かんげき》を縫《ぬ》って、とどめの剣を入れようとしたのだが、幸四郎の体勢は崩れない。

照吉に一瞬の焦《あせ》りが生まれた。

「そこだ」

幸四郎の剣が閃《ひらめ》いた。剣先が照吉の額《ひたい》の部分を横に切り裂く。覆面がはらりと落ち、苦悶《くもん》の表情を浮かべる照吉の顔があらわになった。

「強かったな……だから肩でも斬ろうと思っていたが、つい、額《ひたい》を割ってしまった。あまり動くと命にかかわる。すぐに手当をすれば助かるだろう」

「……そんな必要はない。このままとどめを刺せ」

「もとは武士なのであろう、ならば、腹を斬れ。殺し屋だが……許す」

威厳《いげん》ある幸四郎の言葉に、照吉は、はっと顔をあげた。怪訝な目つきである。

「おぬし……何者だ」

「だから、殿さま浪人である」

含《ふく》み笑いとともに答えた。

照吉は、ふっと表情をゆるめると、

「……まぁよいわ」

そういって脇差《わきざし》を抜くと、腹に突き刺した。

「……ひとつ教えてあげよう。俺はひとりではないぞ」

「ほかにも殺し屋がいる、というのだな。それについては、おいおい解明してやるから、往生《おうじょう》いたせ」

照吉の答えは、皮肉《ひにく》な笑みだけであった……。

頭目《とうもく》が死んだ姿を見て、手下たちは逃げようとするが、浜吉のすばやい攻撃で、全員が呻《うめ》きながら倒れるのであった。

九

「空清ければ、鰯《いわし》、住まず……か」

空は雲ひとつない日本晴れである。

窓を開けて、横川の流れをじっと見つめながら、幸四郎は、そんな戯言《ざれごと》をいう。

鰯雲ひとつない空のことをいいたいのだろう。浜吉はそう納得するが、六助は、はぁ、と首を傾げるだけだ。

例によって、横川、法恩寺橋にある春屋の二階座敷。

幸四郎にかかわる全員が集まっている。

「それにしても、どうして照吉だと気がついたので。あっしはまた、ずっと山岡周次郎が怪しいと睨んでいやしたがねぇ」

「なに、千佳さんが石を投げたときに、山岡はぼんやりしていたが、照吉は身構《みがま》えた。それがどう見てもただの小者とは思えぬほど、見事な構えであったのだ」

「はぁ……なるほど」

「それに、山岡のご新造《しんぞ》が、やたら着物がなくなったと騒いでいたらしいではないか。あれは、照吉が山岡の着物を着て殺しをやっていたからだろう。そうすることで、目くらましをしていたに違いない」

「まぁ、山岡周次郎としては、いい迷惑《めいわく》だったということですね」

おりんがいうと、幸四郎は不思議な答えをした。

「……いや。それはどうかな」

「どういうことです」

「あの山岡という男。普通なら、石が飛んできてぶつかれば驚くであろう。だが、あまりにも普段と変わらぬ顔つきをしておった。よほどのぼんくらなら別だが、常人であれば違う反応を見せるはずだ」

「どういうことです」

ずっと付き添っている貫太郎は、とくに気になる。

「つまり、石が飛んでくることを知っていたから、わざとあんな素振《そぶ》りをしたのではないか、ということですかい」

「……いや。はっきりとはいえぬが」

幸四郎は、確たる証拠があるわけではないから忘れろ、と応《こた》える。

「しかし、殿さま……あの山岡周次郎が照吉の仲間だとしたら……」

「いや、それはあるまい。もしそうだとしたら、見殺しにするような真似はせぬはずだ。まぁ、山岡周次郎も、そうとうな狸《たぬき》だということだな。これで、一件落着にしておいたほうがいいぞ」

大口で笑いながら、幸四郎は話を締めてしまった。

「自分だけが納得していればいいという癖《くせ》が、また出ましたね」

千佳が文句をいう。

「ところで、貫太郎親分。例の、裸の集団はどうなりました。最近、噂を聞きませんが」

おりんが尋ねると、貫太郎は苦々《にがにが》しい表情で、

「あん。あぁ、あれか……まぁ、なんとかしたぜ」

「え。ということは、やはり、親分も一緒に裸で」

貫太郎は、答えずに仏頂面《ぶっちょうづら》をしている。それを見て、幸四郎は大口を開いて、

「やぁ。本当にそのようなことをしたのか。さすがへちま親分は、悪を見逃《みのが》さぬのぉ」

貫太郎が、殿さまがやれといったからだ、と文句を吐きはじめたが、

「さて、千秋屋に行って、酒でも飲もう」

という声でごまかされてしまった。


翌日——。

幸四郎は、誰にも行き先を告げずに、春屋を出た。

ふらりと幸四郎が立ち寄った先は、浅草奥山。ぶらぶら歩きをしばらく続けているると思ったら、ひとりの男に目を向け、いきなり足を速めた。向かった先は、さらに奥へと入った浅草田圃《たんぼ》。まわりは畑で、ところどころ杉や松の木が立っている。

先を歩くのは、なんと山岡周次郎であった。山岡も後ろから幸四郎がついてくることに、気がついているはずである。いや、むしろ山岡が幸四郎を誘っているのかもしれない。

やがて、小さな池の前で立ち止まり、山岡が振り向いた。

「殿さま、とやら。なにか儂《わし》に用事でもあるのかな」

ぼんやりした顔がふたつ。

「まぁ、用事といえば用事だが、違うといえば違う」

「ふふ……おもしろい人だ。あとをつけてきた足運びからすると、ただ者ではあるまい」

「おぬしものぉ……背中で私を呼んでいたようだが。おぬしは何者だね」

「ん。儂か。儂はただのぼんくら同心と呼ばれておる」

「人には裏と表の顔があるものだ」

「……それはおぬしにも、あてはまるのではないか」

「そうかもしれんのぉ……」

浜吉や千佳が見れば、世間話のなかに、刃《やいば》が交差する様が見えたかもしれない。

「照吉は残念なことをした」

幸四郎がぽつりといった。

「あ奴が、恨みを晴らす仕事などしているとは気がつかなかった……儂の落ち度だ」

幸四郎はじっと山岡を見つめてから、

「ほう……どうやらその言葉は本当らしいが、たしかに迂闊であったな」

「なに、とはいえ、儂にはかかわりのないことであるし、たいした問題ではない。

自害したということは、事件にもならぬ。すでに終わったことだ」

「なるほど……。殺し屋同士というのはそういうものか。闇から闇へと……組織が違うとも考えられるしの。実際、恨み晴らし人による殺しでは、殺し方がふたとおりあったと聞く」

「……はて、なんの話かな」

「いや、おぬしがな。もしや照吉と同じ裏の顔を持っているのではないか、と考えてみたのだが」

「はぁ。それはまた奇特な考えが浮かんだな。またどうしてそんなことを」

山岡が、口を開いてさらにとぼけ顔になる。幸四郎はその様を見て、苦笑しながら、

「……いや、確たるものがあるわけではない。そうであればおもしろい、と思うたのだ。世の中、意外な話は数多く転がっておるであろう」

「なるほど……だが、おぬしの買いかぶりというもの。こんな儂《わし》ですまぬことです」

山岡は頭をさげると、すたすたとその場から離れはじめた。

後ろ姿を見ながら、幸四郎は石を拾って、頭に向けて投げた。

山岡は後ろも見ずに頭をひょいとずらして石を避けると、右手をあげて左右に振った。

幸四郎は、がはは、と大笑いしながら、山岡の後ろ姿を見つめていたが、やがてゆっくりとその場から離れていった。

冬空に、雁《がん》が隊列をなして飛んでいる——。

第二話　雪うさぎ

一

枯れ葉の舞は　白拍子《しらびょうし》ぃ～
ひらり　くるりと
まわれば　落ちるぅ～

意味不明の歌をつぶやきながら、六助が花川戸《はなかわど》から大川に向かっていると、

「なんでぇ、六助。白拍子に懸想《けそう》でもしたのかい」

と、後ろから声をかけられた。

「誰かと思えば、貫太郎の親分かい。人聞きの悪いことといわねぇでくだせぇよ」

「だが、こんな刻限にどこに行くんだい」

まだ、昼四つ前。たしかに掏摸《すり》の六助が出歩くには早すぎる。

「ちっ。あっしだってねぇ、用があれば昼前だって出張りまさぁ」

「まだ酔っ払いはいねぇし、浅黄裏《あさぎうら》も屋敷から出ずに仕事しているだろうぜ」

「ですから……あぁもう、どうしてもあっしに掏摸をやらせてぇみてぇだなぁ」

ため息をついた六助。貫太郎を見つめると、じつは、と低い声で語りかけた。

「姐御《あねご》の頼みでね、ちょっくら殿さまのところへ」

「おりんの頼みだと。病気でもしたのかい」

「はぁ……病気といえば、草津《くさつ》の湯でも治《なお》らねぇ病《やまい》かもしれねぇが、今日は……そうじゃねぇ。じつは人探しを、姐御が頼まれたんでさぁ」

「人探しだと。それなら俺のところに先に来るのが筋じゃねぇのかい」

「いずれ親分のところにも行くつもりでしたよ」

馬鹿ばかしいほどの暑さが去り、ついでに、裸の悪行集団も消え、空っ風が大川から吹きあがって、頬《ほお》が切れるように冷たい。

大川の水も冷えているのだろう、普段、姿が見える水鳥の姿もない。橋を渡っていく行商人も足早である。

「巾着切《きんちゃくき》りにそんな話を頼んできたのは、どこの誰だい」

襟《えり》を合わせながら、貫太郎が問う。

「まったく、人聞き悪いぜ……姐御が最近、懇意《こんい》にしている、浅草御門を渡ったところにある平右衛門《へいえもん》町の藍染屋《あいぞめや》、加野屋《かのや》でさぁ」

「そうかい、まぁ、こんなところで立ち話もなんだ。そのあたりの飯屋にでも入るか」

「親分のおごりですかい」

「てやんでぇ。割り勘だ」

「しけてるなぁ。まぁ、いいや」

「中食《ちゆうじき》には早ぇが、ちと小腹が減《へ》った。少し戻ることになるが、付き合え」

ふたりが向かったのは、金龍山浅草寺《きんりゆうさんせんそうじ》の右手、五重塔《ごじゆうのとう》のそばにある飯屋である。

看板には、ひきや、と書いてある。客を引く、という意味なのだろう。

なかは単純な造りで土間《どま》からすぐのところに座敷があり、客はそこにあがって食べる。卓などはない。膳部が出てくるだけだ。

貫太郎と六助は、他人に話を聞かれては困ると、座敷の端の角に場所を取った。

ふたりとも、背中を壁につけて、片膝《ひざ》を立てながらの会話だ。

「で、どういう話なんだ」

注文をすると、貫太郎はすぐ問い詰めた。

「親分、あっしの話に金の匂《にお》いを感じたね」

「ふん。それだけじゃねぇ。御用を預かる身だ。人助けは俺の仕事だぜ」

「ちっ、心からは信じられねぇが、まぁいいや。どっちにしても、親分の手は借りるつもりだったしなぁ」

そういって、六助が語りはじめる。

それによると……。

探すのは、加野屋の主《あるじ》、玄右衛門《げんえもん》の生き別れになった子どもである。

加野屋もいまでこそ、少なからず商売は成功しているが、はじめたころはまだ細々《ほそぼそ》としたものであった。夫婦ふたりで必死に働いているところに、子ができた。辰《たつ》のように雄々《おお》しい子になってほしいと、辰一《たついち》と名付けた。だが、育てていくだけの力が夫婦にはない。

思いあまって、ふたりは、辰一が三歳になったころ、ある寺の前に置き去りにしたという。陰《かげ》から見ていると住職が現れ、連れてなかに入っていった。

その辰一が、いまどうしているのかを知りたい。すくすくと育っているとしたら、家に戻したい、というのが、加野屋夫婦の願いだという。

「自分で捨てておいて、いまさらなんだい」

貫太郎は舌打ちをする。親の勝手な都合《つごう》で捨てられたり戻されたりしたらかなわねぇな、と毒《どく》づく。

「まぁ、それはそうでしょうが。親の気持ちとしては……」

「ほう……いつからてめぇ、親の気持ちなんざ考えるようになったんだい」

六助も親とは縁が薄いはずだ。だが、六助は苦々《にがにが》しい顔をしたまま、

「てめぇがそうだからこそ、俺と同じような思いをする子どもは、いねぇほうがいいんですよ」

へぇ、と貫太郎は六助を見つめる。六助なりに考えるところがあるらしい。

六助は照れたように頭を掻いて、

「で、親分。これから一緒に行ってくれねぇかい」

「どこにだ」

「加野屋が子どもを置き去りにした、という寺でさぁ」

「はぁ、おめぇ、殿さまのところに行くっていったじゃねぇか。さては嘘《うそ》ついたな」

「勘弁《かんべん》してくれ。殿さまの名前を出せば、親分もそれ以上、聞いてこねぇだろう

と思ったんで。今日はとりあえず、自分だけで訪ねようと思ってましてね。まぁ、でもここまで話しちまったら、来てくれたほうがありがてぇ」

「まぁ、いいだろう。てめぇだけで金にありつこうなんて悪い了見《りょうけん》を持つと、こういうことが起きるんだぜ」

金になるなんて話はしてねぇぜ、と六助は胸のうちで反論するが、御用聞きが一緒にいたほうが、たしかに話は早いかもしれない。

「その寺ってのはどこにあるんだい」

貫太郎があぐらの足を組み変えながら聞いた。懐《ふところ》に隠した十手《じって》が邪魔《じゃま》になるらしい。こんな場所で十手を見せると、まわりから顰蹙《ひんしゅく》を買うのは目に見えている。多くの岡っ引きは、町民から嫌われているのだ。

「細川《ほそかわ》さまのお屋敷から、まっつぐ行った原庭町でさぁ」

「なんだ、大川渡ってすぐそこじゃぁねぇか」

「へぇ。そばに、天祥寺《てんしょうじ》ってでけぇ寺があるんですが、そのとなりの小せぇ寺らしいです」

「なんだって、そんな小寺に預けたんだ」

「そのほうが大事にしてくれるんじゃねぇかと思ったらしいですがね」

そうかい、と貫太郎は答えてから、

「それは、いつのことだい。二、三年前のことなら、なんとかわかるかもしれねえが、十年も昔じゃぁ、どうなってるか探すのもてぇへんだ」

「五年前、ということでした」

「なら、その寺にいる、とも考えられるか……だったら、その加野屋が自分で行ってみたほうが早ぇんじゃねぇか」

六助も、そう勧めたんだが、とうなずきながら、

「まだ、辰一がその寺にいるかどうか、それを先に知りたい。無事が判明してからにしたいというんでさぁ。まぁ、加野屋といえば、いまはけっこうな商《あきな》いをしていると評判の店だ。いきなりというのははばかれると、腰が引けたらしい」

「なるほどなぁ。大店《おおだな》にはそれなりの面子《めんつ》もあるんだろう」

やけに話がわかる、と六助は貫太郎を冷やかしながら、

「じゃ、ぼちぼち行きますかい」

六助の言葉を合図に、ふたりは立ちあがった。

二

大川橋を渡ると、右手に竹屋《たけや》の渡し船が見えた。乗っている客たちは一様に、首をすくめている。船頭《せんどう》も心なしか身体をちぢこめながら、船を操《あやつ》っているように見えた。

やけに今日は寒い、と貫太郎はつぶやきながら、細川屋敷を左に見て進んだ。道なりに進むと、森のようになった木々の上から、天祥寺の黒い屋根が見えてきた。

門前に立ち、周囲を見まわす。

「このあたりだと聞いてきたんだがなぁ……」

六助がうろうろするが、加野屋から聞いた寺は見つからない。

貫太郎も同じように周囲を歩いてみたが、小さな寺などひとつもない。騙されたんじゃねぇのか、と貫太郎が怪訝《けげん》な顔をしながら、

「そもそも、おりんはその加野屋と、どういう繋がりがあるんだい」

「へぇ、最近は、姐御も足を洗おうと思ったらしくて。奉公先を探していたんで

さぁ」

「なんだと。おりんが足を洗って、奉公するだと」

「えへへ。まぁ、おそらく魔が差したんじゃねぇかと思いますがね。なにしろ、近頃じゃ、四角四面なお方がそばについているんで、へぇ」

「ははぁ……あの浜吉かい。それで、おりんは堅気《かたぎ》になろうと」

「まぁ、そんなところでしょうが。問屋場から教えてもらって、一応、話は聞きにいったらしいんですが、やはり自分には無理だと」

そういって、六助は笑う。

「あたりめぇだ。とんびのおりんが、いまさら堅気になれるわけがねぇ」

「で、なんだかんだと話を進めていくうちに、加野屋の主《あるじ》、玄右衛門が涙を流しながら、子どもの話をした、というんでさぁ」

「ふん。そこで、仏心を出して、見つけてあげる、と答えたか」

「おおきに、そんなところでしょう」

おりんらしくもねぇ、と貫太郎はつぶやきながら、

「それにしても、そんな寺なんぞどこにもねぇぞ。どうする」

「このあたりの寺にでも聞いてみますか」

じゃぁ、そうすべぇ、と貫太郎は、天祥寺のなかにずんずん入っていった。寺は寺社奉行が管理していて、町方は手が出せない。しかし、そんなことはまったく気にしていない風だ。もっとも十手《じって》は隠しているから、御用聞きには見えないだろう。

――このずうずうしさ……どうも、みな殿さまに感化されているようだぜ。

ふたりで行くと、かえって面倒だろう。六助は苦笑しながら、貫太郎が出てくるのを待った。

しばらくして、貫太郎が戻ってきた。

「わかったぜ。すぐ近くにたしかに寺はあったらしいが、数年前に住職が亡くなり、跡を継ぐものがいなくて、そのまま潰れたらしい。幼子《おさなご》がいなかったかどうか聞くと、たしかに、子どもの泣き声がしていたそうだ。寺男にいわせると、拾ったとかなんとか答えていたらしい」

「その子どもの行方《ゆくえ》は」

「いや、それがわからねぇとよ。そもそも寺が潰れるずいぶん前に、子どもはいなくなってたそうだ」

貫太郎は腕を組みながら、

「これじゃぁ、さっぱりだ」

「そうですねぇ……なにかいい思案はありませんかねぇ」

「ここは、やはり殿さまに出張ってもらおうかい」

それしかねぇなぁ、と六助もうなずいた。


天祥寺から、殿さまが居候《いそうろう》をしている春屋までは、半刻もかからない。西に数丁行くとすぐ横川にぶつかる。業平《なりひら》橋を渡って右に川沿いを進めば、次の橋が春屋のある法恩寺橋。

寒さに震えながらも、ふたりは健脚だ。

春屋に着くと、幸四郎と浜吉がのんびりと談笑していた。

階段の途中からでも、笑い声が聞こえてくる。六助が先に座敷に着くと、

「なにがそんなに楽しいので」

部屋の端に座りながら尋ねた。

「ん。なに、ちと、山岡周次郎というのはおかしな同心であった、という話をしておったのだ」

「はぁ」

意味がわからず、六助は生返事をすると、貫太郎があとから部屋に入ってきて、

「山岡さまがなにか」

「おぅ、へち貫の親分。どうだね、例の裸連中は。またもや騒ぎだしたりしてないか」

「それはもう、ご勘弁《かんべん》を。殿さまの言葉を真《ま》に受けて、本当に奴らと一緒に裸踊りをしてしまったんですから」

「だが、そのおかげで奴らは姿を消したではないか。親分、お手柄であろう」

浜吉が、皮肉《ひにく》とも本気ともいえない口調で貫太郎を見やる。

「まぁ、それはそうだが」

そこで、また六助が大きな声で、

「そうか。近頃、浅草界隈《かいわい》で、裸の親分さん、ふんどしひとつでわあいわい、という歌が子どもたちの間で流行《はや》っているんですがね。これは、貫太郎親分のことでしたかい」

貫太郎は、ますます嫌そうな顔つきを見せる。

「やめろい、そんな話は」

幸四郎は、わはは、と口を開けると、

「それはよかった。これこそ本当の瓢簞から駒《こま》って話であろう」

ちっ、と舌を鳴らして、貫太郎は憤慨《ふんがい》していたが、ふと真顔になって、

「さっきの山岡さんですが……」

「おう、どうした」

浜吉が興味深そうに目を向ける。

「ようやく、あっしとは離れることになりました。どうも、あの人から、あっしと一緒に見まわりをしてぇなんぞと上役に頼みこんだらしいんですがねぇ。その理由も聞かねぇうちに、離されてしまった」

その言葉に、幸四郎が謎解きをする。

「なに、簡単な話だ。例の殺し屋を捕まえるという名目で、いま名うての親分の力量を計りたかったのだ」

「なぜです。照吉に疑いをかけていたんですかい」

「違うな。どこまで自分に近づいてくるか……それだ」

「はぁ。どういう意味です。まさか山岡さんも、例の殺し屋集団の仲間のひとりだと」

「そう考えると楽しいぞ」

「まさか、あのぼんくら同心が……」

思わぬ謎解きがはじまって、六助はめんくらっている。

「殿さま……いくらなんでも、あんなぼんやり同心が殺し屋ということは考えられねぇ」

「そこが山岡の頭のいいところだ。どうだ、私にしても、見た目はあまり切れ者には見えまい」

あ、いや、それは……と、六助は答えようがない。

「世の中には、表だけでは判断のつかぬことが多いものだぞ」

「それはそうでしょうが……」

ずっと一緒に見まわりをしていた貫太郎としては、そういわれてもなかなか頭が切り替わらないようだ。

「まぁ、そんなことはいまはどうでもいい。で、今日は雁首《がんくび》そろえて、なにかあったのか」

浜吉の不審そうな顔つきに、貫太郎は、六助を目でうながした。

「へぇ……じつは……」

と、六助は子ども探しの一件を話しはじめる。

途中、おりんが堅気《かたぎ》になろうと奉公先を探したという話を聞いて、浜吉がなんともいえぬ表情を見せる。

幸四郎はその顔に気がつかぬふりをしながら、

「で、その子の名前は」

「辰一だそうです」

六助が答えながら、

「殿さま、なにかいい知恵はありませんかねぇ」

「さぁて」

興味がない、という顔つきである。それを見て、

「おりんさんはどうしておる」

と浜吉が六助に尋ねた。

「加野屋に行ってます。すぐこっちに来ると思いますがねぇ」

それを聞いてかすかな笑みを浮かべた浜吉が、幸四郎をうながした。

「殿……なにか策はありませんか」

「あん。浜吉、どうした。熱でもあるように見えるぞ」

「……身体の熱はありませんが、人助けには熱があります」

「ほう……おもしろい」

おりんさんの薫陶《くんとう》よろしく、といったところであるか、と幸四郎も笑みを浮かべ、

「策か……」

脇息《きょうそく》に肘《ひじ》をかけ、身体を預ける。

「まずは、その親に会うのが先決だ。浜吉、くわしい話を聞いてこい」

「ひとりで」

「……おりんと一緒でかまわぬ」

呆《あき》れ顔を見せる幸四郎を尻目に、

「殿がそういうのならば」

しれっと浜吉が答えたとき、階段をあがる足音が聞こえた。

三

さしあたって加野屋のことは、浜吉とおりんにまかせればいい、と貫太郎は六助を誘って春屋を出た。風は止まったらしく、春屋に来る前ほど冷えは感じない。

正午が近いせいもあるのだろう。

水の匂いが混じる乾いた空気を吸いながら、貫太郎と六助は法恩寺橋を渡り、北に向かう。

「浜吉とおりんのうじゃうじゃを見たくねぇからな」

貫太郎は春屋を出ると、そんな言葉を吐いた。だが、六助の見たところ、一緒に出ようと誘われた理由はそれだけではねぇだろう、と思っていた。

「親分……なにか用事があるんですかい」

「どうだい、六助」

「なにが」

「決まってるだろう、山岡さんだ」

「決まってるといわれても……藪《やぶ》から棒に」

俺にそんな相談をされてもなぁ、と六助はつぶやいた。

懐から顔を見せた十手《じって》の頭を押しこみながら、貫太郎は、ううむ、と呻《うめ》き、そんなことがあるかなぁ、まさか……いや、わからねぇ、とひとりでぶつぶつと呪《じゅ》文《もん》でも繰り返しているようだ。六助は呆《あき》れ顔で、

「なんですかい、その鶏《にわとり》が鶏冠《とさか》をむしられたような顔つきは」

「あぁん。おめぇも意味のわからねぇ、たとえをいうようになったなぁ。みんな殿さまの影響だな」

「ちょっと真似をしてみたんですが、だめか……」

「そんなことより、山岡さんが殺し屋だという殿さまの話をどう思う」

「はぁてねぇ。いわれてみたら、おかしなところがあるにはありそうですが」

「たとえば」

「以前から気になっていたんですがね……殺された連中を見ると、たしかに下品な野郎が多い。誰にいつ殺されても不思議じゃねぇ。だけど、殺され方には違いがあった……」

「ん」

「つまり、残忍《ざんにん》な殺しと、あまり苦しまずに死ねるような殺し方の、ふたとおりあったんでしょう。殺し屋がふたりいれば、そのやり方も違ってきて当然って話です。まぁ、そんなところで……」

「……ほう。おめぇ、誰の入れ知恵だい」

貫太郎は、六助を睨《にら》みつける。

「えへ。ばれましたか。いつか、殿さまがそんな台詞《せりふ》をつぶやいていたのを聞いたことがあるんですがね」

なるほど……殿さまの目はたしかだ、と貫太郎は得心《とくしん》の表情を浮かべる。

「親分の見立ても同じなんですかい」

いや、わからねぇ、と貫太郎は、苦しそうに答えた。町方が殺しにかかわっているとは考えたくないのだろう。

「まぁ、そんなことは、いまここで考えてもしょうがねぇでしょう。山岡さまとはもう本当に離れたんで」

「そもそも、見まわりの担当場所が変更になったからな。これも山岡さんの申し立てらしい。杉枝さまから聞いた話だ」

「……それもなにかきな臭ぇ感じは受けるなぁ」

「おめぇもそう思うか」

「親分と一緒に歩きてぇと上に訴《うった》えて、照吉が死んだらもう終わり……なにか裏があると踏むのは当然ですぜ。あのおかしな駄菓子屋の婆さんを叩《たた》けば、なにか出てくるかもしれねぇ」

貫太郎は、苦虫《にがむし》を嚙みつぶした表情のまま、

「まぁ、いいや。ここんところは殺しも影をひそめているからな……いまは山岡

さんの話は置いとこう。加野屋の子どもを見つけるほうが先だ」

　貫太郎が自分にいい聞かす。

　へぇ、と六助は答えたが、これはこれで殿さまに相談したほうがいいな、とつぶやく。

「どうだ昼飯でも食うか」

「さっき少し腹に入れたばかりですぜ」

「腹が減ったら戦《いくさ》ができねぇよ」

　幸四郎がしゃべるような台詞をいうと、貫太郎は顔をほころばせた。

　同じころ、春屋の二階。

　おりんが加野屋で聞いた話をしている。

　ほとんどはすでに六助から聞いていた事柄だったが、話の終わりにおりんが目を輝《かがや》かせ、

「なにしろ、子どもが三歳のころの話ですからね。玄右衛門さんたちも、子どもの目立った特徴を覚えてないらしいんですけど……ただ、ちょっとおもしろい話は聞けました」

「なんだい、それは」

浜吉が膝をにじり寄せる。

「雪うさぎです」

「雪うさぎ。冬に作る雪だるまみたいなものか」

「だるまよりうさぎのほうが、雪が少なくてすみますよ」

「なるほど」

自分も子どものころ、ときどき作って遊んだぞ、と幸四郎が懐《なつ》かしがる。

「その雪うさぎがどうしたのだ」

「辰一は、目が青いうさぎを作っていた、というんです」

「普通、うさぎの目は赤いのではないか」

「加野屋は、藍染《あいぞめ》を仕事にしています。だから、いつも手が藍色に染まっていたらしくて、夫婦が辰一に作ってやったのが、目の青いうさぎなんです。それ以来、辰一が作る雪うさぎも目が青くて……」

「ははぁ……それはおもしろい」

楽しそうな幸四郎の言葉に、浜吉が水を差す。

「青い目の雪うさぎですか……なにか不気味な感じもしますが」

「浜ちゃん、そういう情緒のない言葉を発してはいけないな。女に嫌われるぞ、のぉ、おりんさん」

えっ。ととぼけたおりんが、

「それもまた、いいところなのではありませんかね」

いけしゃあしゃあと答える。

「蓼食《たでく》う虫も好きずきとはよういうたものだ」

幸四郎はふたりの顔を見比べながら、脇息の端をぽんと叩いた。

「うむ……いい思案が浮かんだぞ」

「はて、どのような」

浜吉が問う。

「雪うさぎと聞いて、策が閃《ひらめ》いた。大会を開こう」

「大会、ですか」

「雪うさぎの鑑賞会だ」

「……はぁ。子どもたちを集めて、目の青い雪うさぎを作ったのが辰一だ……

ということですね」

おりんが目を輝《かがや》かせる。

「そのとおりだ。加野屋主催で、青い目のうさぎを見つけるなどとはいわず、いちばん、見目のいい雪うさぎを作った者に賞金を与える、と触れこめばいい」

「ですが、その辰一という子が参加するでしょうか」

おりんの疑問に、浜吉は、

「来なければ、またなにか考えればいい」

と、優《やさ》しくおりんを見つめる。

「そんなところだな」

幸四郎は脇息を外して、ごろりと横になりながら、

「浜吉、いまから千佳姫のところに行け。そして……」

そばに寄った浜吉に、策を授《さず》けたのだが、

「承知いたしました……が、私ひとりで行けばよろしいですか」

「……ふたりで行け、馬鹿め」

――いっておくが、そんなことをすれば、千佳の正体がばれるぞ……。

目で合図をすると、浜吉も、

――そこはうまくやります……。

――好きにしろ。

幸四郎は、目をつむって居眠りをはじめてしまった。

四

雪はちらちら降ってはくるが、どんと積もるほどではない。それなのに、ある藍染屋が雪うさぎの大会を開く、という噂《うわさ》が広まったために、江戸っ子たちは目を疑った。

雪がないのに、どうするんだ。

雪が降るのを待ってやるそうだ。

いや、雨乞《あまご》いならぬ、雪乞いをやるそうだ。

などなど。

あちこちの路地で、木戸番で、裏店《うらだな》で。

いろんな噂が飛び交っていた。

かねての示しあわせで、主催は加野屋。

いちばん、姿形のいい雪うさぎを作った子どもには、百両という賞金が出るとあって、話を聞いた連中は、色めきたった。

だが、参加には条件がある。それは、十歳以下の子どもであること。

辰一は、いま八歳になっているはずだが、その年齢に限るといっても、もしかしたら育ての親が、辰一の本当の年齢を知らない、ということも考えられる。

親が嘘をついて十歳を過ぎた子どもを連れてくる場合も考えられるが、確かめようはなく、それはしかたがない。

問題は、辰一が参加するかどうかなのだ。

加野屋は、最初、おりんからこの策の話を聞かされたとき、うまくいくかどうか、躊躇《ちゅうちょ》した。

はたして、辰一が青い目のうさぎのことを覚えているだろうか、という心配があったからである。だが、とにかくなにもせずに手をこまねいているよりはましだ、というおりんの言葉に、加野屋玄右衛門と内儀《ないぎ》のお芳《よし》は、その気になった。

問題は、雪と場所である。

だが、それも千佳姫がいつものごとく簡単に解決する。

まず、場所である。

葛西のほうに、千佳姫がときどき使っている馬場があり、そこに囲いを作り、加野屋夫婦や幸四郎たちが審査のときに使う簡単な小屋を建てた。

雪は、なんと千住の働きで、幕府が管理している氷室《ひむろ》から氷を大量に運んできて、それを砕き、雪の山を作ってしまったのだ。

普通なら驚くはずの貫太郎たちも、もう何度も似たようなとんでもない千住の仕掛けを見てきたので、たいして不思議にも思わない。

裏を知っているのは浜吉だけで、将軍家もこんな姫がいてさぞ大変だろう、と斟酌《しんしゃく》するだけである。

ところで——。

この大会を特別な気持ちで見ているひと組の夫婦と、浪人者がいた。

夫婦者は、深川六間堀《ろっけんぼり》のそばにある森下町《もりしたちょう》で、小さな佃煮屋《つくだにや》、志野屋《しのや》を開いている、初太郎《はったろう》、お志野《しの》のふたりである。

「おまえさん聞いたかい」

「なにを」

「雪うさぎを作って優勝したら、百両がところもらえる、って話さ……」

女房のお志野のいいたいことは、初太郎も気がついていた。

「喜一《きいち》……」

初太郎の口から漏《も》れたのは、ふたりの子どもの名前である。だが本当は、辰一という名であることは知っていた。

夫婦は、いまから五年前、知り合いの住職から子どもをもらってくれないか、と頼まれた。くわしく聞くと、寺の前に捨てられていたというのである。

襟《えり》に、名前と生まれた年が書かれた小さな布が縫《ぬ》い付けられていて、名は辰一、三歳とあったと住職から聞かされた。住職が声をかけてきたのは、以前から、初太郎夫婦に子ができず、養子でも迎えようかと相談をしていたのを知っていたからであった。

夫婦は、住職からその子を託《たく》され、名を喜一と変えて育てることにした。子どもは初めこそ、なかなかなつこうとしなかったが、その年の冬、雪が降ったときに、喜一は雪うさぎを作った。

だが、そのうさぎには普通と異なるところがあった。目が青かったのである。わざわざ着せていた藍染の絣《かすり》を何度もこすり、目を青くしたという。

女房のお志野はそれを見て、気持ち悪い子だ、寺に返そう、といいだした。

だが、初太郎は違った。新しい藍染の手ぬぐいを買って、それを与えると、喜一は色落ちをうまく使って、青い雪うさぎを作り続けたのである。そして、それまで病気がちだった身体も丈夫《じょうぶ》になっていった。

なにより、表情が明るくなり、初太郎にもお志野にもなつきはじめたのだ。

喜一、いや辰一の本当の両親がどんな人間だったのかは知らない。だが、この青い目の雪うさぎにかかわりがあるのではないか、と初太郎は予測していた。

いまでは、喜一は家族にとって欠かすことのできないひとり息子であるし、お志野にしても、本当に自分の腹を痛めて生んだ子どものような気がしている。

そこに、今度の雪うさぎ大会である。

夫婦は、つい喜一の生《お》い立ちを考えずにはいられない。お志野は心配顔で、

「加野屋さんがあんなことをやるのは、喜一探しのためじゃないかねぇ」

「加野屋さんが喜一の真の両親だというのかい」

「そうでなければ、雪うさぎの品評会なぞ、こんな時期にやるはずがないよ」

「そうかもしれねぇが……」

「でもねぇ……百両だよねぇ」

お志野は、つい計算高くなってしまった自分を呪《のろ》いながら、首を振って、

「あぁ、あぁ、でも、そんな金のために喜一を手放すなんてできないよ」

「……あぁ、それは俺も同じだ……」

喜一は、この気候でも雪うさぎを作ることができると知ったら、大喜《よろこ》びをする

だろう。

だが、お志野は参加させたくない、といいだした。加野屋が辰一を捜してこんな催《もよお》しを開いたのは、あきらかである。

そんなところに喜一を出したら、辰一だとばれてしまうに違いない。そこで子どもを返してくれ、と頼みこまれたら、拒否《きょひ》はできないだろう。

どちらが喜一のために幸せなのか、初太郎もお志野も判断できない。だが、ひとつだけ隠せない思いがある。

――喜一を手放すくらいなら、死んだほうがまし。

初太郎、お志野のふたりの気持ちは、千々《ちぢ》に乱れていた。

そして――。

もうひとり、浪人者が、加野屋主催の催事《さいじ》に心を乱していたのであるが、内容は志野屋とはまた異なったものであった。

名を、川下信九郎《かわしたしんくろう》といい、ときどき大店《おおだな》の用心棒などに身を置くような、荒れた生活を続けている。そのせいか、三白眼《さんぱくがん》の眼窩《がんか》は窪《くぼ》み、唇も歪《ゆが》んで、とてもではないが品がよいとはいえない浪人である。

この信九郎、以前、あるきっかけで、加野屋の用心棒を務めたことがあった。冬であった。雪がちらほらと上から落ちてきたとき、加野屋の内儀《ないぎ》が、さめざめと涙を流しながら、昔話をはじめたのである。

自分たちの恥《はじ》なのだが、といいながら語ったのは、子どもを心ならずも捨てなければいけなかった、という話であった。もっとも、加野屋の昔話などに興味のない信九郎は、たいして気にも留めていなかったのであるが……。

だが、子どもが青い目の雪うさぎを作って喜んでいた、という内儀の言葉をなんとなく覚えていたのである。

信九郎は、その内儀の嘆《なげ》きを思いだし、これは金儲《かねもう》けになる種が転がってきた、とほくそ笑んでいた。

五

――青い目のうさぎは来ますかねぇ。

六助が、会場の整理を買ってでた貫太郎と一緒に見まわりをしながらつぶやいた。

「さぁなぁ。当時は三歳だろう。いつまでも覚えているとは思えねぇがな」

「たしかに……加野屋夫婦にしてみれば、祈るような思いでしょうね」

「祈りなんてのは、しょせん祈りだ」

「はぁ」

「祈りは策術ではねぇということよ」

あっははは、とその笑いはまるで殿さまである。

「祈っただけじゃどうにもならねぇ。行動をしねぇとな。そうだろ」

「まぁ、たしかにそうですけど。あんたも情緒がねぇよ」

「ふん。御用聞きがそんなあまっちょろい考えを持っていたんじゃ、調べにならねぇ」

「金にならねぇ、ですって」

「……おめぇ、そろそろ耳が遠くなったらしいな」

そんな冗談をいいあいながら、ふたりは集まりはじめている観客の整理を続ける。

ちらほらと小雪が舞いはじめた。

雪うさぎを作るにはおあつらえ向きの日になった、と千佳は喜んでいる。おり

んがやたらそわそわしているので、千佳が尋ねると、

「なんだかねぇ、自分の子どもを見つけるような、そんなおかしな気持ちで落ち着きません」

「まぁ、おりんさん、隠し子がいたんですか」

「まさか」

笑いながら、ふたりは紅白に張った控え用の幕裏から、会場を覗《のぞ》いた。十歳以下と思われる子どもたちが集まっている。

見れば見るほど、ここが本当は馬場とは思えないほど、立派《りっぱ》な会場ができあがっていた。

竹矢来《たけやらい》で囲んでいるが、咎人《とがにん》の処刑をするわけではない。高さは腰程度におさまり、子どもたちが雪うさぎを作る場所の端にはぐるりと毛氈《もうせん》が敷かれ、そこに参加者たちの親が座る。

開場も済んで、加野屋夫婦と審査をする幸四郎、千佳のふたりが上段に座ればはじまりである。

幸四郎は壇上にのぼる前、千佳に、自分もうさぎ作りに参加したい、とごねだしたが、

「なにをいうのですか。これは子どもの大会です」

簡単に却下されてしまった。

やがて、全体がざわめく。加野屋が座ったのだ。その後ろに、いかにも高貴な雰囲気の男女……幸四郎と千佳が並んで座る。

観客たちにはそれが誰かはわからぬが、審査をするのだろう、と見当をつけたようだ。


（おい、誰が百両もらえるんだい）

（そんなことはわからねぇ。おめぇじゃねぇことはたしかだ）

（あたぼうじゃねぇか。俺は、子どもじゃねぇ）

（おめぇんとこの悪ガキは出さなかったのかい）

（うちのガキは雪うさぎなんぞ作れるわけがねぇ）

そんな会話を聞きながら、川下信九郎は、整列している子どもの顔を丹念《たんねん》に見比べていた。

――加野屋に似た顔の子どもはいないか。

別に、いま見つけださなくても、青い目のうさぎを作っている子どもを見つければいい、と決めている。

もっとも、ある程度の見当をつけておいたほうが、すばやく行動できるだろう。

――まわりの目を盗んで、連れ去ってやる。

目玉をぎらぎらさせながら、信九郎は、子どもたちを見つめていた。

そして――。

毛氈《もうせん》に座って、そわそわしている夫婦者は、初太郎とお志野である。喜一は、雪うさぎが作れるとあって、数日前からはしゃいでいた。そんな嬉《うれ》しそうな姿を見るにつけ、参加させるのはやめようか、と相談したほどだ。だが、

「そんなことは人の道に外れる。加野屋さんだって、自分の子どもがどうなったかは知りたいはずだ。青い目の雪うさぎで、喜一がその子だと気がつくかもしれない。だがな、俺は渡しはしねぇよ。これまで俺たちが育ててきたのだ。それを説けば、加野屋さんだって、まさか返してくれとはいわねぇだろう」

という初太郎の言葉に、お志野も、泣く泣く得心《とくしん》したのだった。

「皆の者。思う存分、雪と戯《たわむ》れ、うさぎを作れよ。月よりの使者のごとく上手《じょうず》なものを作れたら、百両だ」

うわっ、と歓声があがる。

続いた幸四郎の、はじめ、の言葉で、子どもたちは場の真ん中に作られている雪山に群《むら》がっていった。それぞれ手には、小さな雪かきや鍬《くわ》などを持っている。それらを器用に動かしながら、雪を加工していく。

なかにはあきらかに初めて作るのではないか、と思える子どももいたが、みななかなかの腕前だ。

うさぎの耳になにやら葉っぱを使う者。雪だけで作ろうとする者。木っ端《こっぱ》を持ってきてそれを耳の代わりに使う者。それぞれ、なんとかして目立とうと、趣向《しゅこう》を凝らしている。

だが、加野屋の夫婦は、子どもたちがうさぎの目をどのようにするか、そればかりを見つめていた。

みな、工夫《くふう》の跡が見えて、懐から出した炭《すみ》を砕いたり、墨汁《ぼくじゅう》を持ってきたり、あるいは、赤い木の実や、母親の口紅、頬紅《ほおべに》などを取りだして目を入れていく。

そんななか、加野屋夫婦は、ひとりの子どもに目を奪《うば》われた。

その子は、うさぎの形を整《ととの》えることに気がいっているのか、なかなか目を入れようとはしない。それどころか着物の袂《たもと》をやたら濡らして、絞《しぼ》っているように見えた。

ほかの者にはなにをしているのか意味がわからないだろうが、加野屋夫婦には、その子の目的がはっきり見えていた。

「おまえさん……あの、青い絣《かすり》を着ている子……」

お芳が玄右衛門の袖《そで》を引っ張った。

「あぁ、俺も気がついていたよ」

「あの子、あの仕草《しぐさ》は、青い目をくっつけようとしているんです。辰一です。あの子が辰一に違いありませんよ」

玄右衛門が、後ろにいる幸四郎に伝える。

玄右衛門に教えられる前から、幸四郎も千佳もその子には目が向いていた。

「あれは、藍色を出そうとしているのだな」

幸四郎がつぶやくと、千佳も、間違いありませんね、と答える。

さらに、幸四郎は毛氈《もうせん》に座っている親たちを見た。すると、その子の動きに合わせて、そわそわと落ち着きのない夫婦を見つけたのである。

旦那《だんな》のほうは、痩《や》せせぎすで顔色もそれほどいいとはいえないが、となりにいるお内儀《ないぎ》のほうは、色も白く頬もふっくらしていて、なかなかの福顔だ。だが、ふたりともその子に顔は似ていない。

幸四郎は、加野屋夫婦の顔を、袂《たもと》を絞《しぼ》っている子どもの相貌《そうぼう》に重ねてみた。

——似ている……。

目から鼻にかけての線が、お芳にそっくりである。

お芳の目の色が変わるのもさもありなん、と幸四郎は千佳に告げると、

「ええ。たしかに、あの子はお芳さんそっくりですが……」

「どうした」

「あの、客のなかの浪人が気になります」

幸四郎が客席に目を移す。

千佳が示す場を見ると、いかにも剣呑《けんのん》な雰囲気のする浪人が、その子をじっと見つめていた。

「あの目つきは危険だ。なにか企《たくら》んでおるぞ……」

はい、と千佳は緊張の面持ち。

「ちょっと休憩を入れて、あの浪人を貫太郎たちに見張らせましょうか」

「うむ、それがいいかもしれぬ」

「ついでに、あの子の名前を調べましょう」

「いや、まだなにもせぬほうがよい。こちらが動いたことで、子どもたちや親たちに動揺が起きては困る」

「そうですね……」

千佳の言葉にうなずいてから、幸四郎は、休憩の言葉を叫んだ。

六

子どもたちと親たちの集団が崩れた。

途中までの作品は、会場の端に設置された棚に並べられて、それぞれ名札をぶらさげている。まだ文字を書けない子どもは、親に書いてもらっていた。

そのなかで、喜一が作った作品は、異彩《いさい》を放っていた。

完成途中ではあるが、目のほかに、耳の窪《くぼ》みがかすかに青くなっている。耳の素材に趣向《しゅこう》をこらした作品はほかにもあるが、ここまで丁寧《ていねい》に手を入れたものはまだない。

貫太郎は、休憩中に壊《こわ》されたりされないように、棚の前で目を光らせる。

おりんと六助は、千佳に呼ばれて幕の裏にまわった。

「あの、青い耳のうさぎを作っている子どもは、どこの子かわかりますか」

千佳がふたりに尋ねるが、さぁ、とおりんも六助も答えられない。

参加している子どもの名前は、さすがに把握《はあく》していなかった。

「親に聞いてみますか」

「いえ、それは無用です。ただ、今後、目を離さないでくださいね」

千佳の真面目な顔つきに、おりんは不審を覚えた。

「千佳さん……なにか起きそうなのですか」

「じつは、客のなかに目の落ちこんだ浪人がいます。その振る舞いがどうにも気になるのです」

「といいますと」

今度は六助が心配そうに問う。

「あの青い目のうさぎを作っている子どもにだけ、目を向けているのです。あの子がおそらく辰一でしょう。それをあの浪人は知っているように見えるのです」

「それでなにか不都合《ふつごう》でもあると」

「わかりません。なにか起きてからでは遅いので……」

そのとき、会場のほうから、怒号《どごう》が聞こえてきた。

すわ、と六助が幕を持ちあげ、走りこんだ。

その場で六助が見たのは、辰一と思われる子どもが浪人に抱《かか》えられて、連れ去られていく光景であった。

「やめて」

叫んでいるのは、その子の育ての親だろうか。

浪人は、座が乱れた隙《すき》を突き、竹矢来《たけやらい》を乗り越え、辰一らしき子を抱えこんだまま一目散《いちもくさん》に会場から飛びだした。

親たちはなにが起きたのか、という顔つきで、浪人の一連の動きを目で追うことしかできない。

子を連れ去られた親は、半狂乱である。貫太郎はすぐに追いかけていったが、やがてとぼとぼと戻ってきた。幸四郎の前に立つと、

「逃げられた……面目《めんぼく》ねぇ」

「うむ……こちらも油断であった。まさか、この場からかっさらっていくとは、夢にも思っていなかった」

「へぇ……やられました」

幸四郎は、すたすたと育ての親らしき夫婦の前に立った。

「連れていかれたのは、おまえたちの息子か」

いままで段の上に威厳《いげん》をもって座っていた侍がそばに来て、初太郎はにわかに緊張する。

「は、はい、あいすみません」

「謝《あやま》るのはこちらのほうだ。拐《かど》かしを防ぐことができなかった。許せ」

頭をさげられて、初太郎はますます身体を硬くして、

「い、いいえ……」

「連れ去られるような理由に心あたりは」

「は、はい……それが……」

いい淀《よど》んだ初太郎に、幸四郎は耳元まで寄って、

「辰一なのだな」

「あ、はい……なぜそれを」

「心配はいらぬ。悪いようにはせぬからまかせておけ。ところで、さきほどの浪人者は見知った者か」

「いえ、まるで知らぬお人でした」

そばでは、お志野がおいおいと声をあげて泣いている。

「だから、だから参加させなければよかったのです……」

初太郎の慰《なぐさ》めも聞き入れられずに、今度は怒りの目を幸四郎に向けて、

「どうしてこんなことになったのですか。こんな催《もよお》しを開くから、いけないのです。加野屋さんには目的があったのでしょう。ああ、黙《だま》って知らぬふりをしてればよかった」

お志野の嘆《なげ》きは終わらない。

「……ということは、おまえたちは、加野屋の狙《ねら》いに気がついていたのだな」

初太郎がお志野をなだめながら、

「はい……おそらくは、喜一……あ、私たちはそう名づけて呼んでいました。喜一は、おそらく辰一を見つけたいために、こんな大仰《おおぎょう》なことをやったのでしょう。小さなころから雪うさぎが大好きでしたから。目の青い雪うさぎを……」

なるほど、と幸四郎も得心《とくしん》顔をする。

「いずれにしても、ただの子探しだったのに、おまえたちにはつらい思いをさせることになった。すまぬ。このとおりだ」

気品のある侍に頭をさげられ、初太郎とお志野があわてる。

「い、いえ……そのような。お顔をあげてください」

後ろに千佳が寄ってきて、幸四郎にささやく。

「これ以上、大会を続けることはできません。貫太郎親分に頼んで、中止にしてもらいます」

うなずいた幸四郎が、辰一を連れてきた夫婦を待たせておけ、と指示をする。

千佳はすぐにふたりのそばに寄ると声をかけ、なだめすかした。

ようやく、千佳の言葉にうなずき、落ち着いたお志野を、加野屋夫婦はじっと見つめていた。

同時に貫太郎の声が聞こえ、見たとおり事件が起きたので大会は中止にする、早くここから去れ、という言葉を放った。

「大胆《だいたん》な野郎ですねぇ」

六助が、呆《あき》れ顔をしていった。

観客だけでなく、参加した子どもやその親たちを全員帰して、いまは幸四郎たちと加野屋の主人夫婦が、困り果てた顔をして集まっている。

幕のなかに毛氈《もうせん》を敷き、その上での協議である。

「あの浪人の顔に見覚えはないかえ」

おりんが、加野屋玄右衛門に聞いた。

「走り去るときに見ましたが……あれは以前、うちにちょっと居候をしていたことのある、川下信九郎という浪人です。あまり質《たち》のいい男ではなく、すぐ暇《ひま》を与えましたが……こんな悪さをするとは……」

子どもたちの顔ばかり探していたので、川下信九郎が客のなかにいたとは気がつかなかったらしい。

「塒《ねぐら》は」

「さぁ……いまから数年前の話ですから、まだ同じところに住んでいるかどうか。あれはたしか、山下《やました》の常楽院《じょうらくいん》近くだと」

「ひでぇところに住んでいるな。あのあたりは、けころのたまり場ですぜ」

けころとは、下谷《したや》山下に住んでいる安い女郎のことだ。

「そんな場所に住んでいるとしたら、そうとうな悪党かもしれねぇな。なにしろ普通の人間じゃ、あんなところには近づかねぇ」

「なぜです」

貫太郎の言葉に、千佳が不思議そうな顔をする。その質問に貫太郎は、お姫さまは知らなくてもいいようなことです、と答えたが、千佳は得心《とくしん》のいかぬ顔つき。

六助に、教えて、と命じた。すると、おりんが、

「雨にかかわりのある話をしただけですよ」

「雨の話。はて」

「雨にはなにが必要です」

「……傘《かさ》かえ」

「はい……かさ違いですけどね」

おりんは、瘡《かさ》の話をしたのである。

しばらく考えていた千佳も気がついたのか、それでも顔色は変えずに、

「なんです、そんなことですか。なるほど、けころ。覚えておきましょう」

その千佳の言葉に、幸四郎は、わっははは、とひとしきり笑って、

「さて、加野屋」

「は、はい……」

玄右衛門は、幸四郎の氏素性《うじすじよう》を知るわけではないが、なにしろおりんだけではなく、御用を預かっている貫太郎までもが殿さまと呼ぶのだ。かしこまって頭をさげたままである。

「あぁ、よいよい、直答《じきとう》を許すゆえ、頭をあげなさい」

その態度になおさら恐《おそ》れ入る。

浜吉は苦笑しながら、平常にしてよい、と助けを出した。その言葉に少しは安心したのか、玄右衛門とお芳は、ようやく頭をあげた。

「連れ去られた男の子が、おそらく辰一であろう。だが、川下とやらはどうして辰一と知ったのだ」

その問いに、お芳がはっと目を見開き、あの浪人に昔語りをしたことがある、といった。

「それは不用意であったが、いまさら蒸し返してもしかたあるまい。へち貫の親分、川下の塒《ねぐら》に行ってみてくれ。いるかどうかはわからぬが……」

へい、と貫太郎は腰をあげ、六助にも一緒に来るように声をかけた。

七

「名が川下だけに、江戸湾にでも流されたか……」

幸四郎が笑っている。

結局、川下信九郎の行方《ゆくえ》はわからずじまいであった。

山下の塒は、昨年、引き払われていた。

住んでいる場所が場所である。まわりの者たちは、となりの人間がどんな仕事をしているのか、どんな生活をしているのかなど、まるで興味はない。

ほとんどその日暮らしの連中ばかりである。

貫太郎と浜吉が聞きまわってみても、長屋ですら川下という名を知らない者がいたほどであった。

「とんでもねぇところで暮らしていたものだ」

総後架《そうこうか》の臭い匂いをかぎながら、貫太郎と浜吉は、川下が住んでいた長屋から早々《そうそう》に退散するしかなかった。

周辺の聞きこみをしていると、けころたちがやたらと声をかけてくる。

真っ昼間だろうが、関係ない。

そんな女たちは、一様に顔色が悪く、なかには歯がない者までいて、

「これは、本当にかさの用心だぜ」

たいていのことでは驚かない六助が舌打ちをしたほどである。

なんの成果もあがらず、数日は、信九郎からの接触もなかった。

喜一は元気にしているだろうか、とおろおろしっぱなしの初太郎とお志野。そ

れを見て、玄右衛門も複雑な表情を隠せない。

ふた組の両親は、麻布《あざぶ》の千住の屋敷そばにある別宅に呼ばれた。

ここなら、驚くほどの装飾があるわけでもなく、ちょっとしたご大身《たいしん》が生活する程度の造りだ。加野屋夫婦も志野屋夫婦も、千住の身分についてそれほど不審に思うことはない。

広間に集められて、いま、貫太郎と浜吉の報告を聞いているところであった。

そこに、加野屋からの使いが訪ねてきた。

加野屋が玄関に出て、手代から文を預かる。

宛名は、加野屋さま、とあり、裏には、信、と書いてあった。おそらく、川下信九郎からの脅迫状だろう。

その場にいるみなが固唾《かたず》を飲むなか、加野屋が文を開いた。

読み終わり、青くなった顔を幸四郎に向ける。

「子どもを預かっているから、三百両を持ってこい、という脅迫です」

渡された手紙を、幸四郎が目を通した。

「なるほど……最初から拐《かどわ》かしをするつもりで、あの雪うさぎ大会に来ていたわけだな」

「迂闊でした……そんな奴がいるとは」

長い顎《あご》を撫でながら、貫太郎が悔《くや》しそうにする。

文を渡された千佳も読み終わると、

「取り返せばいいのです。なにも難《むずか》しいことはありません」

その言葉に、お志野が反応した。

「そんな簡単にできますか」

「なにか策でもあるので」

初太郎もにじり寄ってきた。

「金を渡す場所や時刻を指定してきた。そのときに捕まえたらいい」

幸四郎が諭すが、ふた組の夫婦は、なかなかそう簡単に割りきるわけにはいかないのだろう。四人でいっせいにため息をつく。

「おまえたちの気持ちは十分わかっておる。だが、まかせておけ。私たちがかならず、辰一、いや、喜一かな……を助けるから心配するな」

浜吉が、なんとか夫婦たちの気持ちをやわらげようと努力するが、なかなか顔色は明るくならない。

それも無理はないだろう、と幸四郎は四人の気持ちを量りながら、

「へちまの親分、この場所はわかるか」

貫太郎は渡された文を読みながら、

「あぁ、浅茅ヶ原《あさじがはら》。大川沿いにのぼっていったところにあります」

「どんなところだ」

「まぁ、辺鄙《へんぴ》なところです。原というくらいですからねぇ。途中には都鳥《みやこどり》が見もの場所もありますが……」

「そんなものを悠長《ゆうちょう》に見る暇はあるまいが……人が来ぬところで、取り引きをしようというのであろう」

「ですが……」

貫太郎が、顔を曇《くも》らせる。

「ここには、加野屋夫婦だけで来い、と書いてありますが」

「まぁ、そうだが……そこはほれ、いつもの伝でなんとかしよう」

しかし、加野屋は自分たちで行く気満々である。

「私が行きます。辰一を取り返せるなら、どれだけお金がかかろうと……」

と、今度は、初太郎が叫んだ。

「私が行きます。喜一は私たちが育てた子。ほかの人にまかせるわけにはいきません」

畳に額《ひたい》をこすらんばかりに頼みこんだ。

それを見て、玄右衛門も負けじと幸四郎に迫《せま》る。

「いえ、辰一は私たちの子です。私が行きます」

ふたりが睨みあったのを見て、幸四郎は苦笑する。

「まぁまぁ。お互い、そんなに意地を張ってもしようがあるまい。ここは、本職にまかせろ」

本職……貫太郎や浜吉たちが幸四郎を見るが、例によって、ぼんやりした顔で、へらへらしているだけ。

「とにかく、ここは武張《ぶば》ったことが得意の者でなければ太刀打《たちう》ちできまい。その浪人は腕が立つのか」

信九郎を用心棒に雇《やと》っていた加野屋だが、腕前までは知らない、と答える。加野屋で用心棒を探している、という話を聞いた信九郎が、自分から売りこみにきたらしい。

「当時からあまり素行《そこう》がいいほうではないように見えたので、数日だけでやめていただきました。なので……」

腕を見たことはない、と加野屋は答える。

「まぁ、それは刃傷沙汰《にんじょうざた》になったときの話です。いま、ここで気にするほどのことではないと考えますが」

浜吉が四角く締めようとした。そこで幸四郎が、

「心配いらぬ。私が加野屋に化ける」

と、いい放った。

そうなると当然、お芳の役を演じるのは、千佳姫だろう。それまで出番を待っていた役者のように、千佳がぱっと眼を輝《かがや》かせた。

驚愕《きょうがく》の目つきで、加野屋のふたりは幸四郎と千佳を交互に見つめる。どこか浮《うき》世《よ》離れしたふたりであることは、雰囲気で感じている。それに、こんな別宅をあっという間に用意できるだけの力も持っている。

ただのお武家さん、というには、あまりにも不思議なたたずまいを醸《かも》しだしていた。まかせておいても大丈夫だろう、という気持ちにはなるのだが、なにしろ、ようやく行方《ゆくえ》の知れた自分たちの子どもである。

それを他人にまかせてしまっていいのだろうか、という気持ちが消えないのもたしかだ。

「でも、川下は剣呑な相手でございますが……大丈夫でしょうか」

尋ねる玄右衛門の顔は青白い。

「心配は無用。私たちは強いのだ。それに相手はただひとりであろう。ちょちょいとひねるだけだ」

わっははは、と笑う幸四郎の顔に、加野屋のふたりもなんとなく心強い感じを受ける。

しかし、初太郎とお志野のふたりは、いまだ忸怩《じくじ》たる思いだ。

喜一を育てたという自負がある。それなのに、ここではどちらかというと蚊帳《かや》の外のような扱《あつか》いである。

「お志野……心配するな」

ふたりの思いに気づいたのか、幸四郎が優《やさ》しく声をかける。

「とにかく、まずは辰一、いや、喜一、いや、辰一……まぁ、その子を川下信九郎から取り返すことが先だ」

幸四郎は浜吉に、自分と千佳の変装衣装を用意するように命じた。

捕縛《ほばく》は自分がする、と貫太郎がいいだし、思わぬ危険が迫《せま》ったら困る、と浜吉、おりんと六助が、あとをついていく、といってきかない。しかたなく幸四郎は、見つからないように離れておれよ、と命じた。

八
「鳥もまわりが見えないのですね」

粉雪まじりの天候にもかかわらず、数羽の都鳥を見つけて、女がつぶやいた。

「うむ、鳥目だからの」

「それは夜に目が見えない、という意味でしょう」

「堅いことをいうな」

そんな戯言《ざれごと》をいいながら、花川戸から大川沿いをのぼっている男女ひと組。

雪が降っているせいか、ふたりとも手ぬぐいをほっかぶりにして、顔は判然としない。

信九郎からの脅迫状に書いてあった、約束の日である。

そろそろ暮れ六つになろうかとする頃合い。雲のせいで、周囲はどんよりと暗く、天が落ちてきそうな雰囲気だ。

もちろん、ふたり連れの正体は、幸四郎と千佳姫である。

加野屋に扮《ふん》して、川下信九郎に会い、辰一を取り戻そうという算段。

「信九郎はひとりでしょうか」

「さぁなぁ。それはわからぬ。相手は加野屋だ。三百両を要求しているとはいえ、それが一度で終わるとは思えぬ。ひとりでやったほうが実入りは多いだろうが……どうかな」

「信九郎が手下でも連れてきていたら、こちらはわずかふたり……」

「おや、尻ごみしたくなったかな」

「まさか、武者震いしそうになっただけです」

「それは頼もしい」

幸四郎はもとより、千佳姫も小太刀《こだち》の達人である。ちょっとやそっとの侍が打ちかかっても相手にならないだろう。

そんな腕を知っているからこそ、幸四郎としても、心配なく危険な場にも連れてくるのだ。

大川はゆるやかに曲がり、川岸に沿ってふたりは歩き続けた。

左手に、冬枯れした原っぱが見えてきた。松や杉の木が点々と立っていて、雪に霞《かす》んでいる姿が寂《さび》しい。

「信九郎が指定してきたのは、このあたりではありませんか」

お芳に扮《ふん》した千佳が足を止めた。周囲を見まわすが、人の影は見えない。どこかでこちらの様子をうかがっているとも考えられる。

ふたりは、いかにもおどおどした商人、という風情《ふぜい》を出すために、腰を屈《かが》め気味にして、ゆっくりと進んでいった。

歩んでいくと、少し高台になっている場所が見えてきた。木々に遮《さえぎ》られ、奥までは見えない。

そこから、数人の男たちがそれぞれ提灯《ちょうちん》を揺らしながら、ゆっくりと幸四郎たちに向かっておりてくるのが見えた。

幸四郎と千佳は足を止めた。先頭のひとりは、この寒空に素袷《すあわせ》、落とし差しをした浪人風の男である。

別の男が子どもの手を乱暴に引きながら、後ろからおりてくる。

まともに食べていないのか、浪人の眼窩《がんか》は窪《くぼ》んで、痩せ細っている。だが、足の運びは尋常《じんじょう》ではないと、幸四郎も千佳も見抜いていた。

おろおろした風を装《よそお》い、浪人が目の前にやってくるのを待つ。

ごろつきたちが周囲を囲《かこ》む。

「加野屋さんだな」

浪人がかすれた声を出した。

「……へぇ」

幸四郎は、顔を隠すように下を向きながら返事をした。

「お内儀《ないぎ》……なにか以前より若くなったようだ。さぞや、旨《うま》いものを食っているのだろう」

ぐふふ、とこもるような笑いが聞こえる。その目には好色な色が垣間《かいま》見えた。

「川下さま……」

幸四郎はわざと名前で呼んだ。そのほうが、より玄右衛門だと騙せると思ったのだが……信九郎が眉《まゆ》をひそめた。

「おい……加野屋。顔を見せろ」

へぇ、と答えた幸四郎だが、顔をあげようとはしない。焦《じ》れた信九郎が、そばに寄ってくる。

「顔を見せろ。おぬし、偽者《にせもの》だな」

幸四郎は、すぅっと数歩さがって、そんなことはありません、と答えた。

「……加野屋にそんな足運びができるものか。誰だ、おまえは」

「加野屋でございます」

信九郎は、ふん、と鼻で笑うと、今度は千佳のそばに移動して、千佳の手を握《にぎ》ると、ひねりあげようとした。

それを察した千佳が、うまく身体をさばいて逃げた。信九郎は驚きの目で、幸四郎と千佳を交互に見比べて、

「なるほど……加野屋は自分の子どもは可愛くないらしい」

「それは違いますぞ」

そういって、幸四郎が背筋を伸ばし、ほっかぶりを取って顔をさらす。すっくとした姿に清々《すがすが》しさが見えて、信九郎が目を見張る。

日は落ちたが、まだ残照があり、相手の顔を判断できる程度の明かりは残っている。

「誰だ。有《あ》り体《てい》に申せば、命は助けてやる」

重ねて、信九郎が問うた。

「弟でございます。兄に代わりまして手前どもが」

「弟だと」

「はい、こちらは、私の家内」

「……ふん。そんな言葉を信用するほどまぬけではない。おまえのその物腰は武士であろう。女も武家だ」

同じように、ほっかぶりを取った千佳を指差す。

「なるほど……目は窪《くぼ》んでいても使えるらしい」

「なに」

「まぁまぁ、あまり頭に血をのぼらせると、早死にするぞ」

その場にそぐわぬ、のんびりした受け答えに、信九郎は苛立《いらだ》った。

「ふざけるな。金はどうした」

「辰一は」

「先に金だ」

幸四郎は、千佳に金を見せるように伝える。千佳が、懐から三百両を取りだして見せた。もちろん本物である。

「金はこのとおりだが、辰一が先だ」

それをもらおう、とそばに寄る信九郎だが、子どもを先に返してもらう、といって譲《ゆず》らぬ幸四郎に、ますます苛立っていった。とうとう、

「うるさい、みな、やれ」

それを合図に、まわりを囲んでいたごろつきどもが、幸四郎と千佳に襲いかかった。

なかに、千佳を女と侮《あなど》ったか、にやにやしながら肩に手をかけた男がいた。

だが、目にも留まらぬ早業《はやわざ》で、その男は、数間、吹き飛ばされていた。ごろつきどもは、なにが起きたのかわからず、あっけに取られている。

「やめろやめろ。俺たちは強いのだ」

揶揄《やゆ》を含《ふく》んだ幸四郎の言葉に、ごろつきたちは息巻いた。

次々に、幸四郎と千佳に飛びかかるが、ことごとく跳《は》ね返され、その場に転がされ呻いている。

「おぬしの番だぞ」

ぴくりともせずにその様を見つめていた信九郎は、窪んだ目をじろりと幸四郎に向けた。

「金が欲しかっただけなのだが」

自嘲の言葉に聞こえたが、幸四郎は無視をした。

ふと目を信九郎の足元にやれば、紫色の名も知れぬ冬の花を踏みつぶしている。

「おぬし……少しは花の気持ちを知ったほうがよさそうだ」

突然の幸四郎の言葉に、信九郎は目を細めて、

「なに。こんなときに風流は似合わんぞ」

「どんなときでも、死を前にしてでも、花鳥風月《かちょうふうげつ》を愛《め》でられる者は強いのだ。なぜかわかるか」

「……知らぬ、そんなことは」

「極楽《ごくらく》は花鳥風月で満たされておるからだ。だが、いまおまえは死を前にしておるというのに、一輪の花を踏みつぶした。極楽には行けぬ、行くのは地獄。己《おのれ》で定めた、ということだな」

がっはは、と笑った幸四郎に、信九郎が、馬鹿か、おぬしは、と吐き捨てた。

「本当に何者だ、おまえは」

「ん。私か。私は人呼んで、殿さま浪人……」

半身に構え、見得を切った幸四郎を見て、信九郎はすばやく刀を抜き放ち、上段から斬りこんできた。

幸四郎は千佳に、子どもをっ、と叫び、横っ飛びに切っ先をかわす。

千佳が敵に向かって行く姿を確かめた幸四郎は、目の前にいる信九郎にあらためて視線を向けた。

「泰然としておるのぉ。悪どいことには慣れておるというわけだな」

信九郎は、不敵に笑うだけである。

「どうした……向かってこんのか」

信九郎の挑発に、今度は幸四郎が、ふん、と鼻で笑った。

「よほど自信があるらしい。それもいまのうちだ……」

日が暮れだして、薄月の光が、信九郎の刃《やいば》に反射する。

幸四郎は、それを見て静かに青眼《せいがん》に構え、足場を固める。信九郎は飛びかかる間を計っているのだろう。

お互い、相手の腕を知り、動こうにも動けないのだ。

千佳は、そんなふたりから離れ、子どもの手をつかんでいる男に対峙《たいじ》していた。

子どもを人質に取られていては、迂闊な行動を取るわけにはいかない。

じっと、相手を睨むことしかできず、千佳はどうしたものかと思案をめぐらせる。

「ねぇ、ちょいと……」

しなをつくってそばに寄っていった。

「な、なんだ……」

相手の男は、声からしてまだ若そうである。これならなんとかなる、と千佳は胸のうちでつぶやきながら、

「あんた、年はいくつ」

相手の身体から、怪訝な思いと不安が見えた。

「よ、寄るな……」

男はじりじりとさがりはじめた。だが、千佳は止まらない。男が、辰一の首に匕首《あいくち》をあてて、それ以上、近寄ると殺すぞ、と脅《おど》した。だが、千佳はそれでも歩みを止めずに寄っていく。

「そんなことしたら、身代金がもらえずに、あんたのほうが殺されてしまうよ」

うるせぇ、と男が匕首を動かそうとしたその瞬間、辰一が男の手に嚙みついた。

ぎゃっ、と叫んで男が、匕首を取り落とした。

その叫び声が聞こえた瞬間であった。幸四郎が、まるで水の上を歩くような動作で、信九郎のそばまで身体を寄せ、上段から斬りおろした。

一瞬の間で、信九郎が身体を引いたのを見て、幸四郎は思いきり突きを入れる。

だが、それも信九郎は左に逃げて、横殴《よこなぐ》りに払った。

胴を切られそうになった幸四郎は、刃《やいば》の横腹でそれを跳《は》ね返し、すばやく上段

から斬りつける。

切っ先は、寸の間で信九郎の肩先に届いた。

幸四郎の手に、相手の肉を斬る感触が伝わってくる。

「これで、勝負あったな……」

肩先から首にかけて、血が流れはじめている信九郎に、幸四郎は声をかける。

だが、それで負けを認めるほど、やわな信九郎ではなかった。

脇差《わきざし》を抜くと、そのまま幸四郎目がけて投げつけてきたのだ。だが、苦しまぎれの技は威力がない。あっさりとそれを避けて、もう一度、幸四郎はすぅっと寄ると、足首を薙《な》いだ。ぐらりと信九郎の身体が揺らぎ、そのまま倒れる。

残心を解いて、血振りをしてから、懐紙《かいし》で刀をぬぐう。

幸四郎は、息を荒げている信九郎に、

「どうしてこのようなことをした……と聞いても答えはあるまい。子どもを使ってひと儲けをしようなどと、すでに人の心を捨てておるのだからな。こうなったら静かに縛につけ」

それでも、信九郎は答えようとしない。

千佳が、辰一の手を取って戻ってきた。若い男は、遠くに倒れている。気絶しているらしい。信九郎の仲間たちは、いつの間にか、姿を消していた。

そばに、貫太郎と浜吉が寄ってきた。

幸四郎の、縛れ、という声に、貫太郎が縄を出す。本来、御用聞きに下手人《げしゆにん》を縛る権限はない。だが、そんなことは幸四郎も貫太郎も意に介さない。

貫太郎は、縛りあげた信九郎を、浜吉と一緒に引き連れていった。

幸四郎に斬られた傷が痛むのか、信九郎は足を引きずっている。

「脛《すね》に傷持つ悪党の姿、そのままだのぉ」

幸四郎が笑いながら、千佳に手を引かれている辰一の前に立つ。なかなかに賢《かしこ》そうな顔つきである。

幸四郎はしゃがみこみ、小さな声で話しはじめた。辰一は、うんうんとうなずきながら、ときどき返事をする。

千佳は怪訝な表情を浮かべた。ふたりがどんな会話を交わしているのか、はっきりと聞こえなかったからである。

九

辰一は、加野屋に帰されることになった。それまで育ててくれたのは、本当にありがたい、御礼をしたい、という玄右衛門の言葉に、そんなつもりで育てたわけではない、と初太郎は断りを入れた。

辰一は別れ際《ぎわ》に、

「今後もよろしくお願いします」

とだけ言葉を残して、加野屋の迎えの駕籠《かご》に揺られていったのである。

辰一があっさり加野屋に移る話を受け入れたことも、初太郎たちには意外であった。

「やはり、大店《おおだな》の息子として育ったほうが本人もいいのだ。それに、本当の親が見つかったのだからな……」

という初太郎の言葉と、簡単に喜一から辰一に戻ってしまった子どもを見て、お志野は嘆《なげ》き、落胆《らくたん》して、気が変になりそうだ、と寝こんでしまった。

その翌日、春屋の二階に加野屋夫婦が姿を見せていた。

くどくどと礼をいう加野屋に、幸四郎は、もうよい、と手を振ると、感謝の意を表したいのなら、といって加野屋をそばに呼び、ひとことふたこと、告げた。

うんうん、と聞いていた加野屋は、承知いたしました、と満足そうに帰っていった。

幸四郎は浜吉を呼び、また千佳のところに行ってくれ、と頼んだ。

それから数日後――。

加野屋に、槌《つち》の音が響きはじめた。

帰ってきた子どものために、離れ部屋でも作ってあげるのだろう、さすが、大《お》店《だな》の加野屋さんだ、と近所は感心しきりである。

そして、数日が過ぎたころ、加野屋から初太郎、お志野のところに誘いが来た。

辰一が会いたいと願っている、というのである。

最初、初太郎は、そんなことはできない、と断った。

「もう、私たち夫婦に子どもはおりません。喜一は死んだと思っております。どうぞお引取りを」

それが自分たちの矜持《きょうじ》だと答えた。

しかし、加野屋の使いは、それは困る、といい、押し問答が続く。

おそらく、初太郎夫婦はそのような返事をするだろう、と加野屋は予想していたのかもしれない。使いの者はとにかく頑固である。

初太郎、お志野のふたりを連れて帰らねば、自分が怒鳴《どな》られ、追いだされてしまう、と一歩たりとも引こうとしない。

やがて、お志野が初太郎につぶやいた。

「私は……喜一に会いたい……」

その言葉が初太郎の気持ちを動かした。もちろん、初太郎としても、本心は同じである。意地を張っていたに過ぎない。

だが、それを表に出すと、加野屋さんにも悪いだろう、という遠慮《えんりょ》もあった。

お志野の言葉は、そんな初太郎の岩のような気持ちを砕いた。

結局、初太郎は意思を通すことができずに、加野屋行きの駕籠《かご》に乗ることになったのである。

ゆらりゆらりと揺れる駕籠に乗っていると、初太郎もお志野も、自分がどこに連れていかれるのか不安になってきた。垂《た》れがおろされていて外が見えないのも、不安を呼ぶ原因のひとつだろう。

どのくらいの時間が経ったのか、やがて、駕籠《かご》が止まった。

垂《た》れがあげられ、外が見えた。

午後の日差しが当たって光っていたのは、いままで知っている加野屋の店前ではなかった。

初太郎とお志野は首を傾《かし》げる。

冬のやわらかな光が、間口三間の建物を浮かびあがらせていた。

どこなのだ。と初太郎とお志野が顔を見あわせていると、玄関から子どもが出てきた。思わず、喜一、とつぶやきかけて、辰一、といい直した初太郎に、

「喜一でいいんです」

と子どもが答える。

どう返せばいいのかわからずにいると、加野屋の玄右衛門が出てきて、

「辰一の願いで建て増しをしたのです。これからは、おふたりにもこちらでご商売をしていただこうかと思いましてね。僭越《せんえつ》だとは思いましたが、このような形をとらさせていただきました。ぜひ、佃煮《つくだに》をお売りください」

よく見ると、となりの店はもとからある加野屋だ。自分たちの身になにが起きたのか……思考が止まり、初太郎はただ呆然《ぼうぜん》としている。

裏のほうから幸四郎と千佳が進み出てきた。幸四郎が辰一の頭を撫でながら、

「今後は、この子は辰一でもあり、喜一でもある」

なにをいわれているのか、初太郎はその言葉すらも頭に入らない。ぽかんとしたまま、お志野に視線を移すと、同じように思考が停止したような目つきをしている。

そんなふたりに、幸四郎は、なかに入れ、とうながした。

ふらふらとした足取りで、初太郎とお志野は店に入っていく。辰一は、にこにこと笑みを浮かべて嬉しそうだ。

加野屋は、客間に全員を入れると、上座に初太郎とお志野を、そして辰一をとなりに座らせた。

加野屋さんの前で上座に座ることはできない、という初太郎の言葉に、玄右衛門は、そんなことはない、ここまで辰一を育ててくれたのだから、となかば強引に勧める。

しかたなく、初太郎は、玄右衛門の言葉に従《したが》った。

「この店を建ててくれたのは、いわば、辰一です」

玄右衛門が静かに話しはじめた。

それによると、辰一は、加野屋に戻ってきてもいいが、それには条件がある、といって、この建物を要求したらしい。

「それは、初太郎さんたち育ての親をそのままにしてはおけない、という、辰一のたっての願いだったのです。それができないのなら、自分は加野屋には足を踏み入れない、とまでいったんですよ。正直、私も初めは驚きましたが、よく考えてみれば、辰一の気持ちも、わからないではない。いってみれば、私は辰一を一度は心ならずとはいえ捨てた親。それに反して、初太郎さんたちは、それを拾って育ててくれたんですからねぇ」

嬉しい話だのぉ、と幸四郎が笑った。辰一が、本当は……としゃべりかけて、幸四郎が、そこまでだ、と止める。

浜吉はその光景を見て、ははぁと得心《とくしん》がいった。

すべては幸四郎が企《たくら》んだことであろう。

辰一としても、どちらかの親だけにつく、という気持ちにはなれないに違いない。

そこで幸四郎が、一計を案じて、新たな店を加野屋のとなりに造らせ、辰一が行き来できるようにさせたのだ。

――ふた組の夫婦に、ひとりの息子……なんともまぁ、突飛《とっぴ》な話ではあるが……。

呆《あき》れ返る浜吉の顔に、ふと思いがけず笑みが浮かんできた。

建て増しの木の匂いも清々《すがすが》しい部屋のなかに、喜びの声が蔓延《まんえん》していたからであった。

第三話　貫太郎昔語り

一

江戸の師走は早い。

町並にも彩《いろど》りが加えられ、色が豊かになる。

人の出も多くなる。

そんな江戸の喧噪《けんそう》のなかを、すたすたと歩く御用聞きは貫太郎。まわりに目くばりをしながらなので、目つきが悪いのはしょうがない。さらに、へちまのごとく長い顎《あご》を撫でながらである。

若い女たちは、妖怪《ようかい》でも見るような目つきでやり過ごす。

てやんでぇ、てめぇだって、そんなたいそうな面相《めんそう》してねぇぜ、とつぶやき、ときどき見えそうになる十手《じって》の先っぽを押しこみながら、腰を屈《かが》め加減《かげん》にして浅草、雷神門の前を歩いていた。

仲見世《なかみせ》は大勢の人であふれている。

江戸っ子は浮かれているが、貫太郎の心は汚い堀割の水のようによどんでいた。

同心、杉枝から、こんな話を聞かされたからである。

数日前、役宅に呼ばれて訪ねたところ、杉枝が妙な顔つきをしていた。なにかまた事件が起きたのかと聞いたが、そうではない、という。

「これから起きそうなのだ」

「それはいってぇ、どんな事件で」

「おまえの命がなくなる」

「へ」

「石屋《いしや》の玄《げん》という野郎を知っているだろう」

「石屋。知るも知らねぇも、とんでもねぇ野郎でしたねぇ」

その名は忘れはしない。

かつて、深川で、名をあげていた親分がいた。親分といっても御用聞きではない。口入れ家業を隠れ蓑《みの》にして、恐喝《きょうかつ》などを裏でやっていたあこぎな地まわりである。

しかも奴がうまかったのは、自分が根城《ねじろ》にしている深川の商家には手を出さずに、浅草やら両国《りょうごく》あたりを専門に手を伸ばしていたことだ。

しかし、土地土地には縄張りがあり、当然、地元の連中と軋轢《あつれき》が生じる。喧嘩《けんか》を続けながら、力で目の前の敵を倒しながら、玄の勢力はどんどん大きくなっていった。人を殺すのをなんとも思わないような子分が大勢いて、町民まで巻きこまれることもたびたびであった。

玄は、もとは石屋の商売をしていたらしい。それで、石屋の玄と呼ばれるようになった。

途中からは、石玄《いしげん》と縮《ちぢ》めて呼ばれ、真面目に働く町民たちにますます恐《おそ》れられていった。

石玄と繋がりのあった貫太郎は、ある日、石玄を裏切り、彼の屋敷に捕り方が踏みこむきっかけを作ったのである。

結局、石玄はうまく逃げおおせ、江戸から姿を消してしまったが、その蛇《へび》のような執念深《しゅうねんぶか》い恨みはいまだ石玄のなかにくすぶっているはずである。

いまから十年前――。

そのころの貫太郎は、まだ御用聞きではなかった。

深川界隈《かいわい》を根城として悪さをする破落戸《ごろつき》の集団があり、そのうちのひとりでしかなかったのである。

深川八幡の周辺には岡場所が七か所ある。

ときには、大店《おおだな》の主人や武家が身分を隠してやってくる。

そんな連中の身元を調べては、脅《おど》しをかけたり、嫌がらせをしながら小遣《こづか》い稼ぎをする集団である。別に親分子分の関係はなく、そのときどきで集まっては手をくだし、あとは解散という泡のような集まりであった。ただそれだけでも頭目《とうもく》らしき男はいて、それが石屋の玄であった。

そして、この集団のなかに、おりんと六助のふたりもいた。

おりんは十六歳、六助は十四歳。まだ大人とはいえない。

おりんもいまのように婀娜《あだ》な女にはなっておらず、堅いつぼみのころである。

ただし、色白でふっくらした身体つきは、とても子どもとは思えず、狙《ねら》いをつける悪党もいた。そんな連中から守るのが六助の役目でもあった。

このふたり、生まれは江戸の在。家が近く、気心も知れているのでいつもつるんでいたのであった。

貫太郎は、もっぱら賭場《とば》に出入りをして稼いでいたのだが、そうそういつも勝てるわけではない。金がなくなったときには、石玄のところに行き、人足《にんそく》仕事なども やっていたのである。

いわば、石玄と貫太郎には、親分子分とまではいかなくても、ある程度のかかわりがあった。

貫太郎は、石玄がときどきおりんを見ては舌なめずりをしている姿を見て、

「まだ、子どもじゃねぇか。それをなんだい……」

心中では、呆《あき》れ返っていたのだが、だからといって、その邪魔《じゃま》をするような義理もない。

——あの蛇の手に落ちたなら、それはおりんの定めだろうよ。

その程度の思いしかなかった。

だが、そんな気持ちを一変させる出来事が起きた。

夏のある日のこと——。

じっとしていても首や胸に汗が滲むような日であった。貫太郎がいつものように深川を流していると、怒声《どせい》が聞こえてきた。

富岡《とみおか》八幡、二の鳥居《とりい》の近くである。

鳥居を背にして女が窮地《きゅうち》に陥《おちい》っているのが見えた。

まわりを浅黄《あさぎ》裏《うら》のような若い侍が、取り囲んでいる。

──あれは、おりんじゃねぇかい。

そばで、片肌《はだ》脱いで粋《いき》がっているのは、六助に違いない。

どうしたのか、と遠巻きから見ていると、どうやら、おりんが侍の懐《ふところ》を狙って失敗したらしい。

怒った若侍たちが、自身番に連れていくとわめいている。

おりんは、誰がそんなところに行くものか、と強がっているが、形勢はどう見ても不利である。まわりの野次馬たちが反対していないということは、侍のいいぶんが嘘《うそ》ではないということを表していた。

──このままじゃ、おりんは捕まるぜ……。

悩《なや》んだ末に、貫太郎はいきなり、となりにいる男の腹を蹴飛《けと》ばした。

「てめぇ。なんで俺の懐なんざ狙いやがるんだ」

となりにいたのは、股引《ももひき》姿で素肌《すはだ》に直接、法被《はっぴ》を着た職人風の男で、掏摸《すり》などには見えない。

だが、貫太郎は気にせず、そいつに殴《なぐ》りかかっていった。びっくりした職人は、一瞬なにをいわれているのかわからんという顔つきをしていたが、いきなり殴られたのではたまらないと、貫太郎から逃げようとする。

わぁ、とその場が乱れた。

そのなかで貫太郎はなおも暴《あば》れまわるので、おりんを取り囲んでいる侍のほうにまで人が流れていく。

侍たちの視線が、おりんと六助から離れた。

騒いでいるのが貫太郎だと気がついたおりんと六助は、視線を交わすと、一目《いちもく》散《さん》に逃げだした。

貫太郎は、しばらく暴れていたが、ふたりの姿が見えなくなったのを確かめて、すたこらとその場から去っていった。

あとに残された職人風の男は、罵声を浴びせかけるが、貫太郎の逃げ足の速さに途中で諦《あきら》めるしかなかった。

おりんが三十三間堂《さんじゅうさんげんどう》のほうに逃げたと見当をつけていた貫太郎は、入船《いりふね》町から橋を渡る。そのまま大川沿いに進むと、吉祥天《きっしょうてん》を祀《まつ》る神社がある。おそらくそこに逃げこんだに違いない。

江戸詰め侍では、こんなところまで追ってくることはないだろう。

暑い日差しを川風がなごませてくれるのを感じながら、貫太郎は境内《けいだい》に足を踏み入れた。

「貫太郎さん……」

案の定、おりんと六助は、境内の奥にある弁天堂《べんてんどう》の屋根の下で涼《すず》んでいた。

「おう、おりん、六助、怪我はねぇか」

「ありがとうございました。助かりました。まったくどじ踏んでしまったものです……」

沈《しず》んだ顔で、おりんがお辞儀《じぎ》をした。

「なに、深川であぶく銭を稼いでいるよしみだ。それに俺は、威張《いば》りくさっている侍が大嫌いだからな」

不快感をあらわにする貫太郎を見て、

「侍が嫌いな理由があるので」

「あぁ、まぁな……」

それ以上、貫太郎は答えなかった。

「まぁ、そんなことより、どうでぇ、ちと小腹が空いた。いま、付き合わねぇかい」

「でも、いま、あたしたちは……」

「……あぁ、お足《あし》がねぇのかい。心配はいらねぇ。俺が持ってるぜ。都合《つごう》のいいことに昨日、いい目が出たんでね。深川飯《ふかがわめし》でも食おう。もう、さっきの若侍たちも消えたことだろうしな」

にやりと笑った。

二

深川は堀割の多い町だ。季節外れの台風のような朝から降り続く雨で、水かさを増し、いまにもあふれそうである。

浄心寺《じょうしんじ》の門前から少し離れた吉永町《よしながちょう》。貫太郎がおりんたちを侍から助けた数日後の、夕七つになろうとする刻限。

そこの一角にある水茶屋で、新米同心、杉枝敏昌は貫太郎の言葉に苦虫《にがむし》を嚙みつぶしていた。

「おりんを助けてぇだと。おりんというと、この界隈《かいわい》を縄張りにする女掏摸ではないか。たしか六助という野郎とつるんで、人の懐を狙っていたはずだが」

「へぇ……まぁ、掏摸にちげぇねぇんですがね。あの女を見てるとどうも、ほうってておけねぇんで」

「おめぇ、惚《ほ》れたのかい」

「まさか、相手はまだ子どもでさぁ」

この前、飯を食いながら聞いたおりんの話に、貫太郎は義憤《ぎふん》を感じていた。

「誰かの懐に目をつけると、石玄の子分が寄ってきて邪魔《じゃま》するんですよ。そして親分の女になれば、もっと稼ぎやすくさせてやる、とかなんとか……」

石玄は、おりんを狙っているらしい。なんとか、あの石玄の蛇《へび》のような手から逃《のが》れる術《すべ》はないか、と六助とおりんが悩《なや》んでいる姿を見て、

「よし、おれがなんか考えてやる」

とつい貫太郎は粋がってしまった。

「そんなことができるんですか」

「まぁ、俺には、杉枝という同心がついているから、相談してみべぇ……」

「同心」

六助が箸《はし》を止める。

「あぁ、心配はいらねぇ。そのお人は俺が餓鬼《がき》のころ、一緒に遊んだ仲なのだ」

「一緒に遊んだですって」

普段は賭場に出入りして、ときどき石玄にも世話になっている貫太郎が、自分たちを助けてくれる、というだけでも不思議な思いがするのに、今度は、同心と幼馴染《おさななじみ》だと語る。

疑問を持つのは当然だろう。

「信用してねぇな。無理もねぇがな」

ふふっ、と笑うその顔は、石玄の子分たちのように荒《すさ》んだところはない。

「どう思います」

六助がおりんに尋ねる。

「……そうねぇ」

貫太郎は、まぁ、信じなくてもいい、と笑って、

「まぁ、腹ごしらえしてから、また、仕事でもしろよ」

そういって、別れたのであった。

「貫太郎……たしかにてめぇと俺は、幼馴染だ。それに、餓鬼のころは、棒手振《ぼてふ》りの魚屋をひっくり返して、一匹、二匹ちょろまかしたり、赤犬ぶっ殺して、食

ってみたりした仲だ。だがなぁ。俺はいま、れっきとした町方になったんだ。親が死んだために跡を継いだばかりだ。あまりおかしな真似はできねぇのよ」

「そんなことはわかってらぁ」

お互い、幼馴染《おさななじみ》だ、とはいうが、正確にいうと少し違う。

貫太郎は江戸の外れ、巣鴨《すがも》村で生まれた。

しかし、両親があっさり流行病《はやりやまい》で亡くなり、叔父《おじ》に育てられた。叔父は自分の農地を持っていたために、そこで収穫される野菜などを江戸の町に持っていき、売って生計を立てていた。

そこに、杉枝敏昌が病気療養のため、近所の百姓屋に居候《いそうろう》をすることになったのである。貫太郎が八歳。杉枝が七歳。年も近く、ふたりはすぐに打ち解けた。

幸《さいわ》い、敏昌の病《やまい》は軽かったのか、日に日に元気になる。

外を走りまわれるようになったふたりは、農地を駆けめぐり、ときには、村の畑を荒らしたり、よその村の子どもたちと喧嘩をしたり。

杉枝が同心の息子だったおかげで、まわりもあまりうるさくはいわなかった。

ふたりは、巣鴨界隈《かいわい》を我が物顔で闊歩《かっぽ》し、同じ年代の仲間を引き連れ、暴《あば》れていたのである。

ところが、元気になった敏昌が江戸に連れ戻されてしまうと、同心の息子という後ろ盾《だて》を失った貫太郎は、いままでのように見逃《みのが》されることもなくなり、周囲の大人たちに袋叩《ふくろだた》きにあってしまった。

それもあって、やがて、叔父と喧嘩した貫太郎は江戸市内に出た。

貫太郎が二十歳前のことである。

それからは持ち前の悪知恵を使って、詐欺《さぎ》を働いたり、空き巣に入ったり。

そしてある日、賭場で遊んでいるときに踏みこまれ、その捕り方のなかに杉枝がいたのである。これは地獄に仏とばかりに、貫太郎は杉枝の目こぼしで、その場から逃げだした。

それ以来、ふたりはまたときどき会うようになり、貫太郎が悪党たちの噂《うわさ》などを流すようになっていた。

遊び人と同心では、以前のように気やすい口をきくわけにはいかない。

しかし、今回ばかりは、

「おい、敏……俺がいままでおめぇに流してきたねたのおかげで、ずいぶんといい目を見たんじゃねぇのかい」

言葉遣《づか》いを変えて、強面《こわもて》に出た。だが、杉枝はぴくりともせずに、

「それとこれとは、話が違う」

「同じだろう。ちょっと手を加えて、あの石玄という蛇野郎をとっつかめえてくれたらそれでいいのだ」

「だが、いくら行状が悪いとはいえ、見えるところで悪事を働いているわけではねえだろう」

「それを作ればいいんだよ」

「そんなことはできん」

「なんだい。餓鬼《がき》のころ、誰のおかげで元気になれたんだい」

「それは巣鴨の水が合っていたからだ」

「偉《えら》くなると、そういうことをいうのかい」

「世のなかそんなものだ」

貫太郎は、けっ、と毒《どく》づいて、

「まぁ、いいや。手を貸してくれねぇなら、ひとりでやらぁ」

憤慨《ふんがい》した貫太郎が床几《しょうぎ》から立ちあがろうとすると、

「まぁ、待て……」

「……なんでぇ」

「気が短えなぁ」

そういって、雨が降りかかる長床几から一歩奥に入り、こっちに来い、と杉枝は貫太郎をうながした。

「あまり大きな声じゃいえねぇし、他人に聞かれたくねぇからな」

杉枝はそういって、にやりと笑う。

「その顔は、子どものころに悪戯《いたずら》を思いついた、おめぇの顔だ」

貫太郎が冷やかすと、

「いまは同心だから悪事なんか考えねぇぜ」

そして、これから話す内容は他言するな、と釘《くぎ》を刺した。

その中身を聞いた貫太郎が、とたんに意気こんだ。

「それはいい。よし、少し危険かもしれねぇが、俺が石玄の首根っこひっつかんでやるぜ」

「まぁ、そんなに張りきるな。その旅烏《たびがらす》がいるかどうかだけ教えてくれたらいいのだ。もう、どこかに逃げてしまったかもしれねぇ。そのときは、すぐこの話は忘れろ」

杉枝がいうには、最近、この近所の堀割に死体があがった。きれいに斬られていて、町民がやったものとは思えない。調べると、石玄のところに、不審な旅装束の浪人が逗留《とうりゅう》していることがわかった。

どうも、そいつが斬ったのではないか、というのである。

「斬られたのは誰なんで」

「名前はいえねぇが、ある家中の侍だ。江戸詰めになったばかりで、江戸には明るくねぇ。それが賭場に足を運んだ。最初は勝っていたのだが、やがて負けがこんできた。最後は、すってんてんよ」

「最初から仕組まれたんだな」

「気がついた侍は、いかさまだ、と叫んだ。そのときは、胴元《どうもと》も騒ぎを大きくしたくねぇと思ったのだろう。すった半金を返したんだがな。翌日、浄心寺前の堀割に死体があがっていた、とまぁ、そんな寸法だ」

「ありそうな話だぜ」

「子分が殺したらあとが大変だ。だから、その渡り者の浪人がやったんだろう。それに、あの斬り口は、剣術をきちんと習った者の腕だと思う」

「なるほど……で、俺は、石玄の屋敷にその旅烏がいるかどうか、調べたらいいんだな」

「気をつけろよ。そうそう簡単に尻尾《しっぽ》をつかませるとは思えねぇ」

「しんぺぇねぇよ。こう見えても、俺は細心の注意を払うんだ」

貫太郎はにやりと笑った。

三

それからの貫太郎の動きは早かった。

まず、石玄のところに行き、正式に子分にしてくれと頼みこんだ。

だが、それまで何度誘っても、うんと言わなかった貫太郎が、どうしていまさら頼みこんできたのかと、石玄は不審に思ったらしい。あれこれ聞いてきたが、最終的に、

「俺を子分にしたら、おりんがついてくるかもしれねぇ」

という貫太郎の言葉に、石玄はにんまりして、よし、と許した。石玄は、おりんと貫太郎がたまにつるんでいることを知っている。実際は、手を組んで悪さをしたことなどほとんどなかったのだが、本当のことをいう必要はない。

そして貫太郎が、金がなくなったので、深川の安宿を出てかなくちゃならねぇ、

と泣きつくと、石玄は、ここに住みこめといってくれた。ついでに、おりんも呼べ、というが、それはおいおいに、と答える。

無理に押すのも大人げねぇとでも考えたか、石玄はそれ以上はごり押しもしなかった。

石玄の根城は、まさに屋敷といっていいほど広い。

表向き、口入れ稼業をやっているために、間口は八間もある。三畳程度の部屋まで入れたら、七部屋はあるだろう。屋敷の中心には離れに通じる渡り廊下があり、それを加えるとさらに部屋数は増えるかもしれない。

幹部連中は、せまくてもひと部屋を与えられているようだが、住みこみの下っぱたちは、母屋《おもや》の部屋にごろ寝をしている。当然、貫太郎も大部屋だ。

なるべく疑われないように、下っぱ連中と話をするように心がけた。

博打にも参加した。

それもわざと負けなければいけない。大損なのだが、おりんを救ってやろう、という気持ちと、殺しの下手人《げしゅにん》をあげる、という気概《きがい》が高揚《こうよう》感をもたらし、なぜかいままでの悪事を働いていた日々より充実していることに気づいた。

――俺は、岡っ引きに向いてるのかもしれねぇぜ。

そんなことを考えながら、屋敷のなかを探索する。

だが、なかなか浪人の影は見えない。子分たちにそれとなく聞いてみるのだが、本当に知らないのか、それとも口を封じられているのか、ひとりとして役に立ちそうな話はしてくれない。

――やはり、あの離れだな……。

初めからなにか隠されているのではないか、と疑っていたのだが、渡り廊下の先には、頑丈な錠前がついた観音扉《かんのんとびら》があって、そこから奥へ行くことができないように工夫《くふう》されている。

ある深夜。

その日は風が強かった。

――ちょうど音を隠せる。

そう考えた貫太郎は、子分たちが寝入ったのを確認してから、観音扉の前に立った。

錠前に触れようとしたそのとき、どこからか音が聞こえた。すぐに渡り廊下から地面におり、廊下の下に身をひそませる。

そのとき、ぐん、と肩をつかまれた。

――しまった。

そう思って振り向いた瞬間……。

「……おまえ、六助だな」

相手の動きが止まった。

「貫太郎かい……」

「どうしたんだ」

「今日は風がつえぇ。潜《もぐ》りこむにはいい機会だと思って来たんだ。おりんさんをなんとかしてぇからな」

額《ひたい》のにきびを掻きながら、六助はつぶやいた。

「馬鹿野郎。危ねぇことしやがって。捕まったかと思って肝《きも》を冷やしたじゃねぇか。俺にまかせて、とっととけぇれ」

不服そうな顔をする六助だが、大人になりきれていない六助と、貫太郎とでは、体力や経験に差がありすぎる。そのことに気がついたか、わかった、といって四つん這《ば》いになったまま塀まで戻り、そばにあった松の木にするするのぼると、屋敷の外へと姿を消した。

器用な野郎だ、とひとりごちて、貫太郎はあらためて観音扉の前に戻った。

と、今度は母屋《おもや》のほうから声が聞こえてきた。

どうやら渡り廊下から、誰かが離れにやってくるようだ。

貫太郎は、またもや廊下から下におりて身をひそめた。

誰と会話を交わしているのかはっきりしないが、ふたり連れのひとりは石玄であった。

「先生はどうしている」

「外に出たくてうずうずしてるみてぇですが」

「当分それは無理だ。酒と女でもあてがってやれば、なんとか黙《だま》るだろうがな」

「おりんという女はまだか、とうるせぇんですが」

「ち、あんな小娘に懸想《けそう》するとは。ろくでもねぇ野郎だぜ」

「そういう親分も、ひそかに狙ってるんでしょう」

「……ふん、まぁな。おりんてなぁ、あらぁ二年も経《た》てばいい女になるぜ。そばにいる六助とかいう小僧が邪魔だがな。なんとかして、いまのうちに手に入れておきてぇのよ。ま、小僧はそのうち消せばいい」

「おりんを手にしたら、先生に渡すんですかい」

「冗談じゃねぇ。あんな上玉を、はいそうですか、と渡す馬鹿はいねぇ。いざとなりゃあ、つりだして殺せばいい」

その内容に、貫太郎はぞっと背筋を震わせる。

──なんてこったい……。

先生というのは、殺しの下手人《げしゅにん》と思われる渡り者の浪人のことだろう。

どこで見たのか、その浪人と石玄が、ともにおりんを狙っているらしい。

貫太郎は、ぶるんと身を震わすと、一刻も早く野郎の存在を杉枝に知らせなければ、と考えた。といって、いますぐ行動に移すのは危険だ。観音扉を開けている音が聞こえる。

風はますます強くなってきた。ついでに雨でも降ってくれたら楽なんだが、と貫太郎は天を仰《あお》いだ。

そのときである。

「誰だ」

という声が廊下から降ってきた。

──しまった。ばれたか。

上から人がおりてくる。

貫太郎は、逡巡《しゅんじゅん》する間もなく飛びだした。

幸運だったのは、まわりに追手がそれほどいなかったことだ。さきほど六助が使った松の木まで走る。そこから塀によじのぼれるはずだ。

風に揺れる枝の先に手を伸ばした。かろうじて指先に触り、ぐいと握《にぎ》って身体を預ける。ぶらさがって、猿《さる》のように幹《みき》をのぼった。こんなに身軽だったとは、自分自身、驚いている。

そのとき、ダンッ、と破裂音がした。

──短筒《たんづつ》。

石玄はそんなものまで持っていたのか。驚きながら、貫太郎は塀によじのぼって振り返る。

「てめぇ、貫太郎だな」

という叫び声が聞こえた。

──これじゃぁ石玄の野郎は逃げてしまうかもしれねぇ。

だが、こうなってしまった以上、悠長《ゆうちょう》に考えている場合ではない。

とにかく一刻も早く杉枝に伝えなければ、と強い風のなかを、貫太郎は矢よりも速く走った。

翌日、死体が深川、永代橋《えいたい》の袂《たもと》にあがっていた。

煮《に》しめたように汚れた着物は、どこか長い旅にくたびれたような雰囲気がある。

検死したところ、足の裏には豆がたくさんできていた。長い間草鞋《わらじ》を履《は》いているために固まったのだろう、と杉枝は読んだ。

「石玄のところにかくまわれていた旅烏にちげぇねぇ」

貫太郎は見当をつける。

前夜、風に吹かれた髷《まげ》をばらばらにさせながら、貫太郎は杉枝の役宅に飛びこみ、石玄の離れに例の浪人が隠れている、と勢いこんで告げたのだ。

話を聞いた杉枝は、捕り方ともどもすぐ乗りこんだが、すでに石玄の姿はなく、もちろん浪人も離れから消えていた。

残っている子分を捕らえ、尋ねても、知らねぇと首を振るだけ。

その浪人の亡骸《なきがら》を見つめながら、杉枝が貫太郎に向かって、

「おめぇは顔を見られた。石玄の野郎に憎《にく》まれているに違いない。いつか復讐にくるかもしれねぇ。覚悟しておいたほうがよさそうだな」

そう忠告したが、そんなことはなんともねぇ、と貫太郎は強気だ。

だが、杉枝の話はそれだけで終わらなかった。

「どうだい、貫太郎。お上《かみ》の仕事をしねぇかい」

「…………」

「俺が手札《てふだ》を出すぜ」

「なんだって。本気かい」

貫太郎は不意に、ぶるっと震えた。驚きや怖《こわ》さよりも、武者震いに近い。

「敏……」

「おめぇの命を救うにはそれがいちばんだと思うぜ」

十手《じって》持ちであれば、ならず者たちもそうそう簡単には手を出すことができない。ある意味、みずからの命を救うことにもなる。杉枝の思いと、貫太郎自身の岡っ引きに対する気持ちには少し異なるものもあったが、そんなことは気にならなかった。

なにより、石玄の屋敷に潜《もぐ》りこんでからの緊迫《きんぱく》した感覚には、丁半《ちょうはん》を賭《か》けるときとはまったく異なる高ぶりがあった。

「本当にいいのか」

貫太郎が確かめると、杉枝は、あぁ、とうなずいて、

「おめぇが手下になってくれると心強いぜ」

そうか、と貫太郎はぶるんと身体を揺すり、受けましょう、と答えた。

こうして、へちまの貫太郎親分が誕生したのである。

四

例によって横川沿いの船宿、春屋の二階座敷。

集まっているのは、浜吉におりん、六助。

へちまの親分による長講《ちょうこう》に、幸四郎は、ほぅ、とか、へぇ、などと感嘆しつつ、話が終わると、

「なるほど、そんな過去があったのだな。人には誰でも歴史があるということか。

過去があって、いまがある。真理は深いのぉ……」

しみじみしそうになるのを見て、貫太郎はすぐ続ける。

「まぁ、そんなわけであっしは御用聞きになったと、まぁ、へぇ」

長い顎をすりすりしながら、貫太郎は恥ずかしそうだ。

「ところで、へち貫の親分。ただそんな自分語りをしたくて、来たわけではあるまい」

「へぇ、じつは……」

殿さまにこんな話をしたのは、杉枝から、石玄が江戸に戻ってきたらしい、と聞かされたからであった。

「昔の仲間で、石玄が江戸から消えたあと、堅気《かたぎ》になった伸三《しんぞう》という男がいるんですがね。そいつは旅籠《はたご》暮らしをしている流しの猿まわしなんですが、駿府《すんぷ》のほうで商売をしていたとき、石玄にばったり出くわしたそうなんで。で、あっしの話が出て、岡っ引きになっている、というような話をしたら、石玄の奴、顔を真っ赤にさせて、江戸に帰る、といったらしいんです。それに、おりんがいっぱしの掏摸になっている、という話も聞いて、舌舐《したな》めずりをしたってぇ話です」

「ほう……親分を狙って江戸に戻る、というわけだな。ついでに、おりんさんをわがものにするつもりかもしれぬ」

「伸三はあわてて江戸に戻って、その話を杉枝さまに伝えたそうです。子分だったころの恨みつらみもあるようですし、まぁ、正月に向けて猿まわしは稼ぎ時なので、ちょうどいいと江戸に戻ってきたということもあるんでしょうが」

江戸から姿を消して以来、ほとんど石玄の噂を聞くことはなかった。どこかで捕まったという話もなく、天にのぼったか地に潜《もぐ》ったか、消息《しょうそく》はいっさい絶たれていたのである。

それとともに、石玄の口入れ屋も潰れており、その当時の子分だった者たちは、堅気《かたぎ》になったり、江戸に残ってやくざな生活を続けていたりするという。たとえ石玄が江戸に来ても、隠れる場所はあるだろう。

いずれにしても、猿まわしの仲三によって石玄の動きが判明したのは、ツキがあったといえる。

貫太郎は正座し直すと、

「石玄の野郎が江戸に入ってきたとなると、あっしは確実に命を狙われる。そこで、浜吉さんをお借りしてぇと思いやして」

「はん」

浜吉がとぼけ声を出した。

「どうして俺を。なにをさせたいのだ」

「俺ひとりじゃぁ、石玄を見つけることはできねぇ。そこで、浜ちゃんの力を借りてぇと思ってな。やられる前に、こちらから見つけてしまったほうがいいだろう」

おりんは自分にもかかわりがある話なので、なんともいえない表情をしている。

「助けるのはいいが、どうしろと」

「それが……」

「なんだい」

「どうしたらいいのか、まだわからねぇ」

「以前、石玄の子分だった連中を探れば、なんらかの手がかりは見えてくるのではないか。まずはそこからだろう」

浜吉が、貫太郎の顔を見ると、

「それが……どこにどんな残党がいるのか、くわしくはわからねぇんだ。なにしろ石玄の子分は大勢いたし、俺も全員の顔を知っていたわけではねぇ。もちろん、噂話でちらほら聞くこともあるが、悪党であればあるほど、肝心の本人の行方《ゆくえ》自体がわからねぇ。といって、すぐに消息のつかめる奴は堅気だから、たいしたことは知らねぇだろうよ」

浜吉は呆《あき》れて、幸四郎になにか策はないか、と問う。

「どうしたらいいかわからぬのに、手伝えというのも、無茶な親分だなぁ」

げらげらと笑いながら、幸四郎は、では、これはどうだ、と脇息《きょうそく》から身を乗りだした。

「その石松《いしまつ》という野郎を誘いだそう」

「殿さま……石松ではありませんや、石玄です」

「どっちでもたいした問題ではない。とにかくその石屋を誘いだせばいいのであろう」

「まぁ、石屋には違いねぇですが……しかし、どうやって」

幸四郎の目が、おりんを見つめている。

浜吉は、それに気がつき、はっとして、

「それはいけません。絶対、だめです」

「なにがだ。まだ、なにもいうてないぞ」

「いえ、わかります。おりんさんを囮《おとり》にしようというのでしょう。それはいけません。絶対だめです」

「だから、それはまだ……ん。はぁ、なるほど、それもいいかもしれぬなぁ」

「ですから、だめですって」

浜吉の焦《あせ》りを無視して、幸四郎は、おりんさん、と声をかけると、はい、と答えが返ってくる。どこか覚悟をしている風情《ふぜい》。

「囮になってもらわねばならんが……」

おりんは、ごくりと生唾《なまつば》を飲みこんで、

「ようござんす。囮でも踊りでも子守でもなんでもやりましょう」

「それは心強いのぉ……どうだ、浜ちゃん」

「だめです。絶対、私が許しません」

断固として、浜吉はうんといわない。

「それは困った……ではよい。千佳さんに頼もう」

「千佳さまに」

怪訝《けげん》な顔をする浜吉に、

「どうせ、その石山は子どものころのおりんさんしか見ておらぬ。いい女になったおりんさんのことは知らぬのだ。おりんさんをどこかに隠し、千佳姫がおりんさんに化ければいいだろう」

石山ではなく石玄だ、と浜吉はいい直しながら、

「しかし、それでは、千佳さまが危険な目に遭《あ》うことになりますが」

「なに、あの姫は、そういうことが大好きだから気にするな」

「気にするな、と申しましても、本人がどう考えますか……」

それまでじっと聞いていた六助が、こんなのはどうでしょう、と案を出した。

「あっしと偽《にせ》のおりんさんが組むというのは」

「組むだと」

浜吉が目を見張る。

「いや、その石……なんでしたっけ。殿さまがいろんな呼びかたをするから、ど忘れしちまった……あぁ、石玄だ。いまの姐御の顔は知らねぇにしても、あっしとつるんでいたことは覚えているでしょう。ですから、あっしが偽者《にせもの》にくっついて歩けば、石玄たちはおりんさんだと勘違いします」

「しかし、江戸に残っている子分たちは騙《だま》されねぇだろう」

「そうか……」

だめか、とつぶやく六助に、がはは、と幸四郎の高笑いが響く。

「それはおもしろい。騙せるかもしれんぞ。人間の目なんぞ、そんなにものを正確には見ておらぬ。同じ柄《がら》の小袖《こそで》を着て、同じような髷《まげ》を結って、同じように六助が一緒だったら、あぁ、おりんだ、と思ってしまうものだ。少々顔が違ったところで、太ったかまたは痩せたか、やつれたか、と思うはず。これはいい案かもしれぬ」

「そうですかねぇ……」

と貫太郎が首をひねり、

「そうそう石玄がうまく食いついてくれるかどうか……」

おりんをものにしたい、という石玄の欲望はいまだに強いはずである。望んだものはかならず手に入れる男であった。

だが問題は、六助のそばにいる女を、おりんだと思ってくれるかどうかだ。少しでも違和《いわ》感を覚えれば、警戒して表には出てこなくなるだろう。

石玄を捕まえるためなら私もなにかやります、とおりんがきりりと口許《くちもと》を結ぶ。

「なにか敵をおびきだす策を考えねばな……」

思案顔をする幸四郎。そこで、

「姐御は掏摸なんだから、それをいかさねぇ手はありませんぜ」

六助が舌舐めずりをすると、

「そうだ、それだ。よし。できたぞ。いいか、六助、おまえはそのまま六ちゃんの役を務めろ。そして、浜ちゃんは六助になれ。どうだ、おもしろいであろう」

「なんだかよくわかりませんが」

浜吉が顎を突きだす。

「わからぬか。頭が悪いぞ。いいか、本物のおりんさんのそばには浜ちゃんが六助役でつく。千佳さんには、六ちゃんが六助役でつく。それで、町を流すのだ。いいか、おりんさんと六助はその昔、掏摸であったのであろう。いまでもそうか。ならば、たまには人の懐を狙わねばならん。だが、浜ちゃんとちかちゃんは、そんな技は持ちあわせておらん」

「ちかちゃん」

浜吉は目を丸くしたが、無視して幸四郎は続ける。

「いくらなんでも、浜ちゃんもちかちゃんも掏摸はできぬ。だから、本物の掏摸であるおりんちゃんと六ちゃんを分けて、素人《しろうと》でも掏摸ができるようにする、というまぁ、なんともいえぬ非凡なる手だ」

ひとりで悦《えっ》に入る幸四郎に、一同はあんぐりと口を開いているだけだ。

しかし、と浜吉が膝《ひざ》を進め、

「そんな法を犯すような真似はできませんが……」

その言葉におりんが、きっと目をつりあげて、

「あら、あたしたちの商売を馬鹿にするんですかえ」

「あ、いや、なに、そうではない。そうではないのだが……」

いきなり浜吉の額《ひたい》から汗が噴きだした。

わははは、と幸四郎は大笑いをすると、それもなんとかなるであろう、とのんきなものである。


さっそくこの策は、浜吉によって麻布の下屋敷にいる千佳に伝えられた。

千佳は、幸四郎の予測に違《たが》わず、大喜《よろこ》びである。

「掏摸はいままで経験したことないが、おもしろいのかのぉ」

浜吉が、自分もそんなことはしたことがない、と答える。

「しかし……」

「なんだえ」

「ご重臣たちにこんな話が漏《も》れてしまったら、どういうことになるか……それを考えると首筋が寒くなります」

それこそ、ばれたら打ち首だけでは済まないだろう。

「……そうか……まぁ、なんとかなるであろう」

そのものいいは、まるで幸四郎である。

「困ったときには……」

将軍家に助けてもらう、という言葉を飲みこんだ。いくらなんでも、今回ばかりは無理だろう。れっきとした姫が、市井《しせい》のなかで掏摸を働くのだ。

「そうだ、浜吉。大丈夫です」

「は」

「他人の懐を狙うからいかぬのでしょう。であれば、最初から決めておいた相手の懐ならば罪にはなるまい」

「あらかじめ、掏摸を働くと教えるのですか」

「最近は、家臣の間でも、私の仕掛けを楽しむ雰囲気があります。ときには、またなにかなさらぬのですか、と聞いてくる者までおる始末《しまつ》。そんな連中を使って、おまえの懐を差しだせ、と申せば、喜ぶに違いない」

「なるほど、それは上策です」

「しかし、みな武家というのではおもしろうない。商人や百姓の格好もさせねばなりませんねぇ」

仲間内とはいえ、懐から財布を掏り取る、という自分の姿を想像したのか、うふふ、と怪しい含《ふく》み笑いを浮かべた。それを見て浜吉は、許婚《いいなずけ》同士とはこうも似てくるものか、と心で笑う。

「好きにしてください。そんな話に乗る家臣がいるというのも、どうかと思いますが」

「我が家臣は、忠臣が多いのじゃ」

さすがに幸四郎とは異なり、がははと笑いはしないが、浜吉から見れば、やはり似た者同士である。

「で、浜吉……その策をはじめるのはいつからですか」

「はい、まぁ、殿のことなので、今日、明日にでもと思いますが」

「どうしたらいいのです」

「明日、午《うま》の刻。千秋屋ですりあわせをしたい、と申しておりました」

「明日の午の刻……ようわかった」

楽しみだ、とまたもや薄笑いをこぼす千佳姫であった。

五

翌日のこと――。

「奴らが狙っているのはあっしでさぁ。おりんは関係ねぇと思いますがねぇ」

千秋屋の会合で、貫太郎はいまだに首をひねっていた。

「策を練ればよい」

「でもなぁ……」

「心配するでない。あまり心配すると、顎が伸びるぞ」

「ち、そんな馬鹿な」

「なにをいうか。へちまがどうして、あんなにだらりと伸びているか知っておるか。あれは、自分の一生を心配しすぎて伸びているのだぞ」

集まった一同は、口をあんぐり。

そんな馬鹿な、といいながらも、貫太郎は、本当ですか。と思わず顎を撫でたものだから、幸四郎は大笑いをする。

「人のことをからかいやがって、まぁ、いいや。で、その確実におりんを付け狙うようにするというのは、どんな算段なんです」

「ふふふ、それはな。千佳さん扮《ふん》するおりんが他人の懐を掏《す》り取った場面を、みなに見せればよいのだ。だが、千佳さんも本当に顔を覚えられたら、そのあとが困るゆえ、大きなほくろをつけてもらう」

「ほくろ……ですかい」

「浅草でも深川でも両国でも、どこでもよい。おりんになった千佳さんが、掏摸を働き、一度は成功させる。石玄の子分たちに見せるためだ。そうして、二回目には、貫太郎が見破ったということにして、追いつめる。そのときに、おりんさんの名前を叫んで、しかも……」

「しかも」

「そのほくろがおりんだという動かぬ証拠だ、と親分が叫ぶ」

「……はぁ」

「どうだ、いい策であろう」

「ですが、石玄は、おりんの顔にほくろがないことを知ってますぜ……」

呆《あき》れはてた貫太郎にあっさりと否定され、幸四郎は苦虫《にがむし》を噛みながら、

「では、ほくろは却下する。とにかく、大見得を切っておりんに迫《せま》ることが大事なのだ。その場に石玄の子分たちがいなかったとしても、その話は、かならず石玄に伝わるはずだ」

「まぁ、わざわざそんなことはしなくてもいいと思いますがねぇ」

ごほん、と幸四郎はわざとらしく空咳《からせき》をすると、

「偽者《にせもの》と本物……もしふたりとも見つけてしまったら、石ちゃんも迷うだろうなぁ」

とうとう石玄も石ちゃんになってしまった。

正月の注連飾《しめかざ》りや松飾りが掛け小屋の店で売られている。

日本橋《にほんばし》、十軒店界隈《じっけんだなかいわい》にある人形店には、市川團十郎《いちかわだんじゅうろう》、松本幸四郎《まつもとこうしろう》、岩井半四郎《いわいはんしろう》
など、人気役者の羽子板《はごいた》が賑《にぎ》やかに並ぶ。

深川も年末の喧噪《けんそう》の最中である。

普段は、信心などかかわりねぇ、と威張《いば》っている職人が富岡八幡にお参りをする姿もあって、

「おめぇ、なにをおねげぇしたんでぇ」

「あぁ、借金をちょっとな」

「返せるようにかい」

「……いや、貸し元が倒れるようにだ」

などと、勝手な願いをする不届き者も出てくる始末《しまつ》。

八幡前、仲町の通りはごったがえしていた。

そんななかを歩く、男と女のふたり連れ。

薄茶の小袖に、団十郎茶《だんじゅうろうちゃ》の羽織《はおり》を着て、緑《みどり》の蹴《け》出しをちらちらさせながら歩く

のは、おりんに扮《ふん》した千佳。普段の若衆姿とは異なり、島田《しまだ》を結《ゆ》っているので、どう見ても千佳には見えない。

「姐御《あねご》……」

横を歩くのは、六助。縞《しま》の着流しに、赤っぽいどてらを羽織っていて、いつもよりは、やぼったい感じを出している。貧乏やくざに見えないこともない。

「六助、やるよ……」

掏摸をやるのだ、と千佳が笑った。

商人風の男と女が先を歩いている。他人の懐などいままで狙ったことなどない千佳であるが、心が高まっている。

「六助……楽しみだねぇ」

「へぇ……」

本物のおりんからいわれるのならまだしも、いま掏摸をやろうとしているのはどこぞの姫さまである。なんとも答えようがない。

「大丈夫ですかい」

前を歩く男女の後ろ姿は、六助から見ると、がちがちになっているように感じる。千佳の家臣が、慣れない商人などに扮しているからだろう。

「あれじゃぁ、子どもの手をひねるより簡単だねぇ」

千佳はつぶやくと、六助をうながして足を速めた。

ふたりの横にそっと身体を寄せると、肩でつんと押しこむ。

ほとんど、羽《はね》で撫でられたくらいにしか感じなかっただろう。

男が横を向いたときには、千佳は反対側を先に歩いているので、なにが起きたのかも気がつかないはずだ。

そのまま千佳はすたすたと先に進んで、途中で松飾りを売っている掛け小屋の前で浜吉が来るのを待っている。

「どうしたんです。姐御……」

「どうかしら」

千佳の手には、茶色の紙入れが乗っている。それを見て、六助は驚いた。やったのだろうとは思っていたが、いつの間に掏ったのか、まったく見えなかったからだ。

「さすが、千佳さん」

感心していると、あんな隙《すき》だらけでは本物の掏摸にもやられてしまいます、とかえってふたりの心配をして、六助に、そっと教えてくるように告げた。

「あの歩きかたはどう見たって商人ではありませんよ。本人たちは、商売人の歩きかたに似せようとしているのでしょうが」

千佳の底なしの武芸技に、背筋がぞくぞくする。もちろん、感心しているのだ。

「早く教えないと、今度は本物に狙われてしまいますよ」

あわてて走っていく六助の後ろ姿を確認しながら、千佳はまわりを見渡したが、石玄にかかわりのありそうな怪しげな人影はない。

「千佳さん」

六助が戻ってきた。千佳が、きっと睨《にら》んで、

「おりんですよ」

「あぁ、そうでした」

六助が聞いてみると、当人たちもいつの間に掏られたのか、わかっていなかったらしい。

「お金に困ったら掏摸で食べていけるわね」

千佳の言葉になんと答えたらいいのかわからず、六助は、はぁ、と曖昧な返事をするだけであった。

一方、こちらは、本物のおりんと浜吉。

背筋をいっそう伸ばしたおりんが早足で歩く。

先を歩く千佳と六助のふたりを見失わないように気を配りながら、左右に並ぶ掛け小屋で売られる松飾りや注連縄《しめなわ》などを手に取り、品定めをしてるふりを見せて、人混みを縫《ぬ》うように歩く。いずれ別々に行動することになってはいるが、とりあえず初日は、ふた組が付かず離れず行動しようと決めていたのである。

「おりんさん」

浜吉がおりんを呼ぶ。だがおりんは振り向きもせずに、どんどん先に進む。困ったものだ、とひとりごちながら、浜吉は、おりんを追いかけた。

「そんな早足で歩いたのでは、千佳さまたちに追いついてしまう」

「え。あ、あぁ……そうでしたねぇ」

振り向いた顔は心なしか青白く、ついおりんの本心が出てしまっているようだ。

「とりあえず、まわりに注意することだ。石玄の息がかかった連中がどこで見張っているかわからぬからな」

「大丈夫です。こう見えても、とんびのおりんと二つ名をつけられるほどですからね。目はいいんです」

浜吉は苦笑しながら、おりんのあとを追う。

おりんに化けた千佳が商人風の男の懐を狙い、見事に掏り取ったのが見えた。その鮮《あざ》やかな手並みに、浜吉は、さすが千佳姫、とつぶやく。自分だからわかったようなものの、六助やおりんには動きが見えたかどうか。

武芸と掏摸は通じるものがあるらしい。

しかし、その小さな笑いもすぐに消える。

先を行く妙なふたり連れに気づいたからである。

ひとりは印半纏《しるしばんてん》を着た人足風。もうひとりは波柄《なみがら》の着物姿の浪人という、おかしな取りあわせであった。

おりんに、それとなく聞いてみることにした。

「先を歩く、波柄の男に見覚えはないか」

「さぁ……知りませんねぇ」

「ならば、そのとなりの、印半纏を着た人足風の男は」

「……どちらも……後ろ姿だけではどうにもはっきりしませんから、前にまわってみましょうか」

そういうとおりんは、千佳と六助を追い抜き、胡乱《うろん》な動きを見せる男たちの横を歩き、それとなく顔をうかがった。もし、おりんの顔を覚えている石玄の子分であれば危険である。

だが、おりんはそのまま ずんずんと進み、なんと横から男たちのひとりにどんと肩をぶつけた。

波柄の着流しの男が、険《けん》のある目つきで、おりんを正面から見据《す》えたが、じろりと睨んだだけで、あとは無視して先に進んでいった。

そして身体を反転した瞬間に、おりんは人足の顔を確認していた。

追いついた浜吉に、人足風の男は見覚えのある顔だ、と答える。

「ということは、千佳さまをつけているのかもな。もっとも千佳さまなら、すでに気配を感じているだろうが……。掏摸に熱中していて、まわりが見えておらぬかもしれん」

「教えたほうがいいのでは」

「いや、いまそんなことしたらあのふたりが気づく。それは得策ではない」

「……おや」

「どうした。あ……」

ふたりが話をしている間に、男ふたりの姿は消えていた。

じつは六助も、さきほどからなんとなく、胡乱な輩《やから》があとをつけてきているのに気がついて、背中がざわついていた。誰かにじっと見つめられているような、嫌な感触である。それを千佳に伝えると、

「それは、掏摸の勘かえ」

「まぁ、そんなところです。あ、もしかして、それに気がついて早足になったんですかい」

「違います。早く次にする相手を見つけたかっただけです」

腰砕けになる六助に、千佳はにこりと笑みを浮かべて、

「敵が来るなら、それはそれで楽しいではありませんか」

「そんな……石玄はどんな汚ねぇ手を使ってくるかもわからねぇのに」

「心配はいりません。私は強いのです。いつぞやは不覚を取りましたが」

石玄の執念深さ《しゅうねんぶか》は、子どもではあったが六助もはっきりと覚えている。

「そうはいっても、おりんさんは掏摸なのだから、きちんと仕事をしないわけにはいかないでしょう。黙《だま》ってついておいで」

気の強いところはそっくりだ、と六助は苦笑しながら、千佳の後ろを追いかけていく。

やがて、ひとりで歩く武士の後ろに千住が身体を寄せる。

懐を探ろうとした瞬間、

「無礼者。武士の懐を探るとはなんたる侮辱《ぶじょく》。そこになおれ」

千住が失敗したのだ。武士の懐を探るとはなんたる、千住が自分の家来と間違ってしまったのだろう。似たような身形《なり》の侍が、少し先を歩いているのが見える。

焦《あせ》る六助の横を、いつの間に現れたのか、貫太郎がすすっと走り抜け、

「やい。おりん。てめぇ、とうとう現場を押さえたぞ。お武家さん、この女、あっしに渡してくだせぇ」

「なんだおまえは。岡っ引きになど渡せぬ。ここで成敗してくれる。どけ」

追いついた浜吉の顔が、見る見る青くなっていく。

それでも、走りだそうとするおりんの袖を、しっかりとつかんだ。

「行ってはいかん。いまおまえが顔を出したら、策が失敗する」

「しかし、千住さんが」

「なんとかするだろう」

千住は武士の顔を見て、しまった、とつぶやいている。

貫太郎が、あらかじめ決められたどおりの芝居がかった台詞《せりふ》を吐《は》いた。

「やい、おりん、ここであったが百年目、尋常に縛《ばく》につけぇ」

だが、侍は怒りがおさまらないのか、貫太郎を突き飛ばして刀を振りあげ、

「覚悟しろ」

そのとき、後ろから石が飛んできて、侍の頭に衝突した。

「ぐ……何者」

「いやいや、すみませんなぁ、お武家さん。こんなところで女を斬っても扶持《ふち》はあがりませんぞ。この女はまかせてくれませんか」

のほほんとした顔つきで人ごみから出てきたのは、なんと、山岡周次郎。

「きさま……不浄《ふじょう》役人のくせに、無礼な……」

「あぁ、申しわけない。しかし、こういうときは不浄役人の出番と決まっておりますからなぁ。どちらの家中《かちゅう》か知りませんが、衆人の前で女を斬るなど、あまり誉《ほ》められたことではありませんでしょう」

ふふん、と口を動かしたのは笑ったのだろうか。

不思議なことに、それまで怒り狂っていた侍が、山岡と目を合わせた瞬間、おとなしくなってしまったのである。

それでもなお威厳《いげん》を保《たも》とうとしながら、侍は千佳を睨んで、今度会ったら容赦《ようしゃ》

しないから覚悟しておけ、と捨て台詞を吐《は》いてその場から離れた。

「おりんさん、とやら。生兵法《なまびょうほう》は怪我のもと、とかいいますぞ。あまり悪戯《いたずら》はやめておいたほうがよろしいなぁ」

千佳も貫太郎も唖然《あぜん》としている。六助は、腰が抜けたようになっている。

「では、さっさとどこぞに行きなさい」

うっふふふ、と笑いながら、山岡は手を振って消えてしまったのである。

六

数日の間、千佳と六助、おりんと浜吉のふた組は、浅草界隈《かいわい》やら深川周辺を歩きまわってみたが、とくに何事もなく過ぎていった。貫太郎にも、とりたてて仕掛けてくる様子はない。

江戸の町は正月の用意で忙しくなっている。

奉公人たちは年末の大掃除を控え、その前の整理に余念がなく、掛け売りを回収する商人は、いそいそと同じ場所を歩きまわっている。

春屋も、松飾りや注連縄《しめなわ》を玄関に飾っていた。

るのだ。

縁起《えんぎ》を担《かつ》ぐ江戸っ子たちは、一夜飾《いちやかざ》りは不吉を呼ぶと、大晦日《おおみそか》前から飾りたてるのだ。

幸四郎も上屋敷に戻る回数が増えていた。

身代わりとなる弟の新二郎の行動に間違いのないよう、大晦日から正月にかけての行動について打ちあわせ、春屋に戻ったのが二十九日の申《さる》の刻。

「この座敷は落ち着くなぁ」

などと春屋の女中に話しかけていると、夕闇迫《ゆうやみせま》る法恩寺橋をどたどたと渡ってくる人影が見えて、幸四郎は思わず窓から身を乗りだした。

あわてふためいた貫太郎の顔を確認し、何事か起きたらしいと感づく。

どんどんと階段を騒がしくあがり、長い顎をさらに伸ばした貫太郎が幸四郎の前に座ると、

「はぁ、はぁ……殿さま、てぇへんだ」

「どうした、そんなにあわてて」

「やられやした」

「ちかちゃんか、おりんちゃんか」

「どっちでもねぇ。六助だ」

「なんだって。六助が」

「油断しちまった」

「千佳さんが一緒ではなかったのか」

「そうなんですが、ふたりが離れたところを狙われたらしい。あとから、千佳さんも来ると思いますが、すっかりしょげてしまって……」

千佳としては、まさか六助に手が伸びるとは思ってもいなかったのだ。それは幸四郎や貫太郎も同じで、虚《きょ》をつかれた形になってしまった。

すぐに千佳と浜吉、おりんもやってきた。

幸四郎は、腕を組んでなにやら思案していたと思ったら、

「おりんさん……」

「はい」

「仲三という猿まわしがおったと聞いたが、おりんさんは顔を見知っているのかな」

「……それがよく知らないんです。仲三という名の子分がいたかどうか」

「そうか、では、親分はどうだ。石玄の子分だったころ、仲はよかったのか」

「いやまぁ、もちろん、顔は見知ってますがね。人となりまでは……」

ふむ、と幸四郎は脇息にもたれると、

「親分、石玄というのは、江戸の生まれか」

貫太郎は、上目遣《うわめづか》いに思いだそうとする。しばらくして、

「……いえ、周防《すおう》あたりの出だったと」

その答えに、幸四郎の目がきらりと光った。

「親分、その猿まわしのところに行こう」

「伸三のとこに。なぜです」

「もしかすると、その伸三と石玄とやらはつながっておるのやもしれぬ。考えてみれば、石玄が江戸に戻ってきた、と伝えてきたのも、都合《つごう》がよすぎる。私たちは逆におびきだされたのかもしれぬ。だとすれば、その伸三が、六助の居場所を知っているはずだ」

一同は呆然《ぼうぜん》とする。

「本当ですか。六は大丈夫でしょうかねぇ」

おりんは青くなっている。

「おりんさん……大事なお仲間がこんなことになってしまい……申しわけありません。わたしの油断でした。てっきり襲われるのは自分だと思いこんでいました。

許してください」

千佳は、畳に額《ひたい》をこすらんばかりに泣き伏してしまった。

「千佳さん……顔をあげてください。六だって、この程度の危険は最初から覚悟のうえでしょう。これで弱音《よわね》を吐くような男なら、これまで私と一緒になどいられなかったでしょうよ」

そこで幸四郎が、ばっと立ちあがり、

「さあ、泣くのはあとだ。早く猿を捕まえよう」

「猿だけでは、本物の猿を捕まえるようじゃありませんか」

千佳がようやく笑った。

「親分、仲三は江戸に戻って日も浅いだろう。旅籠暮《はたご》らしなのか」

「へぇ、四谷《よつや》の大木戸前にある、清水屋《しみずや》という宿です。行商の連中がよく使っている旅籠でさぁ」

「よし、すぐ向かおう」

全員が立ちあがった。

清水屋の前に着くと、すでに月が出ていた。

小さな旅籠のわりには、造りはしっかりして見える。行商人でも、裕福な者でなければ泊まることはできないだろう。

「猿まわしは、それほど金が稼げるのか」

浜吉が不審に思って口にする。

「まぁ、後ろ盾《だて》がいれば儲けることもできるでしょうがね」

貫太郎のつぶやきに、

「芸ごとを売る商売は、けっこう贔屓筋がいるものですから」

おりんが答えた。

旅籠のなかに入ると貫太郎が式台《しきだい》に座って、出てきた下女《げじょ》に、猿まわしはいるか、と問う。

あい、呼んできます、といって奥に引っこんだが、なかなか帰ってこない。

貫太郎は、はっとして幸四郎の顔を見つめ、浜吉さん、裏へ、と叫んだ。貫太郎と幸四郎が板の間から階段をのぼると、ばたばたという音が聞こえた。

「殿さま、野郎が外に逃げる」

貫太郎がなおも叫ぶ。

部屋に踏みこむと、ちょうど猿まわしの伸三が窓を開け、二階屋根に飛び乗ったところであった。追いかけようとする貫太郎の顔に、なんと怒り狂った猿がすっ飛んでくる。十手《じって》でそれを払うと、ぎぃ、という呻《うめ》きが聞こえ、猿が血を流して床に倒れた。

「親分、屋根を追え」

幸四郎は、部屋のなかに入らず、廊下に出ると、階段を二段飛ばしにおりる。

外に出て屋根を仰《あお》ぎ見ると、月に照らされて、仲三が腰を引きながら進むのが見えた。

その後ろを追う影は、貫太郎だろう。

上を睨んだ幸四郎は、腰の小柄《こづか》を引き抜き、さっと手を振った。月夜に、一本の線が流れる。

仲三が、がくりと足を折った。

追いついた貫太郎が、十手で肩を叩きつぶした。

肩を押さえてぜぇぜぇと荒い呼吸でいる仲三に、幸四郎が、六助はどこにいるのだ、と問いただしている。そんなことは知らねぇ、としらを切る仲三だったが、

「石玄は、周防の生まれらしいのぉ。おまえは猿まわしだ。どうだい」

「なにが、どうだい、だ……」

仲三は、鼻を鳴らしながら答える。

「周防は、猿まわしの本場であろう。ふたりがつるんでいることは、そんなところからも明白なのだ」

なるほど、と貫太郎がうなずきながら、

「きりきり白状しねぇかい」

十手を取りだし、頭を叩く真似をする。肩を潰された仲三が、ひっと声をあげて身体をすくめた。

「わかった、わかった、いうよ。これだ……」

そういうと、懐から書き付けを取りだし、

「まさか、こんなに早く俺にたどりつくとは思っていなかったぜ」

読めばわかる、とわめいた。

手にした貫太郎が、幸四郎に書き付けを渡す。辻行灯《つじあんどん》のそばまで行き、それを読んだ幸四郎がにやりと笑って、

「なるほど、先んずれば敵を制すだな。すぐ行こう」

貫太郎と浜吉が目を通す。そこには、六助を取り返したければおりんを連れて

こい、と書いてある。読み終わった貫太郎が首を傾《かし》げた。

「俺の名前がねえ……」

その言葉を聞いて、仲三が笑った。

「おめぇなんざ、どうでもいいんだ。石玄はおりんが欲しかっただけよ」

「私だけ。どうして……」

そばにいたおりんがつぶやくと、猿まわしは怪訝な顔をした。そばにいる女がおりんとは知らなかったらしい。

「おめぇたち、おりんの顔は知らなかったのか」

貫太郎が苦々《にがにが》しげに吐き捨てる。

「おお、女は顔が変わるからな。ただ、六助とかいう野郎の顔は覚えていた。奴をさらって、貫太郎に伝えりゃあ、江戸中探してでもおりん本人を連れてくるだろうってぇ寸法さ」

「てめぇ、汚ねぇ手を使いやがって」

怒った貫太郎が、十手《じって》で猿まわしの頭をぶっ叩いた。それを見て、幸四郎が見得を切る。

「よし、いざ、鎌倉《かまくら》へ」

「鎌倉。あの書き付けには鉄砲洲《てっぽうず》と書いてありましたが」

貫太郎が怪訝そうに問う。

「なぁに、気にするな」

七

鉄砲洲は江戸湾につながる中洲《なかす》周辺のことである。西本願寺《にしほんがんじ》がそばにあり、武家屋敷が並ぶ。鉄砲洲川から江戸湾に向かうと、稲荷《いなり》がある。そこに今日の子《ね》の刻に来るように書かれてあった。

この書き付けを、伸三が貫太郎に届ける予定だったらしい。指定の子の刻にはまだ、半刻はあるだろう。先に行って待ち伏せすれば、優位に立つことができる。

深夜だ。空気はしんしんと冷えている。

鉄砲洲稲荷は、すぐ目の前が海だ。江戸湾からの潮《しお》の匂《にお》いを含《ふく》んだ海風が流れてくる。ちゃぽちゃぽと、波が岸にぶつかる音も聞こえている。

「隠れる場所がないですねぇ」

おりんが震えている。それを見て、浜吉が、自分のどてらを脱いでかけた。浜吉が寒くないかと気にするおりんに、

「動くには邪魔《じゃま》になるからいい」

小さく伝えると、おりんは、こくんとうなずいた。

若衆姿の千佳は、今度の失敗は自分が原因だと、唇を噛んでいる。

その姿を見て、幸四郎は、そんなに硬くなっていては、いざというときに手を誤《あやま》るぞ、と声をかけた。

わかってます、と千佳は答えるが、寒さも手伝い、身体の硬さが抜けない。幸四郎はそっと千佳のそばに寄り、

「終わったら、可愛がってあげるからの……」

その言葉に、千佳は驚きの目をする。

「な、な、なんてことをいうんですか」

つい、声が大きくなった。幸四郎は笑いながら、

「そう、そう、それだ、それでこそ千佳さん。少しは肩の力が抜けたかな」

「ふざけないでください」

おそらく昼なら、千佳の顔が真っ赤になっている様子が見えたことだろう。

ふたりがじゃれているのを聞いていた浜吉とおりんも、なぜか、顔を赤くさせている。

そんな気持ちを払拭《ふっしょく》するように、浜吉がささやいた。

「殿さま……船です……」

木がこすれるような音は艪《ろ》であろう。水が船縁《ふなべり》にあたる音もかすかに聞こえてくる。

「来たか……」

その場に緊張が走る。石玄が手下たちと手順でも決めているのだろう。がやがやと話し声も聞こえてきた。

「来ましたね。約束の刻限には少し早いようですが」

貫太郎がつぶやく。

「奴らも、先に来てなにか工作をしようしたのかもしれんな」

幸四郎の言葉に、浜吉も、おそらくそうでしょう、とうなずく。

「おりんさん。いまのうちに、あのお堂のなかに入って……」

声をかけられたおりんは、はい、と素直に稲荷堂に向かった。

「よし。私たちはあの木の陰《かげ》に隠れるんだ」

稲荷堂の横に、大きな楠《くすのき》が見えた。枝が左右に広がり、夜の闇のせいか妖怪《ようかい》が手を広げているように見える。

幸四郎たちは、その後ろに身をひそませた。

船が着いて、敵が岸からあがってくる。人数を数えてみると、五人いるようだ。覆面《ふくめん》などで顔は隠さず、素《す》のままである。

「あの図体の大きな野郎が、石玄です……」

貫太郎がささやいた。なかにひとりだけ侍姿がいる。用心棒なのだろう。

待ち伏せするつもりだな、と幸四郎がつぶやくと、気が急《せ》いている千佳が、早くかかりましょう、と催促《さいそく》をする。

「まぁ待て。あわてることはない。こちらのほうが有利だ」

はい、と千佳は神妙にしている。

「ところでへちまの親分……」

「へぇ」

「石ちゃんは泳げるのかな」

さぁ、と首を傾げる貫太郎。ふと、気づいたかのように、

「あっ……そういやぁ、石玄は金槌だって、子分たちが笑っていたのを思いだし

やした。いつも威張《いば》りくさってるわりには、泳ぎのひとつもできねぇ野郎だって……」

「うむ……あの動きを見ていると、妙に水を怖《こわ》がっておるようだからのぉ。石は水には浮かぬか」

笑った幸四郎に、貫太郎は呆《あき》れて、

「なんです。こんなときに……」

「……気にするな」

千佳は、どうせたいした意味はないのでしょう、と揶揄《やゆ》する。ようやく、元気が出てきたらしい。

苦笑しながら幸四郎は、石玄たちの動きをじっと見つめている。

「そういえば、石玄は短筒《たんづつ》を持っているといっておったな」

「へぇ……まぁ、もう十年近くも前の話ですからね。いまはどうか……」

「油断はならぬな」

幸四郎の真面目な声に、一同が緊張する。

「ま、短筒はほとんどあたらぬから、それほど心配する必要はないが、注意を怠《おこた》ってはいかん」

石玄たちは散らばって、鳥居の陰やら植えこみの後ろなどに身を隠している。

だが、こちらからは丸見えである。

「頭隠して尻隠さず、だ」

にやにやしながら、幸四郎がつぶやく。

「で、どうしましょう」

千佳がいまにも飛びだしそうな声音《こわね》で聞いた。

「……少し焦《じ》れさせてやろう」

そういえば、と浜吉がつぶやく。

「六助の姿が見えませんが……」

「おそらく、船に残されているんですよ。船縁《ふなべり》の動きを見ていると、空《から》とは思えねえ」

貫太郎が答えた。

「なるほど……。では、親分は船に近づいてくれ。合図をするまでなにもせぬように。手下が六助を見張っているということも考えねばならん」

「合図は」

幸四郎は少し考えたあと、

「海坊主が出たぞ。これを聞いたら船に走れ」

「長いですねぇ。海坊主だけでいいではありませんか」

千佳の言葉に、しかたないのぉ、と幸四郎はしぶしぶうなずく。

その後、敵も味方も動かずに半刻あまり。

約束の子の刻はとっくに過ぎている。

石玄たちが焦れはじめていると夜目にも感じられる。あちこちで隠れている連中が、ときどき顔を覗《のぞ》かせたり、背伸びをしたりするのが月明かりに映った。

焦らしの策は、効果が出ているようだ。

苛立《いらだ》ってくればくるほど、的確な判断ができなくなる。結果、普段はしないような失敗をするのだ、と幸四郎は大きくうなずいて、

「そろそろだ。用意はいいか」

貫太郎は、すぐ船を強襲できるように、河岸《かし》に身をひそめている。海風もあり寒いはずなのに、ぴくりともしないのはさすがといえよう。

敵のなかには、隠れている場所から姿を現して、石玄から怒鳴《どな》られる者も出てきた。

楠の陰にいる幸四郎たちには、まるで気がついていない。まさか待ち伏せされ

ているとは、夢にも思っていないのだろう。

と、石玄の声が聞こえた。

「猿まわしはどうした」

身体も大きければ、声もでかい。

手下のひとりが答えているが、なにをしゃべっているのか聞こえてこない。石玄の、あの馬鹿猿め、というつぶやきだけが響いた。

そこでようやく、幸四郎の合図が出た。

「はげ坊主」

貫太郎は、んっ。と首を傾げる。合図は海坊主ではなかったか。だが、そんな間違いは一度や二度でない。貫太郎が船に飛びこむと、猿ぐつわをはめられた六助が縄でぐるぐる巻きにされ、転がっていた。

手下はいない。

「六助……」

猿ぐつわを外すと、親分、すまねぇ、と六助がつぶやいた。

急な幸四郎たちの出現に、石玄たちはあわてふためいている。

突風のように敵のなかに飛びこんだのは千佳だった。六助を連れ去られた失敗の鬱憤《うっぷん》を晴らすつもりらしい。あっという間にふたりを叩きのめし、三人目に対峙《たいじ》した。

最初こそ、なにが起きたのかと呆然《ぼうぜん》としていた石玄だが、猿まわしめ、どじったな、と叫びとも呻きともつかぬ声を出すと、目の前にいた浜吉に打ちかかった。六尺もあろうかと思える石玄の急襲に、さすがの浜吉も数歩後ずさり、体勢を整《ととの》えている。

幸四郎の前には、浪人が波柄《なみがら》の袖を揺らして立っていた。

懐手をしているために、袂《たもと》が潮風に吹かれている。月夜に見える顔は、あばた面《づら》の異相《いそう》であった。

「おぬし……そのへんの部屋住みには見えぬな」

浪人が懐のなかで組んでいた腕をほどきながら、幸四郎に声をかける。

「部屋住み。あぁ、たしかに私は、春屋という船宿に居候をしておる。だから部屋住みには違いないぞ」

「……なにをいうておるのだ」

「おやぁ。わからぬか。春屋というのは、横川沿いにある船宿であってな……」

「ふざけるな。そんな話を聞いているのではない」

「ではなにが知りたいのであるかな」

暖簾《のれん》に腕押しの幸四郎の口ぶりに、浪人は焦《じ》れた。

「うるさい。もうよいわ。おぬしの名は」

「ん。名はあるぞ」

「馬鹿者め」

「あぁ、名前を聞いておるのか……人呼んで殿さま浪人、幸四郎」

まるで芝居の台詞のようないいように、浪人は呆《あき》れ顔をする。

「馬鹿なのか、おぬしは」

「……いや、そうは思わぬぞ。そんなことより、おぬしの名は」

「おまえみたいな馬鹿に教える名はないが、まぁ、冥土《めいど》の土産《みやげ》に教えてしんぜよう。驚くなよ、田岳右衛門《でんがくえもん》という名だ」

「でんがく。ははぁ……それで豆腐《とうふ》のような顔をしておるのか」

「豆腐」

田と名乗った浪人は、がはは、と大笑いをする。

「でんがくとか、みかん面《づら》とか揶揄《やゆ》されることはあっても、豆腐のような顔といわれたのは初めてだ」

「ほほう……おぬし、存外楽しい男だな。斬るには惜しいのぉ」

「やかましいわい。もういいだろう。抜け」

田岳右衛門は、はらりと刀を抜くと、青眼《せいがん》に構えた。

「……なるほど、まぁまぁできそうだな」

幸四郎も抜刀して、同じく青眼に体勢を整《ととの》える。

「寒いからさっさと終わらせるぞ」

そういうと、幸四郎は、すすっと前に進んで、ずんと突きを入れた。なんなくそれを避けた田岳右衛門が、上段から切りおろす。幸四郎は、身体をかわして斜めにすると、横に薙いだ。

だが、それは見せかけで、すぐに返す刃《やいば》で逆さに切りあげる。田岳右衛門の右の腕から血がほとばしった。

「う……おぬし。強いのぉ。負けたわ……」

みずから手ぬぐいを引きだすと、田岳右衛門は端を口で食わえ、傷口に巻きつけた。

その様子を石玄と浜吉が見ている。

田岳右衛門が負けたのを見て、ちっと舌打ちをすると、石玄は懐に手を入れてなにかを取りだそうとする。

「浜吉。短筒《たんづつ》だ」

その声に、浜吉はしゃがんで石を拾い、すばやく石玄の顔めがけて投げつけた。

びゅんという音がして、石玄の目を潰す。同時に、ダンッ、という短筒の音がした。

弾が外れて、石玄が逆方向に逃げようとする。

幸四郎が、逃がすな、と叫び、

「浜ちゃん、奴を海に投げ飛ばせ。石なのだから泳げまい」

石玄が恐怖の顔を浮かべたところを見ると、どうやらあたったらしい。

くそっ、と叫んで、踵《きびす》を返すと浜吉に襲いかかった。

いくら六尺の身体があっても、落ち着きはらった浜吉の敵ではない。

あっという間にその場に崩れ落ちた。幸四郎がそばに寄ると、呻きながら、

「海には落とさねぇでくれ」

情けなく懇願《こんがん》したので、幸四郎と浜吉は大笑いをした。

八

「泳げぬ石はただの石ころであったのぉ」

正月も開けて二日目。

元日の幸四郎は、例年の恒例《こうれい》となっている千代田の城の新年挨拶《あいさつ》に出席。

その後、家臣たちの訪問を受けるのだが、それは新二郎にまかせて春屋に戻っていた。

石玄の恐怖はなくなった貫太郎だが、どこか浮かぬ顔つきである。

「つまり、偽《にせ》のおりんさんは役立たなかったわけで」

石玄の手下に襲われたときにできたのか、額《ひたい》と首筋に小さな傷をつけた六助が聞いた。

「そういうことだのぉ。思ったよりも、石ちゃんは用心深かったということだ。貫太郎は自分が狙われていると思ったらしいがな」

のぉ、へち貫の親分、などと幸四郎がからかう。当の貫太郎は、嫌な顔をしながらも、

「周防と猿まわしだけで、伸三の野郎が怪しいと目をつけたんですかい」

「いや、最初から怪しいと思っておったのだ。あまりにも猿まわしの出現が都合《つごう》よかったからのぉ。そうやって、貫太郎に脅《おど》しをかければ、おりんにかならず会うだろうと奴らは考えたに違いない。予測どおり、親分は私たち……つまりおりんさんのところに相談を持ちかけた」

そこでひと息入れてから、

「石玄はよほど、おりんさんにご執心《しゅうしん》だったらしい。もっとも、親分への復讐の気持ちがあったのも確かだろう。わざわざ、おりんさんを自分のものにするためだけに、危険を承知で江戸に舞い戻ってくるはずもなかろう。浪人殺しの嫌疑《けんぎ》がかかったお尋ね者なのだから」

「貫太郎さんが御用聞きになっているのが、とにかく我慢《がまん》ならなかったんでしょうねぇ」

六助は、額《ひたい》の傷につばをつけながら笑う。幸四郎も一緒になって笑いながら、

「ま、これも親分が正しい者の味方だったから、うまく解決できたのであるな」

おりんは、えぇっ、と声をあげて、

「そんなたいそうなことを考えて岡っ引きになったはずはありませんよ。少なく

とも、私にはそうは思えません」

　飾りっ気のないおりんの言葉に、貫太郎は、それはねぇだろう、と顎を撫でさするしかない。

「それにしても、あの書き付けには、おりんさんを連れてこいとは書かれてありましたが、貫太郎親分のことには触れてありませんでしたね」

　浜吉が首を傾げる。

「なに、あのようにしておけば親分も一緒に来るという目算があったのだろう。取り立てて、意味はあるまい」

「あっしはいつも、刺身のつまみてぇなもんです」

　貫太郎のぼやきに、くすくすと笑いながらも、千佳は六助が捕まった失敗に対する忸怩《じくじ》たる思いがあるのか、いまだにいつものような元気な姿を見せない。

　それを見て、幸四郎は、

「千佳さん……稲荷で、私が約束した言葉を覚えているかな」

なんですか。と聞こうとして、はっと気がついたらしい。

「ま、な、なんです。こんな真っ昼間からそんなことを……」

「おやぁ、まだいうてないぞ」

その会話を聞いて、

「なんです。その言葉ってのは」

意味がわからず無邪気《むじゃき》に尋ねる六助に、いいのです、と千佳は横を向いてしまった。

おりんが喜びながら、私が殿さまの代わりにいいましょう、とにんまりして、

「終わったら、可愛がってあげるからの……」

幸四郎の声色《こわいろ》の真似をしたから、千佳はとうとう立ちあがり、千秋屋に行きます、と叫んでしまった。

「新年の用意がしてあるのです」

そういい残し、階段に進むと振り向いて、

「おりんさん……私はまだ可愛がってもらったことなどありませんからね。おりんさんはどうなのです」

「え……うふふ。さぁて、どうなんでしょうねぇ。ねぇ、浜吉さん」

頬がゆるんだおりんの問いかけに、浜吉の顔は真っ赤になった。

「な、なにをいうのだ。私たちはまだ、そのような、なんだ、これは、殿。戯言《ざれごと》が過ぎますぞ」

四角四面の浜吉があわてふためくその姿に、一同の笑い声は大きくなる。

ひとしきり笑いあってから、幸四郎は窓を開いた。

「おう……見よ。子どもたちが凧《たこ》を揚げておる」

法恩寺橋横の空き地に、子どもたちが数人集まっていたのだ。

鬼退治《おにたいじ》の源頼光《みなもとのらいこう》、まさかりかついで熊《くま》にまたがる坂田金時《さかたのきんとき》などの武者絵が描かれた凧が、風に乗って気持ちよさそうに浮いている。

「今年も江戸は何事もなくあればいいのぉ……」

浜吉を見て、国許《くにもと》も、と目で語りあう。

まだ階段をおりずにいた千佳が、それにうんうんとうなずきながら、

「さぁ、千秋屋でおせち料理をいただきましょう」

わぁっと六助が喜ぶ。それを見た千佳がにっこりとして、

「六助さんには、特別なお料理が用意されていますからね。私からのささやかな贈り物もありますよ」

「やほぉー。嬉《うれ》しや楽しや」

六助の心底からの笑顔に、ようやく千佳の心もほぐれたようだ。

「では、一同、凧になったつもりで空を飛ぶぞ」

幸四郎が、みなを見まわした。

「浜吉さん、ふたりで凧に乗ってどこぞに行きましょうよ」

おりんの言葉に、浜吉はあわてて、

「あ、いや……私は、高いところは苦手なのだ……」

と答えたから、一同はふたたび大笑いをする。

それを見た幸四郎が、硯《すずり》と筆を取りだし、襖《ふすま》に向かって大きな字で書きはじめた。

正月の　空を飛んでけ　ふたり凧
　　　　　　　　　　　　　　――幸四郎

第四話　まぼろしの女

一

不忍池界隈《しのばずのいけかいわい》には出会い茶屋が数多く並んでいる。

水草を眺《なが》めながらの密会は、なかなかに風流だ。

顔が見られない程度に窓を開けていれば、外から入る風は町の粘るようなそれとは異なり、顔を撫でて気持ちがいい。

ちょっと遠目をすれば、島というようには小さいがでべそのようにでっぱっている場所に、弁天堂が建っているのが見えた。

茶屋の天井が夏の陽光に光り輝《かがや》き、まるでそこに弁天さまが現れたかのようである。

空が青い。

太陽がまぶしい。

彼方《かなた》の景色が暑さで揺らいでいる。

六助は、茶屋の座敷でそれらをぼんやりと見ながら、ふと、そばで寝息を立てている女の顔に視線を転じた。

不思議な女だった。

出会いは、まったくの偶然である。

六助はもと掏摸《すり》であった。

姐御《あねご》と慕《した》っていたおりんとふたり組になり、他人の懐《ふところ》を狙《ねら》うのが商売だった。

だが、近頃は、それも休業中である。

おそらくご大身《たいしん》のわがまま若さまなのだろう、幸四郎という不思議な侍の手伝いをするようになってから、悪事を働くことはやめていた。

その代わり、千秋屋という料理屋で、薪《まき》を割ったり風呂を沸かしたりと雑用をこなして、たつきを得ている。

まっとうな稼ぎも悪くはないのだが、たとえば、漁師が板子《いたご》一枚の上で仕事をするような、ぞくぞくする気持ちは味わえない。

ときどきは、幸四郎の手伝いや貫太郎の下っ引きとして、事件解決のために危険な目に遭うこともあるが、そうそう頻繁《ひんぱん》にあるわけでもなく、ふとした拍子《ひょうし》に昔の稼業が懐《なつ》かしく思いだされるのだ。

しかし、それこそ掏摸がおりんにばれたら、怒鳴られるだけでは済まないだろう。むしろ、幸四郎や千佳はなにもいわないかもしれないが、おりんや浜吉あたりは、烈火《れっか》のごとく怒るに違いない。

しかたがないので、掏摸をしたつもりになり、目だけで楽しむようにしていたのだが……。

千秋屋が休みで、今日は昼前から時間をもてあましていた。

春屋に行こうかとも思ったが、なんとなく悪事へのささやき声が聞こえてきた。

——このお日さまのまぶしさが悪いんだ……。

ぶらぶら歩いていると、どすんとぶつかってきた者がいた。

酒の匂《にお》いが鼻を刺激する。髷《まげ》も残り少ない年寄りで、足元はふらふらだ。どうやら、そのあたりで飲んできた酔っぱらいらしい。

文句をつけようと思った六助は、その千鳥足《ちどりあし》を見てため息をついた。

はっと思いついて、懐に手を入れる。

——やられた。

掏摸が懐の物を掏られたんじゃ、しゃれにならねぇぞ、とひとりごちる。

これで遊ぶ金はなくなってしまった。

こうなってしまえば、ひさしぶりに本気を出さなきゃいけねぇなぁ。だけど、姐御にばれたら、殿さまにばれたら……浜吉が知ったら……。それより貫太郎にまた目をつけられて追いまわされることになるだろう。

――しょうがねぇ、帰るか……。

それでも浅草奥山を流していると、そわそわとまわりを見まわしながら歩く女の姿が目に入った。

夏らしい空色の絽《ろ》の小袖《こそで》は見るからに高級そうだ。

誰かから逃げているようにも見える。

奥山には、見世物の掛け小屋や、女子《おなご》どもが喜《よろこ》びそうな店もたくさんある。

だが、そんな周囲にはまったく関心がないらしい。

裾《すそ》を翻《ひるがえ》しながら早足で歩くその姿が、六助の目をとらえて離さない。

簪《かんざし》が光って揺れている。

女はどんどん寂しい方向へ進んでいく。

――この女なら簡単だろう。

胸のうちではやってはいけない、と思いつつ、それ以上に女のことが気になって尾行《びこう》を続けた。

奥山からさらに北へ行くと、吉原《よしわら》に続く日本堤《にほんづつみ》だ。

女は、日本堤に一瞬足を入れそうになったが大川沿いに戻り、のぼっていく。

そのあたりは都鳥《みやこどり》の名所だ。

白い鳥が、はるか高みから水に飛びこむように急降下する。

細い足で立ったまま動かない白鷺《しらさぎ》の横を、嘴《くちばし》の先に小魚をはさんだ鳥が滑《すべ》るようにして飛んでいった。

——鳥も生きるのは大変なんだろうな。

六助はおかしな感心をしながら、女の行き先を確認しつつ歩いた。

後ろ姿を見ていると、どうやら女はこのあたりだけでなく、江戸の町自体に不案内のようだ。

現に、誰かから逃げるようにきょろきょろとあたりを見まわしているが、そのなかに、江戸の景色をもの珍《めずら》しく思っている様子も見て取れる。

いずれどこぞの遠国《おんごく》から来た田舎娘なのだろうが、果たしてどんな暮らしをしてきた女なのか、と六助のなかで興味が湧いてきた。

女はじつに無警戒である。

さらに進んでいくと、浅茅《あさじ》が原《はら》に着いた。

鬼婆《おにばば》が出て人を食うという昔話もある、危険な場所だ。鬼婆は出ないにしても、破落戸《ごろつき》ややくざ者が絡んでくることも多い。

まっとうな女が、ひとりで歩きまわるようなところではないのだ。

なにを考えているのか、となかば腹立たしくなってきた。別に助ける義理はないが、破落戸たちに襲われたらどうするのだ。舌打ちしたい気分である。

空は青く、大川を帆船《はんせん》が滑る。小鳥が河原の石の間をついばんでいるのは、餌《えさ》を探しているのだろう。

六助の心配をよそにまわりはのんびりしているが、六助の頭のなかはぐるぐるとまわって忙しかった。

――あの女、どこまで行くつもりだ。

このままひとりでいたら、間違いなく襲われてしまうだろう。場所もそうだが、女自身が隙《すき》だらけであり、なにか男を引きつける力のようなものがある。

――このままではまずい……。

とうとう、六助は声をかけることにした。

「ちょいと、お嬢さん……」

少し遠くから呼び止めた。

「はい」

振り返ったその目は、悪戯《いたずら》が見つかった子どものようである。

新しい世界を見ている楽しさが、その瞳《ひとみ》のなかに映っていた。

「どちらへ行くつもりです」

できるだけ相手が警戒しないような声音《こわね》で話かけた。

「あっちです」

「……いやあっちはわかりますが」

「あっちは、どっちです」

「ん」

「これを行くと、どこに出ますか」

「まっつぐ行くと、海ですが……」

「海……まぁ、海」

「あ、あの……海を知らないので」

「失礼な。知ってます。きちんと見たことがないだけです」

「ああ、そういうことですかい」

「あなたは」

「ええ、六助というけちな野郎で……」

「けちなんですか。お金がないの」

「……いえ、そういうことでは……」

なんだか調子が狂うなぁ、と六助は頭を掻きながら、

「どうしてこんなところへ。おひとりですかい」

女は困り顔をして、周囲を見まわした。少しだけ恐怖の面持《おもも》ちになる。手の指をいじりながら、もじもじしはじめた。

「誰かに追われて逃げているんですかい」

「違います……」

「じゃぁ、どうしてこんなところに来たんです。お供の人はいなかったんですかい。はぐれたとか」

「あ、あの……」

「いいにくかったら、いいんです」

「……あのぉ……」

女はなにかいいたそうにしているのだが、それがなにを指しているのか、六助にはさっぱり見当がつかない。

「お助けいたしやすぜ」

「あのぉ……」

女はもじもじと腰をひねるとも、揺らすともつかない動きを見せている。

それで、ようやく六助は気がついた。

「あ、あぁ……あぁ」

「やめてください。恥ずかしい」

さっきからきょろきょろしていたのは厠《かわや》を探していたのか。

だが、こんな場所に、そんなものはない。長屋でもあればいいのだが、もう町屋からはだいぶ離れてしまっている。

「しょうがねぇ。その木陰《こかげ》あたりで……」

「ええ」

「いや、まぁ、そんな経験はないのでしょうが、それしかいまはねぇですから、我慢してくだせぇ」

どうして、こんな丁寧《ていねい》に、まるで下男のような口のききかたをしているのだろうか。六助はふとそれに気づき、眉《まゆ》をひそめた。

「しかし……」

「しかたねぇ。俺が前で囲っていますから」

「見えるではありませんか」

「いえ、後ろを向いていますす、あ、少し離れますから聞こえません」

「まぁ……」

女は手で顔を覆《おお》ってしまった。

「嫌かもしれませんが、いくら探しても厠《かわや》はないですぜ……」

「違います。一度、こういうとんでもないことをしてみたかったのです。だから、嬉《うれ》しくて喜んだのです」

不思議な喜びかただ、と六助は苦笑しながら、

「あの木陰なら大丈夫だと思いやすが」

大川から離れて通りから少し入ったところに、原っぱがある。

その一角に、小さな林があった。夏の葉が生い茂っているから隠れることができるだろう。

女は、じっくりその林を眺《なが》めてから、今度はまわりに目をやる。

「人は来ませんか」

「普段はあまり、こんなところまで来る人はいません」

「そうですか」

「いや、まったく人が通らないということはありませんから、さぁっとやっちまったほうが、へぇ」

「さぁっと……」

「あ、いえ、申しわけねぇ。なんせけちな野郎で、あ、いえ金がないという意味ではなくて……」

「わかりました。がんばります」

女はまなじりを決して、林に向かっていった。

まるで、戦場に進む女武者だ、と六助は笑いながら女の後ろ姿を見つめる。

「お願いします」

女が、六助を手招きした。

なんだろう、と六助は数歩進んで、あぁ、と思いだす。囲うという話をしたのだった。

そばには行けない。

だが、女はとりあえず囲えという。

通りを見渡したが、人影はいまのところなさそうだ。いまのうちだと女に手を振ると、振り返してきた。

そうじゃねぇよ、と舌打ちをしながら、座れ、と手で示す。

すると、にっこりしながら、また女は振り返してきた。

しょうがない、と六助は決心して、そばまで寄っていく。

「このあたりならいいですかい」

三間は離れているだろう。女はうんうんとうなずき、後ろを向けと合図する。

囲うといっても羽織を着ているわけでもなければ、風呂敷なども手にしてはいない。どうしたらいいのか、と考え、とりあえずなにもしないよりはいいだろうと、袂《たもと》がなるべくさがるようにしながら、両手を広げた。

なんとも間抜けな格好である。

風に袂が揺れる。

それでも、女は安心したのか、ごそごそと音が聞こえてきた。

思わず、六助は目を塞《ふさ》ぐ。

目と違って耳を塞ぐことはできない。

「歌って」

後ろから叫び声が聞こえてきた。自分の歌で耳を塞げというのだろう。

六助は苦笑し、小唄《こうた》なんざ知らねぇ、と思いながら、幸四郎がときどきいいかげんに歌っているのを思いだし、その真似をして大きな声を出した。

同じように、後ろからいい声が聞こえてくる。

女が詩吟《しぎん》を歌いはじめたのだ。

べんせい～
しゅくしゅく～
よる　かわを～を
わたる～ううう
あかつきに　みる～うう

――あぁ、これは川中島《かわなかじま》だ……。

さすがにこのくらいの知識は六助にもあった。

自分の声が邪魔になるので、黙《だま》って聞き惚《ほ》れていた。

声が消えて、足音が聞こえた。

女が後ろから寄ってきた。

「もういいわ」

「あ、あぁ……」

「……聞いてたわね」

「あ、ん。どっちを」

「えぇ」

「あ、聞いた、聞いた。だが聞いたのは、川中島だ」

別にやましいことはないのだが、なんとなく後ろめたくなってしまう。

「……それならいいわ」

にこりとした女の顔は、あたかも後光が差したかのようだった。太陽が女の頭の後ろにあったからだ。だが六助には、まるで菩薩《ぼさつ》のように思えてしまった。

六助はぶるっと頭を振り、正気を取り戻した。

「あの……どうします」

「なにが」

「これからどちらへ。このあたりは女ひとりでは危険ですぜ」

「そうですか……ではお願いします。案内してください」

もはや、六助もそのくらいは覚悟していた。

いや、むしろその言葉に、内心では喜んでいた。

「で、どこに」

「楽しいところへ」

「そういわれてもねぇ……」

「浅草の奥山とかいうところに行ってみたいのです」

「あぁ、それならさっきいたところですよ」

「え。奥山というから、もっと奥にある山のことかと思っていました」

「それでこんなところに」

「はい」

「……そうですかい。じゃ、また戻りましょう」

女は、お願いします、とお辞儀した。その礼儀正しさに、六助があわてて頭をさげる。

さきほどから女に押しまくられているのだが、それがまたなぜか気持ちがいい。

「じゃぁ、奥山に行きましょう。いろんな楽しい見世がありますぜ。なかには、信濃《しなの》の山奥で獲れた猫娘とか、熊女とか……」

「……珍しい動物がいるんですね」

「あ、ま、まぁ……」

本当のことを教えていいのかどうか。そのまま信じられても困るのだが、まぁ、実際、自分の目で見たらいい。

六助は汗をかきながら、女を案内するために、通り道に出た。

二

女に名を聞くと、少し考えて、夏《なつ》、と答えた。

その雰囲気からして、たぶん偽名《ぎめい》だろう。

──まぁ、別に今後、会うようなこともねぇだろうから、いいか。

前を向いて歩いていく六助に、女が、

「あなたは……たしか六助さん」

と尋ねてきた。六助は、へぇ、と短く答えてうなずく。

「六さんですね……いい名です」

「はぁ……」

「お仕事はなんです」

「……千秋屋という料理屋で下働きを」

しまった、もっといいことをいっておけばよかった、と思ったがあとの祭りだ。

だが、夏は、それは大変なお仕事ですねぇ、と目を細める。

その言葉だけでも、六助は癒《いや》された。

それから、ふたりはまるで幼友達のように笑ったり、はしゃいだりしながら奥山を歩きまわった。

まわりから見たら、どこぞのお嬢さまとお供の下男に思えただろう。だが、夏は六助のことを友人のように扱った。

串団子《くしだんご》を食べたときは、自分はそんなに食べられないから、といって串から抜いた一個を六助の口に入れてくれた。

飴屋《あめや》がいろんな細工《さいく》をするのを見て、自分も頼みたいと、鳥やら魚やら、最後は観音さままで注文する。

案の定、あまりにもたくさん注文して食べきれなくなり、近所を通る子どもたちに与えた。

「観音さまが私のなかに入ってくるのね」

ひとつだけ残しておいた観音さまの飴を、楽しそうに舐めて、

「ほら、私……観音さまに見える」

「もちろん。そんなものを食べなくても、夏さんは、あっしの観音さまだ」

「あら、さっき会ったばかりじゃありませんか」

ころころとはじける声は、天から降りそそぐ極楽の音曲《おんぎょく》だった。

――この女は、本当に菩薩か観音さまなんじゃねえか。

そんな馬鹿げた思いを、六助はつい抱いてしまう。

「では、信濃の猫女を見ましょう」

本気にされると困る。そんなものいるわけがない。だが、この夏なら、笑ってやりすごすことができるだろう。

――たとえば、あの浜吉みてぇな堅物《かたぶつ》じゃ、怒りだすだろうけどな……。

そう思い、六助は内心で噴きだした。

幸楽座《こうらくざ》という見世物小屋の前に着くと、怪しげな猫の顔をした女や、蛇の身体を持つ女などの看板が並んでいる。それを珍しそうに夏は眺め、

「こんな動物がいたのですねぇ……」

心から感心している様《さま》を見て、六助は説明ができなくなってしまった。

「あ、まぁ、見てのお楽しみということにしましょう」

「わかりました……」

そういうと、さっさと番台に銭を置いてなかに入っていった。

あわてて六助もあとを追う。

小屋は熱気であふれていた。

それでなくても暑い。加えて、観客たちがびっしりと詰めているので、となりの人間の腕があたり、気持ちが悪いことこのうえない。

夏がどんな顔をするかと見ていると、いっこうに気にするそぶりは見せず、一心に舞台に目を向けている。

舞台といっても、芝居をやるわけではないから粗末なものだ。階段二段ほど客席より高くなっているだけで、板もむきだし。

緞帳《どんちょう》らしきものが垂《た》れさがっているが、よく見ると、つぎはぎだらけである。

それでも夏は、こんなの初めてです、と興奮の目つきで身を乗りだしていた。

「夏さん、そんなに乗りだして」

「だって、猫顔の人なんか見たことないですから。興奮します」

額《ひたい》と首に汗が溜まっているのも気にしていない。

六助は手ぬぐいを取りだして渡そうとしたが、やめておいた。さすがに自分が使ったものを貸すわけにはいかないだろう。

だが、夏は六助の仕草《しぐさ》を見て、無造作《むぞうさ》に手ぬぐいを手に取った。

「ありがとう」

ひとこと礼をいうと、また舞台に目を向ける。

なんとも気さくなお嬢さまである。

やがて、この暑さだというのに毛皮をまとった男が舞台に出てきた。なにやら口上を述べているのだが、野次が多くてなにをしゃべっているのか、さっぱり聞こえない。

それでも、夏は一生懸命聞きとろうと身を乗りだすから、前の男の髷《まげ》に身体が乗ってしまい、怒鳴られた。

「あら、すみません」

夏はいっこうに悪びれもせず、最後はとなりの男が叫ぶ、ひっこめぇ、という声に釣られたのか、一緒になって、

「ひっこめぇ。早く出せぇ」

と大声で叫んだりしている。

どうやら口上では、今日は猫娘の具合が悪いので、とっておきの見世物を出す、と叫んでいるらしい。

とっておきといったところで、ろくなものではないだろう。それはわかりきっているのだが、にっこり笑って、

「とっておきだそうですぜ」

と六助がいうと、夏は目を輝かせた。あまり楽しみにされても困ると思い、六助はふと釘を刺しておこうと思った。

「夏さん……大丈夫ですかい」

「なにがです」

「あの……あまり期待しないほうがいいですぜ。しょせん、たいしたものが出てくるわけがねぇんで……」

「大丈夫です。私、こういうの大好きかもしれません」

そういって、夏はまた大声で野次を飛ばした。

ようやく、緞帳があがり、舞台になにかが出てきた。

一瞬、小屋のなかが静まり、そのあと徐々《じょじょ》に笑いの渦《うず》が広がる。手を打ち鳴ら

している者すらいる始末。

しかし、夏は、ぷっと顔を膨《ふく》らませたと思ったら、いきなり立ちあがり、出口に一目散に向かったのだった。

夏の顔は真っ赤だった。眉をひそめ、唇を閉じ、肩で息をしている。

——これはやはり、まずかったか。

とんだ、まがいものを見せてしまった、と六助は小さくなっている。

「夏さん……」

「ぷ……」

「悪かったなぁ、あんなものを見せてしまって……夏さんが怒るもの当然だ」

とっておき、といって出てきたのは、なんと、ろくろ首の女だった。

だらしのない長襦袢《ながじゆばん》姿の女が、幕の前に座った。その女は、首を幕の後ろに突っこんでいるのだ。そして、幕の後ろにいる女が、顔を出している。

首と顔の間に、ひと目で作りものとわかる首が伸びていた。

後ろの女が上に動けば、同時に首が伸びていき、下におりると首は縮《ちぢ》んでくっつく。

首が伸びたり縮んだり、横に移動したりしたあと、女が舞台に立ってお辞儀をした。

そこまで驚くような仕掛けではない。おそらく双子を使っているのだろう。

なんとも馬鹿ばかしい出し物ではあるが、江戸っ子はこのようにくだらないことが大好きで、誰ひとりとして怒ったりはしない。

むしろやんやの喝采《かっさい》だ。

しかし、おそらく江戸っ子ではない夏には、なにがおもしろいのかわからないに違いない。期待が大きかったぶん、怒っても当然だ。

「夏さん……」

「ちゃんでいいわ」

「え。あぁ、夏ちゃん、大丈夫かい。怒った。しかたないか。あんなふざけたものを見せられたらな……」

「違います。怒ったりしていません」

「違う」

「怒るどころかあまりにもおかしくて、大笑いしそうになったから逃げだしたのです」

「あんなおかしな舞台を見たのは初めてです。団十郎《だんじゅうろう》や富十郎《とみじゅうろう》や菊之助《きくのすけ》でも、あんな楽しい舞台は見られないでしょう。江戸には本当にいろんな楽しいことがあるんですねぇ。もっと早く町に出たらよかったわ……」

なんだ、怒っているのではなく、笑いを我慢できなくて……。

六助はふっと安堵《あんど》のため息をついた。

「そうだったのかい。あっしはてっきり……」

「楽しいことは大好きですから」

「とにかくよかった」

「本当によかったです……六助さんと会えて」

「俺と会えて」

「そう、あなたに会えて……」

照れくさくなった六助は、横を向いてしまう。

「六助さんは女の人に優しいですか」

「ええ」

「……たぶん」

どうしてそんな質問をされたのかわからず、夏にちらりと視線を向けると、思いつめたような目つきで六助を見ている。

「どうしたんです」

「本当に優しい」

「……もちろん。夏ちゃんにはとくに」

歯の浮くような台詞《せりふ》だと思ったが、夏の前ならこんな言葉も簡単に出てくる。

「いま、何刻でしょう」

「さっき、八つの鐘が聞こえていたようだから、八つ半から夕七つになるころだと思いますが」

夏はなにか考えているようだった。いままでの明るい顔つきが眉をひそめて少し暗くなったように見えた。なにか、思い悩《なや》むことでもあるのだろうか。

六助は心配になる。

「……お願いです」

夏が言葉を絞りだした。いままでの夏とは異なる、まるで別人のような雰囲気が、瞳の奥から漂《ただよ》っている。

まさか、と思った。

「夏ちゃん……」

「六助さんは、優しくしてくれるんでしょう」

――本気か。

「なにをいいだすんだい。さぁ、まだまだこの奥山には楽しいところがいっぱいある。行こう」

手をつかむと、夏は予想以上の強い力で握《にぎ》り返してきた。

「理由は聞かないでほしいのです。だけど、一生のお願いです……私では嫌ですか」

「いや、そうじゃねぇ、そんなわけはねぇ……わかった。わかったけど……」

「六助さんに私を預けたいのです」

ただならぬ決意が伝わってきた。

そして――。

いま、六助は夏の寝顔を見おろしているのであった……。

三

幸四郎は貫太郎を前にして、珍しく苦りきった顔をしていた。

「六助がそんなことをするわけがあるまい」

「殿さまには申しわけねぇが、とにかく野郎は証拠を残していったんだ。なんとも申し開きのしようがねぇんだよ」

「しかし、六助はその刻限は奥山にいた、と申しているのではないか」

「ですから、それならその証《あかし》を立てろ、といってるんでさぁ」

「なにか事情があるのかもしれんぞ」

そばに六助はいない。

いま、六助は自身番に留め置かれているのである。

夏と会ってから三日後のことだった。

貫太郎が春屋に訪ねてきて、昨夜、六助を捕縛《ほばく》した、というのである。

浜吉の姿が見えないのは、上屋敷に戻っているからだ。

ときどき、屋敷に帰って、なにか問題が起きていないかどうか見届けなければいけない。おりんは、千秋屋である。

したがって、春屋には幸四郎がひとりであった。

ぼんやりしているところに、いきなり貫太郎が現れ、六助が捕縛された、と伝えたものだから、幸四郎が驚くのも無理はない。

六助は、殺しの下手人と目《もく》されていた。

事件は、六助がちょうど、夏という女と一緒にいた頃合いに起きた。

殺されたのは、深川仲町《なかちょう》にある女郎屋《じょろうや》、長崎屋《ながさきや》の主人である浜次郎《はまじろう》。今年で四十六歳になり、新造《しんぞう》はゆきという名で二十九歳。年の離れた夫婦だ。

亡骸《なきがら》が見つかった場所は、大川から江戸湾との境目にある石切り場。

海と接する部分は、土地が削《けず》られないように石が積まれてある。

浜次郎はその石の上に寝かされていた。

知らせを聞いて調べをはじめた同心は、今川連三郎《いまがわれんざぶろう》といい、縄張りではないものの、名うての親分の力を借りたい、と貫太郎を呼びだした。

亡骸は、近所で遊んでいた子どもが見つけた。八つの鐘が鳴ったころであり、それまでは誰も亡骸を見ていないので、殺しが起きたのはその直前かもしれない。

貫太郎は遅れて現場に着いた。

今川連三郎は、月代《さかやき》も青々と本田髷《ほんだまげ》、肌艶《はだつや》もよく粋《いき》な同心そのものといった格好である。鼻が大きく、目も大きい。悪党には睨《にら》みがきき、女には色男に見られるだろう。連三郎は、手下の作造《さくぞう》という男と待っていた。

作造は猫背で、あたかも人の心を盗み見るような目つきをする御用聞きであった。

待っていたふたりに挨拶《あいさつ》すると、

「うむ、わざわざ呼びだしてすまない」

と連三郎が礼を述べた。

そんな気を使わねぇでください、と貫太郎は恐縮したのだが、連三郎は、

「こんな事件は、腕利きのおめぇが得意とするところだろう」

と笑って返した。

そういわれると、貫太郎としても悪い気はしない。

気合を入れて周辺を調べた。

しばらくすると、作造がなにかを石の間から見つけたといって貫太郎に見せてきた。

桐生織《きりゅうお》りの財布である。

貫太郎は、縞柄《しまがら》生地に見覚えがあった。六助が持っているのを見たことがある。

「なんだい、見覚えあるのかい」

作造が、不審げに貫太郎を睨みつける。

「へぇ……」

「誰だい、これの持ち主は」

「まぁ、見覚えはありますがね。だからって、持っている者がひとりとはかぎりませんから……」

言い逃れをしたが、連三郎がそばに寄ってきた。

「そうかい、だが隠していて、そいつが下手人であれば、おめぇも同罪になるんだぜ」

しかたなく、これは六助という男の持ち物かもしれない、と答えた。

横川の法恩寺橋の近くにある、春屋という船宿に出入りしている、と付け加える。貫太郎としては、むしろ探索を進めて、早く疑惑を晴らしてやりたかった。

千秋屋で働いている真面目な男ですぜ、という貫太郎の言葉に、連三郎は首をひねる。

「待て……そいつはおりんと一緒に掏摸をやっていた男じゃねぇのかい」

連三郎は六助のことを知っていたらしい。

おりんは奥山で、とんびのおりんという二つ名を持っていていた掏摸だ。つるんでいたのが六助だということは、その界隈で知らぬ者はいないだろう。

「なにが真面目な男だい。貫太郎……てめぇ、俺を騙《だま》そうとしたな」

怒りの目つきで睨まれ、貫太郎は震えあがる。

「そ、そんなことはありませんや。近頃は真面目にやっているといいたかっただけで」

「ふん、まぁいい。その六助をすぐしょっぴいてこい。仲町の自身番で待ってるぜ」

「……まぁ、こんな塩梅《あんばい》です。昨日は、夜遅くまで六助を取り調べてましてこのままでは大番屋に連れていかれちまうってんで、急いで殿さまに知らせにきたんです」

貫太郎は苦しそうに話を終えた。幸四郎は腕を組んで唸《うな》りながら、

「で、死体はどうした」

「へぇ、それが北町がさっさと長崎屋に返したそうで。店では、すぐに焼いてし

まったそうです。女郎屋という商売柄《がら》、変な噂《うわさ》を立てられたくねぇんでしょう」

「それはまた手まわしのいいことだ」

「へぇ、それにしたって、そんなに早く焼くことはねぇだろう、と思ったんですが」

「死因は」

「今川さまの話では、突き落とされて溺《おぼ》れ死んだという話でさぁ」

「六ちゃんはなんて答えているのだ」

「……逃げ口上かもしれねぇが、そのころは女と一緒だったと……。財布は、浅草で歩いているときに掏られたといっておりやす」

「その女とはどこの誰だね」

「それがわからねぇと。ただのいきずりだというんでねぇ。それじゃぁ、まったく言いわけにもなりはしねぇですよ」

幸四郎は、ふむ、と難しそうな表情で脇息《きょうそく》に肘《ひじ》をつきながら、

「では、その女を見つければ六助の疑いは晴れる、ということだな」

「それは間違いありませんが、そんな女が本当にいるんでしょうかねぇ」

「六助が人殺しなどするとは思えぬ。親分も本音は同じであろう」

「たしかに、その女が出てきてくれたら問題は解決するんですが……」

「ならば探したらいいではないか」

「しかし、六の野郎がはっきりしねぇので。名前は夏、というところまでは答えているんですが、住まいはわからねぇ、家がなにをしているのかも知らねぇと。まったくお手あげで……」

「とんでもない女に引っかかったということか……」

「いえ、本人はいい女だったと。あまり世の中を知らねぇ女で、奥山を案内したら心底楽しんでいた、といってます」

「ほう、大店《おおだな》で大事にされている娘かなにかだな」

銀蝿《ぎんばえ》が座敷に入ってきた。ぶんぶんと羽音を立ててうるさい。それを幸四郎はあっさり手刀で叩《たた》き落とす。貫太郎は目を丸くして、

「相変わらず、殿さまには驚かされるが、今度の件はいまの蝿みてぇに簡単にはいきそうにねぇなぁ」

「親分……なんとかなるものだ」

そういって、幸四郎は立ちあがった。怪訝《けげん》な目をする貫太郎に、

「とりあえず、亡骸が見つかった場所に連れていってくれ。探索をはじめよう」

貫太郎は、にんまりとして十手《じって》をしごいた。

春屋を出た幸四郎と貫太郎のふたりは、横川沿いを南に向かった。

夏の日差しは暑いが、かすかに吹く川風が気持ちよい。しかし、貫太郎は気が気ではない。普段は憎まれ口をきいているが、ときどき六助は手下代わりに働いてくれることがある。貫太郎としても、重宝《ちょうほう》しているのだ。

近頃は他人の懐を狙うような真似もせず、千秋屋で真面目に働いている。

なんとか助けてやりたいとは思うのだが、いまのままでは疑いを覆《くつがえ》すのは難しい。あきらかに六助が下手人ではない、という証拠を集めなければならない。

なんとか探してやるから、もっと女の特徴やらを教えろ、と貫太郎は問い続けたのだが、六助の口は予想外に重かった。

「親分……申しわけねぇが、女のことは忘れてくれ。ただの通りすがりの女だから、探そうとしても無理だ」

どうしたんだ、となおも聞きだそうとすると、もういいんだ、と機嫌が悪くなり口をつぐむ。

裏がありそうだと睨んではいるが、なにせ当の本人がなにも語らないのだから、貫太郎としても手の打ちようがない。

放っておくと、このまま大番屋に連れていかれてしまうだろう。

大番屋の取り調べは、自身番より数倍も厳しい。白状しなければ、石責《いしぜ》め、海老《え》《び》責《ぜ》めなどの拷問《ごうもん》が続くことになる。

六助をそんな苦しいはめに陥《おち》らせたくはない。

過酷《かこく》な拷問に耐えらず、やってもいないのに自白する者も多いのだ。

六助が耐えられるかどうかは貫太郎にも予測できないが、いずれにしても、大番屋に送りこむ前に決着をつけなくてはいけない。

「殿さま……」

「ん」

「大丈夫でしょうかねぇ」

「六助の件か。なるようにしかならんだろう」

いつも以上に、このぼんやり顔が腹立たしい。

「もっと真剣になってもらわねぇと、六助が大変なことになるんですぜ」

「なるようになる。正義は勝つ。心配するな」

「しかし……」

今川連三郎という同心とは一緒に仕事をしたことはないが、あの目つきを見ると、どうにも信用ならねぇと感じる。

もちろん、貫太郎の岡っ引きとしての勘だが……。

石切り場に着くと、潮《しお》の匂いが漂ってきた。

石の間に腐《くさ》った魚でもはさまっているのか、あまりいい匂いではない。幸四郎はあからさまに顔をしかめて、臭い、とひとこといい放った。

「まぁ、このあたりはいろんな臭気《しゅうき》が集まりますから……」

「うむ、臭い」

「わかりましたよ」

「ところで、今川連三郎という同心は優秀か」

「さぁ、あまりよく知らねぇ人です」

「はて、それなのに親分を呼んだのはどういうわけだ」

「いや、それは……」

さきほどの話で、連三郎におだてられたことは、ぼやかしていた。さすがに口に出すのをためらったのだ。

だがその仕草《しぐさ》から、幸四郎はにんまりとし、親分の顔が売れてきたせいだな、とおだてた。貫太郎は嫌な顔をしたが、なにも答えられない。

「それならそれでいいのだが……それにしても、この事件は臭い。この石切り場と同じくらい匂うぞ。そもそも、残されていたという六助の財布の件も、都合《つごう》よすぎるように感じる」

「というと、誰かにはめられたということで」

「それ以外になにが考えられる」

「そんなところだろうとは思ってますが、なにしろ、六助本人がはっきりしねぇ。こっちも判断に困るぜ」

幸四郎は、うむ、といったきり、亡骸が見つかった周辺を歩きまわった。

岩がごろごろしているのに、幸四郎の足取りが鈍《にぶ》ることもない。貫太郎は手を突いたり、膝《ひざ》を突いたりしながら、幸四郎の横をついていく。

「なにか不審な点がありますかい。それよりなにより、どうして亡骸はここに現れたんでしょうね。子どもたちが見つけるまで、誰もそんなもの見ていねぇってのに」

「なに、簡単だ。見ろ、いまは潮がどんどん引いていく。おそらくは海に捨てられた亡骸が、潮に乗ってこの石のところに引っかかったのだ」

「ということは、八つに殺されたのではねぇと」

「あたりまえだ」

「だけど、それをどうやって今川さんに説明しますかねぇ。それに、殺された時刻が八つではないとしても、あの財布があります。どうしてこんなところに落ちていたのか、それが解決しねぇとどうにもならねぇ」

「しっかりしてくれ、親分。六助は、奥山で誰かに掏られたと答えたのだろう。ならばその掏摸を見つければいい。女が駄目なら男だ」

「しかし、相手がどんな野郎だったか、はっきり顔は見ていねぇんですぜ。年寄りだったのはたしかだ、とはいっていますが」

「老人の掏摸ならば、そうそう多くはあるまい」

「そうですかねぇ……」

突然、幸四郎は、奥山に行こうといいだした。

ここはもういいんですかい、と問う貫太郎に、こんなところにいても事件解決の役には立たない、と幸四郎は笑った。

「しかし……」

「まぁ、いいから。そうだ親分、ろくろ首でも見にいこう」

貫太郎は唖然とする。

――こんなときに、見せ物小屋だって。

幸四郎の魂胆がわからぬまま、貫太郎は、すたすたと石の上を渡る幸四郎のあとを追いかけた。

四

大川沿いにのぼっていくのかと思っていると、

「この辺に船着き場はないか」

と幸四郎が周囲を見まわした。永代橋《えいたいばし》のあたりまで行けば、舟に乗ることはできますが、と貫太郎は答えた。

「よし、そこから舟で行こう。いささか歩き疲れた」

幸四郎の言葉で、佐賀町河岸《さがちようがし》から永代橋を過ぎ、新大橋《しんおおはし》側に向かった。小さな船着き場があり、猪牙舟《ちよきぶね》が舫《もや》っている。

ちょっと行ってきます、と貫太郎が船着き場に走っていくと、その間、幸四郎は小さな土手の上に置かれた床几《しようぎ》に腰をおろした。

川風が舞っているのは、堀割が縦横無尽《じゅうおうむじん》に走っているためだろうか。

人足《にんそく》風の男たちが、がやがやと通りすぎた。

佐賀町は米蔵が多い。そこで働く男たちだろう。

男たちの姿が消えると、今度は、貫太郎が日に焼けた小《こ》柄《がら》な男を連れてきた。

「殿さま……この男が舟を出してくれるそうです」

言葉が若干《じゃっかん》、丁寧《ていねい》になっているのは、船頭がそばにいるからだろう。

普段は横柄《おうへい》な態度の貫太郎も、意外と人目は気にする。

よろしく頼む、と幸四郎が頭をさげると、佐介《さすけ》と呼ばれた船頭は、へぇ、と丁寧に腰を曲げた。

猪牙舟に乗るのはなかなか難しい。重さを考えないと、傾いて転覆《てんぷく》する。船頭が、幸四郎と貫太郎が座る位置を定めてから、漕《こ》ぎだした。

「それにしても……」

幸四郎はつぶやいた。

貫太郎が、なんです。と問う。

「六助と一緒にいた女を見つけければいいといったが……」

「へぇ」

「しかし、さきほどの現場を見た結果、亡骸が潮に乗ってきたのはおそらく間違いない。ということは、その八つという時刻も関係ないことになる」

「はぁ、たしかに……」

「もしやすると、女は関係ないのではないか」

幸四郎は考えこみながら、貫太郎にそう伝えた。

「では、どうしたら六助を助けることができるので」

「さきほどいったように、むしろ掏摸が鍵だ」

「…………」

「その男が誰かわかれば、糸口は見えてくるはず」

「しかしねぇ……六助が掏摸の顔を覚えてねぇんじゃ……」

「顔など、どうでもいいのだ」

「と、いいますと」

「六助の財布が現場に落ちていた、ということが問題なのだ。ただ偶然に六助の財布を掏り、それが亡骸のそばに落ちたのか。あるいは最初から六助を狙って、置いたのか。それとも誰でもいいから、下手人にしてしまえと、掏った相手が財布を利用したか……」

「さぁ、どうですかねぇ。それがわかれば苦労はねぇと思いますが」

「ううむ……」

「六助の話によると、掏摸は年寄りだったらしいが……もとは掏摸だった六助から財布を抜き取れたんだから、相当な腕にちげぇねぇ」

「親分、いいところに気がついた。それだ。掏摸のなかでそれだけの腕を持つ者はおらぬか」

「……あっしの縄張り内には、いねぇと思いますが」

「となると、普段は浅草界隈では仕事をしておらぬということになるな」

「それこそ、六助に聞いたらわかるかもしれねぇ」

貫太郎は、自分の言葉にうなずく。

「それだけではない。親分……今川連三郎という同心が、主《おも》に見廻りをするのはどこなのだ」

「へぇ、この深川界隈だと思います。昨日の話では、自分はこのあたりで知らないことなどねぇ、と豪語していました」

「ということは、潮の満ち引きも頭に入っているということか」

「そういうことでしょうねぇ」

幸四郎の言葉に、貫太郎は首を傾《かし》げる。

「殿さま……今川さまになにかおかしな点でも」

「いや……」

幸四郎は、それっきり口を閉じてしまった。

こんなときは、なにか思案している最中である。いままでの経験でわかっているる貫太郎は、質問をやめて無言のまま川面を見つめた。

「へちまの親分……」

「は」

「今川のことをもう少しよく知りたいのだが……誰かくわしい者はおらぬか」

「そうですねぇ。山岡《やまおか》さまなら知ってるかもしれませんぜ。なにせ、同じ同心ですからね。ただ、あの人は仲間のことをあまり話しませんが……それに近頃は、忙しいんじゃないですか。なんでも、町方のなかで不正が見つかったという話が流れていまして、それを山岡さんが調べているんだとか」

ほう、と幸四郎は一応、相槌を打ったが、

「殿さまが会いたいといっていた、と伝えればよろしい」

貫太郎は、しょうがねぇ、といいながら、船頭にいまの位置を聞いた。船頭が指を差すと、御船蔵《おふなぐら》の白壁が光に映《は》えて見えてくる。うなずいた貫太郎は、どこかそのあたりでおろしてくれ、と船頭に伝えた。このまま、八丁堀に行くつもりなのだろう。

幸四郎はそれを見定めてから、

「奥山に行くのはあとにする。山岡さんには、かえる、で待つと伝えるんだ」

「かえる」

「そういえばわかる」

はあ、と答えて、貫太郎は途中で船をおりていった。

幸四郎だけが舟に乗ったまま、新大橋から両国橋《りょうごくばし》方向へと進む。

「旦那《だんな》……どこにつけますね」

幸四郎はそれには答えず、

「船頭さんは、深川だな」

「へぇ、生まれてからずっと」

「ならば、今川という同心を知ってるかな」

ぶしつけな質問ではあるが、幸四郎にはどことなく高貴な雰囲気がある。船頭の佐介は幸四郎を怪訝そうに見ながらも、まぁ熱心な旦那です、と答えた。

「そういえば、仲間の船頭が話してましたがね。この前も、あの石切り場あたりの満潮はいつか、と聞かれたらしいです」

「ほう……なにか意味があったのかな」

「さぁ、いつものことだから、仲間も気にしちゃいませんでしたがね」

「そのようなことを聞くのは、いつものことなのだな」

「へぇ、そんなに年中ではありませんが。ときどきは聞かれます」

幸四郎は、なるほど、と答えて、ますます難しそうな表情をする。

都鳥が、すうっと船のそばを追いかけるように飛んできた。

「餌をやる馬鹿がいるんでさぁ。そんなことをしたら鳥は死んでしまいます」

船頭の言葉にも、幸四郎は生返事を返すだけだ。

やがて、柳橋《やなぎばし》が見えてきた。

柳橋は、神田川《かんだがわ》と大川にはさまれている。

周囲には料亭が並んでいて、辰巳《たつみ》芸者がそぞろ歩きをしている。黒紋付を男羽織に着ている芸者たちを見ながら、幸四郎はぼんやり顔で橋の袂《たもと》に立った。

まわりから見ても、とりたてて用事があるようには思えないだろう。

幽霊のように柳のそばに立っている幸四郎を、気にする者はいない。

そこに、同心特有の格好をした男がやって来た。

「やぁ、来ましたな」

「殿さまに呼ばれたらしかたがない。駕籠《かご》を飛ばしてきましたよ」

定町廻《じょうまちまわ》り同心、山岡周次郎《しゅうじろう》が苦笑いをする。

貫太郎と一緒に来るのかと思っていたのだが、駕籠に乗ったのは山岡だけだったらしい。

「予測より速いので驚いた」

「驚いたという顔つきではないが」

「私はたいていのことでは驚かぬのだ。だからかのぉ、驚き顔がわからぬ」

ふたりは目を合わせてにんまりと笑う。

なんともとぼけた殿さまだ、と山岡が笑った。

「よくここにいるとわかったの」

幸四郎の言葉に、山岡はにやりとして、

「……そんなことは簡単だ。かえる、とは柳と蛙《かえる》のことだろう。舟で来るとしたら、柳といえば柳橋のことだ。小野道風《おののとうふう》の話くらいは知ってるからな」

山岡はそこでからかうように、

「道風は、蛙が何度も柳に飛びつこうとしているのを見て、努力が大切だと学んだそうだが、殿さまとはあまりかかわりのない逸話《いつわ》ではないか」

その言葉に、幸四郎は苦笑しながら、そうかもしれん、と認めてしまった。

「しかし、柳橋とひとことといえばいいものを、このように面倒な……」

「いや、ちと楽しんでみたくてなぁ」

「相変わらず、人を食ったお人だ……ところで、貫太郎から少し聞いたのだが、今川連三郎のことを知りたいそうだな」

「うむ」

「おそらく、長崎屋の事件がらみだろう。ふふ……だが、はっきりいえねぇな」

「それは困った」

「悪いが、今回はあまり手助けはできぬ」

「仲間は売れないということか」

「それもあるが、ちと内密の事件を抱えているのだ」

「忙しいときに手間を取らせてすまぬ。だが、こちらも六助の件があるでのぉ。

問題のない範囲で、答えてくれぬか」

「……まぁ、おぬしに頼まれたらしょうがない」

山岡は眉を動かした。

「俺も、今川の人柄《ひとがら》などを、くわしく知っているわけではない。ただ最近聞いた話では、なぜか葛飾《かつしか》の在《ざい》に大きな家を買ったらしい。自分で住むのではなく、貸し家にするらしいのだが……それにな、奴はいずれ同心から足を洗うと、よくうそぶいている。さらに……」

小声になった山岡の言葉に、幸四郎は怪訝な目つきをして、ほう、と答えた。

「じゃあな」

話し終えた山岡は、待たせていた駕籠《かご》に乗って帰っていった。

入れ違いに、急ぎ足でやってくる貫太郎の顔が見えた。

ご苦労だった、とねぎらうと、へぇ、と答えてから、遠目に去っていく山岡の後ろ姿を確認する。

そして、貫太郎は幸四郎に向き直り、

「ほかの方たちに、今川の噂を聞いたんですがね」

「……で結果は」

「探索の腕はいいらしいのですが、近頃は少々やりすぎのところがある、という声も聞こえました。それに、ちょっと嫌な噂も」

「なんだ、嫌な噂とは」

「大きな声ではいえませんが、長崎屋の親父と揉めていたらしいですぜ。それも、なにやら女のことが原因だったと」

「その女とは」

「それが噂だけなので、よくわからねぇんですよ。ちょうど作造がいたんで聞いてみたんですが、そんなことあるはずねぇだろう、とけんもほろろでさぁ」

貫太郎が十手《じって》の先で、長い顎《あご》をすりすりと撫でまわしている。

「よし、確かめてみよう」

「長崎屋に行きますかい」

「虎穴《こけつ》にいらずんば虎子《こじ》を得《え》ずだ」

はぁ、と貫太郎は、わかったようなわからぬような顔つきをしながらも、すたすたと歩きだす幸四郎のあとをついていった。

五

主人が殺されたせいだろうか、長崎屋は休業中であった。

応対に出たのは金八《きんぱち》という番頭で、黒の紹の上に、長崎屋の文字が入った前垂《まえだ》れをしている。

なんとなく珍妙な格好に見えたのは、その番頭がやたらと身体が丸かったからだ。しかも顔も丸く、猫背なので、まるで樽《たる》に見える。

幸四郎はなにもいわず、金八を興味深そうにじろじろ見ている。

しかたなく、貫太郎が、長崎屋と今川の関係について尋ねた。

「関係ですか……」

もちろん、定町廻り同心と、縄張り内の女郎屋にかかわりがないはずはない。

主人の浜次郎から、ある程度の袖の下は流れていただろう。

金八は、浜次郎がこの店を開いてから一緒に切り盛りをしてきたらしい。ただ、店のことに関してはよく知らないと答えた。実務的なことをのぞいて、長崎屋は浜次郎ひとりが取り仕切っていたという。

「今川さんは、頻繁にこの店を訪ねていたのか」

幸四郎が問いかけると、金八は丸い目をきょろきょろとさせ、

「……お侍さんはどちらの方で」

ぼんやりした顔つきだが、威厳のある幸四郎を見て、眉をひそめた。

すかさず貫太郎が、この人は俺の後見人のようなお人だ、とっとと答えろ、と十手《じって》を見せた。

「はぁ、そうですか……今川さまはたまには来ていましたが、頻繁というほどのことはなかったと思います。ただ、ここのところはよく顔を見せて、主人と難しそうに話してましたが」

「どんな内容だったか、聞いたかな」

「いや、それはわかりませんね。旦那さまも、商売上のことはあまり相談してくれませんでしたから。ただおそらく、女郎の足抜けの件だとは思いますがね」

「ほほう……足抜けとな」

「へぇ。旦那さまが、どこぞの片田舎から連れてきた娘がいたんですがね。今川さまはひと目見て、その娘が気に入ったらしく、ろくに金子《きんす》も払わずに、強引に引っ張ろうとしたのです」

「そりゃぁ、穏《おだ》やかじゃねぇな。八丁堀の旦那とはいえ、浜次郎も我慢できなかったんじゃねぇか」

貫太郎が目を光らせて尋ねた。

「ええ、まぁ……ただ、今川さまのおっしゃることですから……。旦那さまも最後は渋々《しぶしぶ》、引き渡したみたいです。でも――」

そこで、金八は、しまった、という表情を浮かべて言葉を切った。よけいなことをいってしまった、と顔に書いてある。

ここぞとばかりに、貫太郎はすごんで見せた。

「やい、てめぇ、なにか隠しているんじゃねぇのかい。でも、とはなんだ。なんなら自身番に引っ張っちまってもいいんだぜ」

「いえいえ、めっそうもない」

青ざめた金八が首をぶるぶると横に振って、

「いえね、あの……てっきり女将《おかみ》さんは反対するのかと思いきや、むしろ、女将さんのほうが、足抜けに賛成だったみたいで。珍しいこともあるもんだと」

「なんだい、浜次郎の新造はそんな鬼みてぇな女なのかい」

「いや、まぁ……その」

「ははぁ、もしやすると、その新造と今川さまが怪しいってわけだな」

金八は黙《だま》ったままだが、貫太郎の言葉を否定しないあたり、大きく外れてはいないのだろう。

「ふうん、今川さまがねぇ」

貫太郎が苦々《にがにが》しげな顔をする。幸四郎は何事か考えこみながら、

「……新造を呼んでくれ」

幸四郎の要求に、へぇ、といって金八は一度さがり、おゆきを連れてきた。

薄青い小袖に真っ赤な帯は西陣《にしじん》だろう。ぽっちゃりとした唇が男の欲情をそそりそうだ。体調を崩していたのか、少し顔色が悪い。

浜次郎とはひとまわり以上も歳が離れているが、金持ちが若い女を娶《めと》るのはよくあることだ。

――たしかに、この女だったら、今川さまが懸想《けそう》してもおかしかねぇや。

貫太郎は内心でそう思いながら、

「ふたりの仲はうまくいっていたのかい」

「もちろんじゃありませんか。それとも、なんですか。私がお調べにあうようなことがあったのでしょうか」

「いや、そんなことはねぇがな。あんたの旦那が殺されたんだ。なんでもいいから、なにか気がつかねぇかと思って」

さすがに面と向かって、今川のことを尋ねるわけにもいかない。

「さぁねぇ。あたしは店のことに関しては、まるでかかわらせてもらえませんでしたから」

答えながらも、おゆきはときどき胸を押さえる。

と、突然、幸四郎がおゆきに話しかけた。

「あんたはこの店の出か」

偉そうに聞かれておゆきはむっとするが、侍なので一応はへりくだった。

「そうですが、それがなにか。旦那さまと一緒になったのは五年前のことです。もうそんな昔のことは忘れてしまいましたけどね」

「ほう、ついでに旦那の存在も忘れていたのではないか」

幸四郎の言葉に、貫太郎はひやっとする。案の定、おゆきは顔色を変えて、

「なんです。お侍さまとはいえ、失礼ではありませんか」

「そうか、いや、それは悪かった。わっははは。失礼いたした。親分、帰ろう」

そのまま幸四郎は、すたすたと表通りへ出てしまった。

貫太郎はあわてて追いかけながら、

「見当がついたってことですかい」

「まぁ、だいたいのことは見えてきたが、確かめたいことがある。親分、奥山へ行こう」

幸四郎は足を速めた。


そろそろ夕刻、八つさがり。

昼は暑いので、人混みがあふれだすのはこれからだ。

ただ、芝居小屋は暗くなると舞台が見られなくなるので、はねるのは早い。

幸四郎が向かおうとしたのは、六助が女を連れていった見世物小屋だ。

この界隈で、ろくろ首を見せているのは、ひとつしかない。貫太郎が少し聞きこむと、その見世物小屋、幸楽座はすぐに見つかった。

番台に、事件当日のことを聞いた。六助と夏の人相を教えて、そのふたり連れに見覚えはないか、と尋ねるが、なにせ大勢の客が入るため、覚えているわけがない、と一蹴《いっしゅう》された。

それも、もっともな話である。念のためと、ろくろ首を演じている双子の女にも尋ねたが、客など見ている暇《ひま》はない、と笑われた。

だが、幕の後ろから顔を出している妹のほうが、

「そういえば、女がいきなり立ちあがって帰っていきましたけど……」

といいだした。

それが夏という女なのかは、はっきりしない。それだけでは、六助が夏と一緒にいたという証《あかし》にはならない。

収穫はねぇなぁ、と落胆しながら、貫太郎は、

「殿さま、どうします。俺はちょっとばかり、自身番に顔を出しやすが」

この周辺は貫太郎の縄張りである。

幸四郎は、黙《だま》ってあとをついていった。

自身番に入ると、貫太郎はなじみの町役に声をかける。

「なにか変わったことはなかったかい」

「……とくにないですねぇ」

町役は、面倒くさそうに答えた。夕刻とはいえ、暑さでまいっているらしい。

こんな季節に、せまい自身番に詰めているのはつらいのだろう。

「そうかい、じゃましたな」

貫太郎が外に出ようとしたそのとき、座敷で横になっていた別の番人が、起きあがって、そういえば、と話しはじめた。

「ちょっと前のことですがね。あまりこのあたりでは見かけねぇ御用聞きが、年寄りの掏摸を捕まえていましたよ。そのままこっちに突きだすのかと思ってたら、なにやら話があるってんで、どこぞに連れていきましたがね」

その言葉を聞き、幸四郎と貫太郎は目を合わせた。

「誰だい、その見かけない御用聞きというのは」

「たしか、深川のほうを縄張りにしている親分だと思うんですが。名前は覚えてませんね」

「作造といわなかったかい」

「あぁ、そういわれてみれば……」

「で、掏摸はどうしたんだ」

「さぁ。そのまま深川に連れていったんじゃねぇですかい。説教のひとつもして帰してやったのかもしれません」

「勝手なことしやがって……」

その老掏摸が、六助の見た掏摸と同一人物であれば、大問題である。事件の背後に、作造……いや、おそらくは今川連三郎がいることになる。

「親分……その年寄りの掏摸というのは、六助の財布を掏った者かもしれんな」

幸四郎もすぐにその結論に至ったらしく、珍しく難しい顔をして考えこんでいる。

「……そうだとすると、とんでもねぇことになりやすね」

幸四郎は、そうか、なるほど、などとつぶやき、

「千佳さんとおりんさんの目が必要だな……」

「目ですかい。なにをしてもらうんです」

「下手人たちを追いつめるのだ」

「たち……。ひとりではないので」

「ふたりだ。いや、三人かな。親分、悪いが、いまからもう一度、長崎屋に戻ってくれ。おゆきに、明日の巳《み》の下刻、千秋屋に来るように伝えるのだ」

「千秋屋へですかい」

「それから、今川連三郎と作造のふたりにも同じことを伝えてくれ」

はぁ、と貫太郎はうなずく。

おゆきはともかくとして、今川には頭ごなしに命ずることなどできない。さて、

どうやって呼びだそうか……と貫太郎が思案していると、

「親分、そんなまぬけ面《づら》はあとでしてくれ」

「まぬけはねぇでしょう。だいたい、御用聞きが同心を呼びつけるのが、どれほど難しいかわかってねぇんだ、まったく……まぁ、しょうがねぇ。で、殿さまはこれからどこへ」

「もちろん千秋屋だ」

そういって幸四郎は、にやりと笑った。

六

堀江町にある千秋屋の二階。

常連客が宴《うたげ》などを開くために使う、広めの座敷である。

窓は開かれているので、堀割の風がときどき入ってくる。店のまわりには大きな木々が茂っているので、多少過ごしやすいものの、それでも汗は出てくる。

ひとりひとりに、千秋屋の文字が染め抜かれた手ぬぐいが渡され、さらに団扇《うちわ》まで置かれてあった。

上座には幸四郎が座っている。

それが気に入らないのか、御用聞きの作造は、ちらちらと今川連三郎を見ている。作造から見れば、幸四郎はただの浪人、もしくはよくて、どこぞの部屋住みである。役目や家柄などは知らないが、八丁堀のほうが上座と思っているのだろう。

しかし、今川はあまり頓着《とんちゃく》していないのか、作造の合図を無視しながら、前に並べられている膳部に手を出している。

おゆきは、どうして自分がこんなところに呼ばれたのか、と怪訝な目つきで幸四郎を睨んでいる。

さらに、下座には、千佳とおりんがいた。ふたりは、膳を運んだり、女中に指示を出したりしながら、ちらちらとおゆきの様子をうかがっていた。

「さて……みなさん、よく来てくれた」

おもむろに幸四郎が話しはじめた。

「今日、集まってもらったのは、ほかでもない。長崎屋殺害の事件解決のため、みんなの力を借りたいと思ったのでな」

誰もそれには答えず、千佳とおりん以外は、ひとりとして楽しそうではない。

今川は、黙々《もくもく》と膳に箸をつけている。

「さて、長崎屋の殺しの件だが、六助というこの千秋屋で働く男が濡《ぬ》れ衣《ぎぬ》を着せられておる。なぜそんなことになったのか……」

さきほどから機会を狙っていたのか、作造がそこで幸四郎に嚙みついた。

「なんでぇ、あの事件は、その六助って野郎が下手人なんだ。それをいまさらなにをいってやがる」

「作造、仮にも侍に、なんて言葉遣いだ。控えろ」

今川に怒鳴られ、作造は首をすくめた。

「さて、六助が下手人として捕縛された理由のひとつに、亡骸のそばに落ちていた財布がある。それに間違いないな」

不満げな顔をした作造が、へぇ、と一応は神妙に答える。

そこで貫太郎が声をあげた。

「でもそりゃおかしいぜ。考えてみたら、死骸は潮で運ばれてきたはずだ。たとえ六助が殺《や》ったにしても、あそこに財布が落ちているのは不自然じゃねぇか」

「へちまの親分、いいことをいう。そもそも、その財布は濡れていたのか」

幸四郎にまっすぐな目で問いつめられ、作造は、

「な、濡れていたかだと……そんなもんは……」

「乾いていましたぜ。作造が見つけてすぐに渡されたんですから。これっぽっちも水に濡れてませんでした」

にやにやしながら言葉をはさんだ貫太郎を、作造がじろりと睨む。

「ほう、それは不思議なことだが、どう思うかな、作造親分」

「……なにがだい。あそこで拾ったことには間違いねぇ」

作造はすっかりふてくされている。

「それはおかしい。どう考えても矛盾《むじゅん》しておる。でな、ちと考えたら、すぐに絡繰りがわかった。要するに、あの財布は落ちていたものではなく、その場でおぬしが拾ったふりをしたのだ。それなら話の辻褄が合う」

思わず言葉を失い、作造は顔を強張らせて今川を見る。

今川は視線を合わそうともしない。

「作造、おまえは浅草で老掏摸をつかまえたらしいな。そしてその老掏摸を利用して、六助の財布を掏らせた」

「なにいってるんですかい。どこにそんな証拠があるんで」

作造が、鼻を膨《ふく》らませて反論する。

幸四郎がそこで視線を転ずると、おりんが待ってましたとばかりに話しだした。

「残念でしたねぇ。殿さまから話を聞いて、掏摸の元締めを訪ねたんですよ。そしたら、その年寄りの塒《ねぐら》がわかってね。最初は渋《しぶ》っていたけど、あたしももと掏摸だから、番所に突きださないって約束で、全部話してくれましたよ。作造親分……あんたに頼まれて、六助の懐を狙ったってね」

作造の顔が見る見る青ざめていった。口をぱくぱくとさせているのは、言葉が出てこないのだろう。

――殿さまがいってた、おりんの目ってのはこれだったのか。

貫太郎がひとりうなずいていると、幸四郎が話を続けた。

「そもそも、この事件は、今川さん……おぬしとそこのおゆきが懇《ねんご》ろになったことから端《たん》を発しているのだろう」

そこで、目を見開いたおゆきが言葉を発する前に、幸四郎が千佳に向かって尋ねた。

「おゆきを見てどう思うか」

千佳が、ええ、とうなずいて答える。

「おそらく、この人は子を宿しているかと……さきほどから具合が悪そうに胸を押さえていますが、吐き気があるのでしょう」

「おゆき……どうなのだ」

「そんな、た、たしかに私は身ごもってますよ。でも……それは旦那さまの子です」

動揺を隠すかのように、おゆきはいいきって幸四郎を睨んだ。

幸四郎はそこでひとつため息をつき、哀《かな》しげな目で今川を向いた。

「……今川さん。もはや、ここまでではないかのぉ。財布の一件で、作造の罪は免《まぬが》れまい。潔《いさぎよ》くすべてを認めたらどうだ」

それまで今川は、我関せずといったふうに黙《だま》っていたが、

「だとしても、この者が勝手にしたことと。俺になんの関係があるのだ。もちろん、そこのおゆきのことは知っておるが、子どものことなどまったく知らぬ」

「だ、旦那ぁ……」

作造が思わず発した言葉を無視して、今川はじろりと幸四郎を見返した。

「そうか、では加瀬《かせ》屋《や》のことも知らぬと申すのだな」

「な、なぜ、それを……」

そこで初めて今川の表情が崩れた。

「六助の話を聞いたとき、夏という女の存在がどうにも謎であった。もし、罠《わな》にはめられたのであれば、なにゆえ六助は都合よく正体のわからぬ女と一緒にいたのか……。となれば、その女も用意されていたと考えるべきであろう」

幸四郎はそこでいったん言葉を切り、

「そして、今川さんが長崎屋から強引に娘をもらい受けた話を聞いたとき、私のなかで点と点がつながったのだ」

「なるほど、六助の話では、夏って女は世間知らずだったっていってました。どこぞの遠国《おんごく》から売られて、江戸の町が珍しかったんですかい」

合点がいったのか、貫太郎がふむふむとうなずいている。

「じゃあ、その夏って娘さんも、今川さまの仲間だったんですか」

おりんが悲しそうにいう。おそらく、六助のことを気づかっているのだろう。

「いや、それはあるまい。おそらく、夏はなにも知らずに手伝わされたのだ。単に、この刻の間、六助という男を引きつけ、行動をともにしろ、と。そうすれば代わりに、女郎などせず、まっとうな店の女将《おかみ》になれる、とな」

「まっとうな店の女将……ですかい」

首を傾げた貫太郎に、幸四郎が説明をはじめた。

「その夏という娘が、まるでまぼろしのように姿を消したのはなぜだ。幸い、口封じのために殺されたとは考えにくい。ここ数日、身元不明の亡骸など見つかっておらぬからな。では、どこへ消えたのか。いちばんに考えられるのは、どこぞの大店の新造におさまるか、囲い者になること。それも、今川殿が糸を引いているのであれば、おそらく深川界隈であろう。若いきれいな娘をあてがえば、相手の男にも恩を売れるはずだ」

幸四郎が千住にちらりと視線を向けると、

「幸四郎さんから話を聞き、家臣を使って深川中を調べさせたんです。最近、若い娘さんを娶《めと》るか、囲い者にした商人はいないかって……。そしたら、加瀬屋の名前が出てきました。主《あるじ》はずいぶんと年をとっているそうですが、どこで見つけたのか、それに似合わぬ若いきれいな娘を新造に迎えた、と」

たしかに、大きな商家の新造におさまってしまえば、めったなことでは外にも出ないだろう。たとえ六助が無罪となり、通りを歩いたところで、ふたたび夏と顔を合わせる可能性はかぎりなく低い。

「女郎になる前に、店から強引にもらい受けてきた娘だ。なるべく外には出さないでくれ。長崎屋の者に顔を見られたらまずい……そんなふうに加瀬屋の主人にいえば、より娘は見つかりにくくなるだろう。そして六助を罠にはめ、長崎屋の主《あるじ》を殺害……己《おのれ》が後釜に座ろうとでも考えたのか」

いまや、今川はすっかりふてぶてしい目つきである。

「ひとつだけわからんことがあるのだが……おぬしと長崎屋の関係だ。単なる商家の主人と定町廻りのかかわりにしては、繋がりが太すぎるように思える。しかも、繁盛しているとはいえ、長崎屋は女郎屋だ。おゆきのことがあるにしても、侍を捨ててまで乗っ取るとは、どうしても思えぬのだ。子どものことも、おゆきが浜次郎との子だといい張れば、なんら問題はないはず。おぬしはなにが目的だったのだ。なにが八丁堀同心を、そこまでさせたのだ」

幸四郎の話が終わっても、今川は黙《だま》りこんだままであった。

これでは、埒《らち》が明かぬ、と幸四郎が思ったそのとき――。

「俺が教えてやろう」

と声がしてがらりと障子《しょうじ》が開き、山岡周次郎が入ってきた。

全員が驚いているところに、幸四郎だけはにんまりしている。千秋屋で謎解きしていることを、教えてあったのかもしれない。

「やい、今川連三郎。てめぇ、長崎屋と組んで、江戸に阿片《アヘン》を流していたな」

貫太郎は、その言葉に心底驚いた。

――長崎屋で阿片だと。

近頃、山岡が忙しかったのは、その内偵のためだったのか。

「深川界隈から、御禁制の阿片が流れていたことはわかっていた。もちろん、いちばんに疑うべきは女郎屋だ。だが、長崎屋はなかなか尻尾《しっぽ》を見せやがらねぇ。しかも、深川を縄張りにしてる同心も、なにもいっちゃこなかった。たしかに、女郎屋の主《あるじ》と定町廻りが組めば、阿片を売りさばくことも簡単だろうよ。なにせ、売る側と取り締まる側が、同じ元締めなんだからな」

「……山岡さん、なにをつまらねぇことを……」

「おめぇは、葛飾に寮を買ったな。その金はどこから出たんだい。おめぇは、奉行所が阿片探索に乗りだしたことを知った。これまでみてぇに好き勝手できねぇと踏んだおめぇは、邪魔になった浜次郎を殺し、長崎屋を継ごうとでもしたのか。それとも、葛飾の寮に隠居し――」

山岡が苦々《にがにが》しげに言葉を切り、十手《じって》の先を、おゆきに突きつけた。

「そこの毒婦と仲よく、裏からすべてを操《あやつ》ろうとしたのか」

観念したのか、今川は冷笑を浮かべながら、

「まぁ、そんなところだ。長崎屋はあまりにも年上で、おゆきもしきりに、夜がつまらねぇ、といっていたからなぁ」
その言葉におゆきは、ふん、と鼻を鳴らして横を向いた。

七

一瞬の間だった。
今川が立ちあがると、座敷から逃げだしたのだ。
あっ、と叫んだ貫太郎が追いかけようとするのを、そばにいた千佳が止めた。
幸四郎がすっ飛んでいったからだ。
あとに山岡が続きながら、
「奴は逃げやしねぇから安心しな。今川もそのくれぇの矜持《きょうじ》はあるぜ」
そういって、貫太郎におゆきの捕縛を命じ、すぐさま外へ出ていった。
法恩寺横の空き地に、今川は立っていた。
追いかけてきた幸四郎を、じっと見つめている。すぐに山岡が追いついたが、なぜか遠巻きに見るだけだった。

今川が静かに口を開く。

「あんた、何者だ。どうにも会ったときから苦手だったぜ」

「ん。私か。私はなぁ、人呼んで、殿さま浪人幸四郎。幸ちゃん、とでも呼んでくれ」

「……馬鹿にしやがって。山岡も裏がありそうでいけすかねぇと思っていたが、おめぇのほうがもっといけすかねぇ。……こうなったら、おめぇを斬って冥土《めいど》の土産《みやげ》にしてやる」

「ほう、ということは自分も死ぬということか」

「どのみち、俺は逃げきれねぇだろうよ。よくて切腹……悪ければ、このまま闇《やみ》に葬《ほうむ》り去られるか……」

一瞬、幸四郎が怪訝な表情を浮かべると、今川は自嘲しながら、

「ほら、山岡もこちらに来ないだろ。定町廻りが阿片の密売なんかでつかまってみろ。役人の首がいくつ飛ぶかわからん。俺を闇に消し去り、事件をうやむやにするしかないのだ。まともな裁きなど受けられるはずもない。山岡がこちらに来ないのは、あやつなりの配慮だろう。あんたに斬らせようとしているのだ」

そこで今川は大刀を抜いた。

「もし俺を討ち取ったならば、山岡に礼をいっておいてくれ。では、行くぞ」

風を切る音を立てて、刀身が振りおろされた。

幸四郎は、それを左によけて払い、突きを入れる。数歩さがって避けた連三郎は、刀を立ててそのまま突っこんできた。

示現流《じげんりゅう》か、とつぶやき、幸四郎は逃げるふりをして、今度は右からまわりこんで袈裟懸《けさが》けに斬りつけた。

寸の間でそれも避けた連三郎は、捨て身で突きを入れる。

幸四郎は、ぎりぎりまで切っ先を見切り、敵の剣先が胸前に来た瞬間、身体を左にかわしそのまま横薙《よこな》ぎにして、走り抜けた。

どう、と音を立てて、今川連三郎は倒れた。首から血を噴きだし、そのまま動かなくなった。

「相変わらず鮮《あざ》やかな腕だ……」

いつの間にか、後ろに山岡周次郎が立っていた。

「こやつを斬ってしまったが、よかったのかな」

もとのぼんやり顔に戻った幸四郎がいった。

「なに……こちらも助かった。こういうこともあるさ。阿片の件では、今川をつかまえられん。奉行所内にも、いろいろな力があるからな。おそらく、うやむやにされる公算が大きい。それに、阿片探索の続きもあるからのぉ」

「続きだと……長崎屋を潰して終わりではないのか」

「いや、潰すのは簡単だが、いまだ阿片密売の全貌《ぜんぼう》はわかっておらぬ。しばらくは、あの金八という番頭に店をまかせ、魚がかかってくるのを待つつもりだ。さきほど、長崎屋のなかをくまなく探ってみたが、手がかりの証文ひとつ見つからなかった。どうやら、阿片密売は店がらみの犯行ではなく、浜次郎と今川ふたりの仕業《しわざ》らしい」

「では、あの新造はどうなる」

「おゆきが旦那の本業を知っていたかどうか微妙なところだが……もし詮議の結果、無関係であれば、きつい仕置きをして江戸を追放といったところか。浜次郎殺害の件は、もはや宙《ちゅう》に浮いたまま消え去るのみだからな」

少しの間、幸四郎は難しい顔をしてなにかを考えこんでいたが、やがて、ふう、と深いため息をついた。

「なるほどのぉ。下手人がわかっていても裁けぬか。こちらは六助の疑いが晴れればそれでいいのだが、悪人とはいえ、殺された浜次郎は浮かばれぬの」

「だから、ときには、代わりに恨みを晴らす者が必要なのさ」

そういい残し、わっはは、と笑いながら、山岡は戻っていった。


それから数日後のことであった。

おりんと六助は、十軒店《じっけんだな》を歩いていた。

なにやらある店の前に、改装および祝言祝い、という垂《た》れ幕が出ており、その前で店の使用人たちが大勢の客をあしらっている。

店のなかには、にこやかな顔をした老人と、きらびやな衣装に身を包んだ若い娘がいた。親子という感じでもなく、このふたりの祝言祝いであれば、かなり年の離れた夫婦である。

おりんに連れられてきた六助は、なにげなくその若い娘の顔を見て、首を傾げた。

――あれは……。

「夏ちゃん」

思わず、口からその名前が出ていた。

おりんは、ふと優しげな表情を浮かべ、

「千佳さんに聞いたんだよ。夏って娘が身請《みう》けされたであろう店をね。迷ったんだけど……六助も知っておいたほうがいいと思ってねぇ」

「へぇ……まぁ、そりゃぁ」

返答はしたが、おりんの話が頭に入ってこない。六助は、ただただ夏の晴れ姿をじっと見つめていた。

夏は……いや、本当の名前は違うのだろうが……店の主人や手代《てだい》たちと、楽しそうに働いている。六助の存在には気がついていないらしい。

──声をかけようか……いや、やめておこう。

あの日の出来事は、六助にしてみたら夢のなかの話である。夏にしても同じだろう。

──こんなときに、無粋《ぶすい》に顔を出しては男がすたるってもんだぜ。

六助の心を知ってか知らずか、おりんが、

「ここで待ってな、動くんじゃないよ」

といって店に走っていった。

「姐御《あねご》。なにをしようってん……です……」

大きな声を出せず、六助は身体を縮《ちぢ》めた。

おりんは夏の前に立ち、なにやら話しかけている。

六助は気が気ではないが、自分の話をしているような雰囲気はなく、胸を撫でおろした、と思った瞬間……。

おりんの手が動いた。

夏の目線も一緒に動く。

と──。

時間が止まった。

六助の全身が、かっと熱くなったのは、日差しのせいだけではないだろう。

夏の目がこちらをとらえていた。

あの微笑《ほほえ》みが六助の目に入ってくる。

夏が、小さくお辞儀をした。

唇が動いている。

──ありがとう……。

そう読めた。

六助には、返す言葉はなかった。

ふと、店の主人の声が聞こえる。
「夏。こっちでお客さんだよ」
——えっ。
本名だったのか……。
夏は、おりんと少し話をすると、また客の相手をはじめた。
二度と六助のほうを見ることはなかった。

第五話　千秋屋の決闘

一

気の早い木々は、すでに色を変えはじめ、秋を予感させている。

夕刻を過ぎ、舌を出していた野良犬も、少し元気になったようだ。

だが、町のなかでは、まだ夏と秋が混在している。北から来たであろう旅人のなかには、袷姿《あわせすがた》もいたりする。

幸四郎は、例によって春屋の二階の窓に腰かけ、横川を見つめている。

春屋の二階はいまだ暑かった。日差しはないものの、今日は風が止まっていて、窓から見える外の茂みはまったく揺るがない。

上屋敷の仕事を終えた浜吉は、この暑さだというのに、汗ひとつかいていない。

おりんと六助は、千秋屋で働いているころだ。

千佳がいないときは、おりんが女将《おかみ》の真似事をして、いろんな指示を出すまでになっていた。

幸四郎には、出世をしたものだ、とからかわれるが、本人は毎日の重圧に寿命が縮《ちぢ》まる思いだという。おりんとしては、六助を男衆の頭に抜擢して、仕事を助けてもらいたいらしいのだが、当の六助はやる気がないようで、ただの下男でいいと断り続けている。

店の主人である千佳は、そんなおりんを頼もしく思っていて、もはや十分に店をまかせられると喜《よろこ》んでいた。

すっかり、料理屋の女将が板についたおりんと比べ、浜吉はよくも悪くもいっこうに変わらない。

相変わらずの四角四面な言動で、上屋敷でもひと悶着《もんちゃく》、起こしてきたらしい。

だが、自分は間違っていない、と浜吉は一歩も引かず、幸四郎の身替わりをしている弟の新二郎《しんじろう》から、愚痴《ぐち》の書簡が届くありさまであった。

「幸四郎さま……なにか見えますか」

ぼんやりとしている幸四郎に、相変わらずの四角張った問いかけがされた。

「秋の香りが見えてきたな」

「香りは目で見えるものですか」

「……おまえと話をすると、頭が痛くなる」

「これはしたり。幸四郎さまが香りが見えるなどと……」

「もう、よい」

浜吉は幸四郎の竹馬の友であり、もっとも信頼の置ける家臣であるが、ときには、もっと軽い話し相手が欲しいときもある。うだるような暑さの今日は、まさにそういう日であった。

「はぁ……」

困り顔で、浜吉は口をつぐんだ。

そこへ、階段をとっとっとあがる音が聞こえ、障子《しょうじ》が開くとともに、すっかり元気を取り戻した明るい声が響いた。

「へへっ、どうも殿さま。こっちが身を粉《こ》にして働いた帰りだってのに、殿さまは相変わらずですかい。まぁ、いいや、こんな暑い日は、さっさと飲みましょう……あれ、浜吉さん。あんた、いままでどこに消えていたんです」

「私にもいろいろと苦労があるのだ」

「さいですかい」

町人の格好をしているものの、浜吉も武士だと、六助は踏んでいる。ときどき武家言葉になるから隠しようがないのだ。

幸四郎、浜吉が主従だとも思っているが、まさか大名だとは夢にも思っていない。

そもそも、ふたりには、武家にありがちな高飛車《たかびしゃ》なところがまったくなかった。ついつい六助も気を許して、ぞんざいな言葉で話しかけてしまう。

だが、幸四郎も浜吉も、そんな態度に腹を立てることもない。

「六助……災難であったな」

浜吉の言葉には、心から同情している深みが感じられる。

「掏摸《すり》だったころならまだしも、ただの濡《ぬ》れ衣《ぎぬ》とは。まったく……最近の町方は腐《くさ》りきっておる」

浜吉が苦々《にがにが》しげにいった。

捕まったときに縛られていたことを思いだしたのか、六助は腕のあたりを撫でさすりながら、

「殿さま……長崎屋の一件はどうなったんですかい。昨日見てきたら、まだ普通に開いてましたぜ。山岡の旦那《だんな》は、なにかいってますかね」

「さぁなぁ……まぁ、とにかく飲もう。ほれ、浜吉もそんなところで四角張っておらずに、宴《うたげ》の支度をするのだ」

暑さを吹き飛ばすように、幸四郎が大口を開いて笑った。

二

「俺としたことが……」

山岡周次郎は、珍《めずら》しく焦《あせ》っていた。

八丁堀の自宅である。

――まさか、俺が密偵《みってい》を頼まれるとは……。

こんなはずではなかった。

山岡周次郎は、奉行所内でも無能として知られている。手柄を立てることもなく、かといって大きな失態《しったい》もせずに、目立たぬ存在であり続けたはずである。

――そんな俺が、阿片密売の探索をまかされるとはな。

奉行所内でも、今川連三郎の名前までは出なかったが、内部の者が密売に関与しているのではないか、という意見は出ていた。だからこそ、昼行灯《ひるあんどん》として有名な山岡に、白羽《しらは》の矢《や》が立ったのかもしれない。
だが、重要な役目をまかされても、山岡周次郎には素直に喜べない理由があった。

恨み晴らし人……。

じつはそれが、山岡周次郎の裏の顔である。代わって恨みを晴らすという闇《やみ》の商売だ。

悪党に泣かされた庶民が金を払い、代わって恨みを晴らすという闇の商売だ。
もちろん、殺しがおこなわれる前には、入念に探索がなされ、標的が本当に悪人かどうかを確かめることになっている。

今回、山岡は、同心としての任務のほかにも、裏から長崎屋の探索を頼まれた。

——まさか、俺が恨み晴らし人だとばれたんじゃぁ……。

ふと疑念が湧いたが、さすがにそれはない、と山岡は首を振った。殺し仕事を頼んでくる元締めや仲間の恨み晴らし人以外に、彼の素性《すじよう》を知る者はいない。

だからといって、安心はできないが……。

浜次郎は死んだが、長崎屋はまだ女郎屋を続けている。番頭の金八という男が商売を取り仕切っているのだ。

浜次郎が殺され、今川も姿を消したいま、阿片にかかわる商人や上客も警戒しているのかもしれない。いまだ、長崎屋には、なんの動きもなかった。

だが、阿片は中毒になるという。

このまま、静かに見張っていれば、隠れている奴らもかならず、なんらかの動きを見せるだろう。

——焦《あせ》りは禁物だ。

山岡がそう自分にいい聞かせたとき、下男の近吾から、来客を告げられた。妙齢のお女中ですぜ、と冷やかされて首をひねる。

誰が来たのかと不審に思いながら、庭にまわすように伝えた。

縁側に座って待っていると、二十五、六の町娘が、木戸を開いて入ってきた。

薄紫に段鹿子《だんかのこ》の小袖《こそで》は、清楚《せいそ》と婀娜《あだ》な雰囲気が合わさって見える。

「お忙しいところ申しわけありません」

「………」

山岡は不審気にじっと女の顔を見つめると、

「なんだ」

「いきなり、なんだ、とはご挨拶《あいさつ》ですねぇ」

ざっくばらんな態度に変化した女は、周囲を見まわしてから山岡のとなりに腰をおろした。山岡は、苦々《にがにが》しい顔をしている。

「奥さまはいらっしゃらないみたいですね」

「……こんなところまで来ていいのか」

「いいわけないでしょう。でも、緊急だからしょうがないんですよ」

「しかし、うまく化けたな。さすが弁天の菊丸《きくまる》……」

この町娘こそ、恨み晴らし人の仲間のひとりであった。

女に化け、狙《ねら》いをつけた相手にすり寄り、簪《かんざし》で喉《のど》の急所を突く……それが、弁天の菊丸の得意技だ。

つまりは、正真正銘の男である。

いつもは当然のことながら男の姿をしており、女装した姿はほとんど見ることはない。それもあって、山岡は驚いたのだ。

「おっと、その名はここでは禁句です」

ふっと笑った顔が男へと戻った。そしてまたすぐに女に化けて、

「親方《おやかた》からの伝言ですよ」

「親方から。危ねぇことでも起きたのかい」

「長崎屋の件で、虎《とら》が動きはじめたらしい」

「虎が……なにをしようってんだい」

「旦那を狙いはじめている」

「なんだって」

「阿片にかかわる誰かが、虎に依頼したのかもしれない。もしくは、長崎屋浜次郎が、死ぬ前に頼んでいたのか……いずれにしても、狙われているのは、旦那の命だ」

「どうして、そんなことがわかった」

「……善太《ぜんた》が殺されたのさ」

「なにぃ。どこでだ」

「昨夜の五つ、親方の家の前に、板に乗せられて転がっていたそうです」

「善太が……そんな簡単に殺られちまうような奴じゃねぇはずだが」

「それだけに、敵はよほどの腕利きかもしれない……」

「ううむ」

善太というのも、山岡の仲間である。

普段は、煙管《キセル》を行商していた男で、その煙管に忍ばせた刃を使って人を殺す。

恨み晴らし人の掟《おきて》で、お互いに過去の話などはしていない。そのため、誰もはっきりしたことは知らないが、その身のこなしからして、もとは忍びだったのではないか、という噂《うわさ》もあった。

そんな手練《て》の仲間が殺されたと聞き、山岡は困惑する。

「だけど、どうして長崎屋が俺を狙う」

「そんなことは簡単ですよ。山岡の旦那はね、恨み晴らし人として狙われてるんじゃない。阿片密売を追う八丁堀同心として狙われてるんだ」

「おめぇ、なんで俺の任務を知っている」

じろりと睨《にら》んだ山岡に対し、菊丸は、へへっ、まぁ、そこんところはいろいろと……と言葉を濁《にご》した。おそらく、町方にも情報網を持っているのだろう。

「そうか。だからといって、表で俺を消すわけにもいかない、と……」

「今川さまも、自分が山岡の旦那を狙うわけにいかなかったでしょうからね。もっとも、じつは山岡の旦那の腕を知っていたのかもしれない」

「そこで、長崎屋が虎に頼んだということだな」

「さっきもいいましたが、長崎屋かどうかはわかりません。阿片密売にかかわる、どこぞのお大尽《だいじん》かもしれねぇ。なんせ、あの虎ですから……」

虎は、山岡たち恨み晴らし人の同業である。ただ違うところは、庶民の恨みなどは関係なく、金次第でどんな殺しも請《う》け負《お》う極悪非道の殺し屋であった。

しかも、一度受け付けた依頼は、どんなことがあっても取り消せない。たとえ、依頼人が死んだとしても……。

「善太を先に殺したということは、よけいな手は出すなという、恨み晴らし人たちへの警告のつもりか」

「そう考えておいたほうがいいかもしれませんねぇ。今回の件で俺たちが動いていることを、虎も知ったんでしょう。虎にとって、俺たちの動きは邪魔なはずですから」

「で、親方の計画は」

「とにかく油断をするな、と」

「それだけかい」

「虎というのは人の名前ではありませんよ。それは知ってるでしょう。正体も不明だし、もしかしたら集団かもしれない。なにも知らねぇうちから、そんな相手と戦えませんよ」

「虎は狙った相手を確実に殺す。だから、その顔を見た者はいない……それは知ってるぜ」

「いままでだって、俺たちと同業の組織とは戦いましたがね。今回は相手がわからねぇぶん、なんとも不気味だ」

「ううむ……」

「唸《うな》ってないで、なんとかしてくださいよ。いまんところ、親方も山岡の旦那を守る気でいますがね。おそらく狙われているのは、八丁堀同心、山岡周次郎だ。善太を殺《や》られちまったのは不覚だが、いよいよとなったら親方も手を引きますぜ。俺は旦那に死んでもらいたくねぇし、なにより善太の仇《かたき》を討《う》ちたいんです」

「ふっ、よせやい。そんな格好の奴にいわれたくはねぇや。おまえこそ、そんなりしてると、虎に食われちまうぜ」

菊丸の心配を吹き飛ばすように、山岡が軽口を叩《たた》いてみせた。

菊丸は男としては小柄《こがら》で、娘たちとほとんど変わりない。女に変装しても違和感がないのは、そのせいもあった。なかには、間違ってちょっかいをかける男もいるかもしれない。

「俺にかかれば、虎も腑《ふ》抜けになっちまいますよ」

そういって、意外なほど色艶《いろつや》のある笑みを浮かべた。

山岡は苦笑しながら、

「……わかった、わかった」

面倒くさそうに手を振る山岡の態度に、ため息をつきながら、

「じゃ、これで失礼しますよ。くれぐれもお気をつけて……」

菊丸は、縁側からおりると丁寧《ていねい》にお辞儀をした。

女姿の菊丸が離れてから、山岡はすぐに縁側をおりると、近吾にちょっと出かけてくる、と声をかけた。奥のほうから、へぇ、という返事が聞こえる。

さきほどまで空は青かったが、急激に暗くなっていた。

傘《かさ》が必要かと足を止めたが、取りに帰るのも面倒なので、そのまま足を進ませた。

自分が恨み晴らし人になったのは、善太とのかかわりがあったからだ。

もう十年は経つだろうか……。

山岡は当時、大店《おおだな》の一家四人を惨殺《ざんさつ》して金を奪った賊集団を追いかけていた。

まだ二十代と若かった山岡周次郎は、そんな非道な罪を犯した下手人たちが、憎くてしかたがなかった。

執念の探索が実を結び、ひとりをのぞいて、賊を捕まえることができた。

だが、最後に残った賊のひとりだけは、どうしても手が出せなかった。

そのひとりは、ある重職に就《つ》いている旗本の三男だったのである。

捕まえたくても、上からの圧力がかかり、その三男は、なんと大手を振って町のなかを歩いていた。腸《はらわた》が煮えくり返っていた山岡だったが、上司からの命令で手を出すことができない。

それでも、なんとかならないものかと尾行《びこう》していると、自分以外にもその男を見張っている者がいることに気がついた。

天秤棒《てんびんぼう》をかつぎ、一見するとただの行商人である。

だが、その腰の座った歩きかたや目配りなどを見ると、ただ者とも思えない。

もしかすると賊の仲間なのではないか、と山岡は疑った。

もしそうなら、下手人をさらにもうひとり取り逃がしてしまったことになる。

――見すごすわけにはいかねぇ。

と、山岡は決意し、行商人の行動にも目を光らせていた。

そして、尾行を続けて三日目のこと。

旗本の三男は、吉原でさんざん遊び歩いたあげく、店の若衆と喧嘩《けんか》になって追いだされ、暗い夜道をひとり、供も連れずに歩いていた。

調子外れの鼻歌を歌っているところからして、よほどご機嫌なのだろう。その遊び歩く金のせいで、どれほどの庶民が泣いたか……。

山岡の心に、どす黒い憤怒《ふんぬ》が湧きあがった。

三男は橋を渡り、どんどんとひとけのない方向へ進んでいく。吉原を追いだされたので、夜鷹《よたか》でも買うつもりなのであろうか。

と、そのとき。

柳の影から、男が忍び寄ったと思うと、すぐに離れた。男が去ると、三男はふらふらとよろけたまま柳にもたれかかった。

すべては突然の出来事である。

山岡は柳に駆け寄ると、倒れている三男を見た。首をなにか細い刃で突かれたらしく、血がとめどもなく流れている。

だが……。

すぐさま山岡は、消えた男の行方《ゆくえ》を追った。

三男を見捨てるつもりはなかったが、あえて無理して助けるつもりもなかったのだ。

やがて月明かりに照らされ、男の影をとらえることができた。

なるべく音を立てぬよう、慎重に駆けていく。

と……いきなり男の姿が消えた。

まわりは畑で身を隠すようなところはない。

山岡は足を止めて、周囲を見まわした。

──しまった、見失ったか。

まかれてしまったのか……と落胆して振り返ったとき、目の前に、消えたはずの男が立っていた。数日前から一緒に三男を尾行していた行商人である。

「なにか用かい」

「どこにいたんだ……」

まぬけな質問が出てしまった。

男は口を曲げる。笑ったらしい。遠目でわからなかったが、顎《あご》が尖《とが》り、目が異常に鋭かった。その醸《かも》しだす雰囲気は、ただものではない。

「そんなことより、八丁堀にあとをつけられるというのは、あまりいい気持ちがしねぇんだがな」

会話はのんびりしている。だが、瞳《ひとみ》の奥から放たれる光は、山岡を震えあがらせるほどの迫力があった。

――この男には勝てねぇかもしれない……。

恐怖が襲う。しかし、男がさきほど三男を殺したのも事実だ。見逃すわけにもいかない。

「おぬし、さきほど……」

「そうか、見られたか。なら、このまま帰すわけにはいかねぇな」

ふたりの間で殺気が渦巻《うずま》く。

行商人が煙管《キセル》を短刀のように構え、山岡が大刀の柄《つか》に手をかける。

ふたりは微動だにせず、月明かりがあたりを静かに照らしだした。

――俺はなんのために戦っている。あの三男のためか。あいつが殺されて、なぜ俺が戦わなくてはならぬ……。

山岡の胸に湧いた疑念が、月明かりを浴びて大きく膨《ふく》れた。

そして、ふっとかすかに微笑《ほほえ》を浮かべると、

「やめだ。あの畜生《ちくしょう》のために命を賭《か》けてもつまらん。心配するな、あんたのことはなにもいわんよ。だいいち、俺はあんたがどこの誰かも知らぬのだ。さっさとここから消えろ」

構えを解いた山岡を見て、行商人の殺気も急激にしぼんでいく。

ふと山岡は気になって、

「待て。差しつかえなければ、おぬしが殺した理由を教えてくれぬか。あやつらに襲われた商家の者か。それとも、殺されたお店者《たなもの》の親族か」

行商人はしばらく考えこんだあと、不意に笑いだした。

「違う、違うのだ。俺は殺しを頼まれたのだ……」

その話によると、依頼人は旗本家の親戚筋だという。三男は日頃から一族の鼻つまみ者で、今度の賊の一件でほとほと愛想が尽きたらしい。このままでは、またなにか大事件をしでかし、一族が巻きこまれる可能性もある。

もはや、あいつを生かしておくわけにはいかない……。

それが、一族の出した結論であった。

「なんとまぁ。そんな世界があったとは……」

「そうであろう。この世には、死んで当然だという人間がいる。そして、そいつらの死を願っている人間も、たくさんいるのさ。俺たちは、金をもらってその恨みを晴らす。もちろん、殺す相手のことは十分に調べる。誰でもいいってわけじゃねぇ。俺たちが殺すのは悪党だけだ」

「…………」

話を聞いて、山岡はなにもいえなかった。

もちろん、この行商人の言い分は間違っている。金をもらって人を殺すなど、言語道断のおこないだとも思う。

――だが……。

旗本の三男が刺されて倒れていたとき、自分は助けなかった。どうせ助からないだろう、というのはいいわけだ。山岡の心のどこかに、死んでほしいという気持ちがあったのも事実である。

その山岡の迷いを見抜いたのか、行商人がおもむろに口を開いた。

「旦那も、いろんな恨みを晴らしたいとは思いませんか」

その誘いが、山岡の運命を変えたのであった。

三

おりんがその女に会ったのは、千秋屋の仕事がひと段落ついて、夕の仕込みをはじめる前の休憩中だった。

六助が竈《かまど》にくべる薪《まき》を割っているところに顔を出すと、その女がいたのである。

――おや、六助も隅に置けないねぇ。

邪魔をしたらいけない、とおりんが戻ろうとすると、六助に声をかけられた。

「姐御……ちょっといいですかい」

「なんだい、お邪魔だと思ったんだよ」

「違いますよ。この方が、以前、長崎屋で働いていたって」

「長崎屋」

ということは、お女郎さんだったということになり、おりんは返答に困った。

その心の動きを女は察したのだろう、

「おりんさんですね。いま、六助さんから話を聞いていました。私の前のことは気になさらずにお話しください。いまは、足を洗ってますし……」

「あら……ごめんなさい。顔に出てしまったかしら」

おりんの受け答えや、髪に手をやる仕草《しぐさ》は、すっかり料理屋の女将《おかみ》のものだ。

「……私は、しずといいます」

女はそういって頭をさげた。

「どうして六助のところに来たんです」

それに対するおしずの答えは、まさに奇妙なものであった。

今年の春まで、おしずは長崎屋で働いていた。しかし、引いてくれる人が出てきて、いまはその人と一緒になり、女郎はやめたという。

「……だけど、それがどうして六助と関係があるんです」

「六助さんは一度、長崎屋殺しの下手人として濡《ぬ》れ衣《ぎぬ》を着せられましたよね」

その言葉に六助は嫌な顔をしながらも、

「まぁ、まったくのでたらめでね。それで放免になりましたが」

事件は表立っていないものの、浅草や深川界隈《かいわい》ではかなりの噂になっていた。六助と事件のかかわりを知っていたとしてもおかしくはない。

「じつは、長崎屋にかかわる問題で困ったことになっていまして……。そのときに、六助さんの一件を耳にしたのです。それで失礼ながら、いろいろ調べさせていただきました。そうしたら、六助さんの無罪を証明するために、探索をした方たちがいたと……」

幸四郎や貫太郎のことをいっているのだろう。おりんは慎重にうなずく。

「それで……できれば、その方たちのお力を借りたいのです」

「そういわれましてもね……突然のことでなにがなにやら」

なにも事情を聞かぬうちから、安請《やすう》け合《あ》いはできない。

しかも、幸四郎とて、もと女郎と雇《やと》い主の単純な争い……たとえば、金銭がらみのいさかいなどだったら、まったく聞く耳を持たないだろう。

「それは重々わかっております。とりあえず、話を聞いてください」

そういって、おしずはみずからが抱える問題を話しはじめた。

おしずが女郎だったころ、一緒に働いている仲間に、お文《ふみ》という女がいた。

お文とおしずは年齢が近いこともあり、互いに励ましあい、ときには慰《なぐさ》めあって、つらい女郎稼業を乗り越えてきたという。

大店の旦那に引かれて女郎から足を洗うとき、おしずの唯一《ゆいいつ》の心残りは、お文のことであった。だが、妾《めかけ》とはいえ、堅気《かたぎ》の商家に世話になっている以上、そう簡単に様子を見にいくわけにはいかない。なにせ、女郎屋なのだ。

お文のほうも、堅気になったおしずを見て、どう思うかわからない。嫌な気持ちにさせたら……そう考えると、なかなか踏ん切りがつかなかったのだ。

それでも幸いなことに、旦那はもろもろの事情を知っているので、おしずは旦那にすべてを打ちあけ、お文にひと目だけでも会いたい、と訴《うつた》えた。

そして先日、おしずは一大決心をして長崎屋に向かったのである。

お文は、まだ長崎屋にいた。女郎も続けているようだ。

ひさしぶりに会ったというのに、お文は終始、目をとろんとさせ、言葉もはっきりしない。一応、おしずのことはわかっていたようだが、以前のような打ち解けた会話は成立しなかった。

泣きたくなったおしずは、とうとう我慢できなくなり、お文の肩をつかんで揺さぶった。すると、袂《たもと》から、煙管《キセル》がぽろりと落ちたのだ。

――煙管。煙草《たばこ》なんて吸ってたかしら。いえ、でも最前から漂《ただよ》っているこの甘い匂《にお》い……。

おしずは、そこでようやく合点がいった。

――お文は阿片を吸っている……。

もちろん、おしずもくわしいことは知らない。だが、客で来ていた大店の主《あるじ》や札差《ふださ》しなどから、わずかばかりの阿片の知識は得ていたのだ。

長崎屋は阿片を扱い、あろうことか女郎に与えている。それだけでなく、おそらくは上客などにも売りさばいているのだろう。

お文を助けるためにも、長崎屋の悪事を暴《あば》きたいが、しょせん一介《いっかい》の妾である自分にはどうすることもできなかった。

困り果てて、長崎屋に関する噂話などを集めている最中、六助の一件を耳にしたのである――。

「お願いします、どうか助けてください」

必死に頭をさげるおしずを見ていると、無下《むげ》に断ることもできない。

しかも、おしずの話が本当ならば、たしかに許せることではなかった。おりんは六助に、どうだろねぇ、と声をかけて、

「どこまでできるか、はっきりはいえないけど……一応、殿さまには伝えとくよ。六、ひとっ走り、春屋に行っておいで。あたしも行きたいところだけど、まだ店の仕事が残ってるからねぇ」

六助も顔をしかめながら、

「しょうがねぇ。あんたの住まいは。なにかわかれば、伝えることもあるだろうから聞いておきてぇ」

「はい、神田佐久間町《かんださくまちょう》、弥治平長屋《やじへいながや》でございます」

「まぁ、いい返事ができるかどうかはわからねぇぜ」

「お待ちしています……」

おしずは、何度も頭をさげた。

春屋の二階――。

六助がおしずの話を伝えると、黙《だま》って聞いていた幸四郎は、なんともいえぬ表情をして、それはまた不思議な話だ、とつぶやいた。

そばには、浜吉が四角い顔をして座っている。

珍しく考えこんでいる幸四郎に、六助が焦《じ》れた。

「どうしたんです。この前、山岡の旦那がいっていたとおりじゃねぇですか。あの今川って野郎と長崎屋浜次郎が組んで、阿片を売りさばいていた。こうなりゃ、かまうこたぁねぇ。殿さまのいつもの奇想天外な策で、長崎屋をぶっ潰してしまいましょう」

「ふむ……話の筋は通っておる。山岡さんの思惑もあるだろうからのぉ。長崎屋をどうするかは置いておくにしても、店で阿片が使用されていたことは間違いないようだ」

「だったら……」

「いや、それでなぜ、私のところに話が持ちこまれたのかが解せない。どうにも、裏でなにかを画策《かくさく》している者がいるように感じる」

「へっ。それは、黒幕がいるってことですかい」

「むしろ、悪意は感じないが……私を強引に事件に巻きこもうとするような……」

「そんなことをいわれてもねぇ。相変わらず、殿さまの話はさっぱりわからねぇや。で、どうしやす」

「うむ、とりあえず、長崎屋の金八を見張ってくれ」

「金八ですかい。まぁ、そりゃいいですけど……」

六助の言葉に、幸四郎は、それがいい、とうなずいた。

四

大川橋に立った山岡周次郎は、欄干《らんかん》から浅草広小路をのぞむ。

葦簀《よしず》張《ば》りの店が並んで、大勢の客たちが物色している姿が見えた。五重の塔が、秋の気配を移した光に映《は》えている。

そんな景色だけが目に入り、山岡の耳には音がまるで入ってこない気がする。しんとしたなかで、大勢の人間だけがうごめいて見える。一瞬、自分の耳がおかしくなったかと疑った。

やがて感覚が研《と》ぎ澄まされているからだと気がついた。

虎の正体がつかめないため、まわりを警戒しながら歩いている。そのために圧迫を感じていたのだろう。

いま、山岡は親方に会おうと歩いていた。

恨み晴らし人の元締めであること以外、正体はまったくわからない。

善太から勧められて、恨み晴らし人のひとりになったのだが、いままで顔を見たのは、最初に挨拶をしたときと仕事の依頼のときだけである。

その依頼も、顔を合わせずに暗号めいた文でやり取りする場合も多かった。

山岡が知っている恨み晴らし人は、善太と菊丸、あとは数人だけである。それも名前はおろか、顔すらはっきりとは知らない。

ほかにもいるはずだが、お互いに知らぬほうがいいというのが、親方の方針であった。

菊丸と知りあったのは、たまたま大きな仕事で手を組んだからである。

会ったときは、女の格好をしていなかった。実際に殺しの場面で、女装した菊丸を見たときは、驚きとともに、うっすらと恐怖を覚えたものだ。

それは菊丸も同じだったと見え、まさか八丁堀がねぇ……世の中、まったくわからねぇや、とあとで笑っていた。お互いに正体が知れたぶん、ほかの恨み晴らし人と比べ、菊丸とだけは友人付き合いができている。

そして、謎の集団の頭目《とうもく》らしき人物――親方と呼ばれる男は、浅草の広小路にいた。だが、会うたびに違う姿をしており、さらに、一定の場所にいるわけではないので、なかなか見つけるのが難しい。

不思議なことに、顔立ちや年齢ですら、まちまちであった。いま通りですれ違っても、おそらく山岡は気がつかないだろう。

とにかく広小路を歩きまわるしかないのだ。そうしていると、向こうが見つけて近づいてくるはずだ。

山岡は見廻りをしている風を装《よそお》いながら歩いた。

雷神門《らいじんもん》から、浅草寺に向かう道は大勢の人であふれている。同心は、鳶《とび》や相撲《すもう》取りとあわせて、いい男の代名詞なのだが、しょぼくれた山岡の風体《ふうてい》を見て寄ってくる町娘はいない。

と、誰かに監視されている視線を感じた。

かすかなものだったので勘違いかと思ったそのとき、金物屋の前に寝転がっていた汚い宿無しが、といって近づいてきた。背中が丸まっていて、なにか病《やまい》を患《わずら》っているのかもしれない。

「なんだ。小遣いなんざせびっても駄目だぜ」

「……そんなんじゃありませんよ」

男の声に凄みがあり、山岡は思わず男の顔を見つめる。

薄汚れたその姿はどう見ても、物乞《ものご》いであった。

「ちょっくら、あっちへ……」

男の格好は汚い。埃《ほこり》にまみれた顔だけでなく、着ているものも汗でへばりついている。臭いもすさまじい。だが、ふっとなにかを予感し、男に連れられた山岡は、横丁をさらに入った暗い路地裏に向かった。

男はまったくの無表情で、山岡に尋ねてきた。

「なにか用か」

「……親方か」

「なにか用事かと聞いているのだ、無駄口は叩くな。そんな暇《ひま》はない」

「……善太が殺されたと聞いたが」

「旦那……」

「死んだものはしかたがない。生きている者のほうが大事だ」

「殺されたときの状況を知りたいと思ったのだ」

「そんなことはわかるわけがあるまい……ただ、板戸の上に寝かされていただけだ。めった斬りにされてな」

悔しそうに、親方は語った。

「善太の亡骸《なきがら》は」

「聞くな」

「捨てたのか」

「それなりのことはした。成仏《じょうぶつ》できるかどうかはわからぬが……」

「なるほど……それで、親方はどうするのだ。虎と戦うのか」

「ふむ……難しいところだ」

どうやら、親方も逡巡《しゅんじゅん》しているらしい。ここで手を引けば、善太の仇《あだ》は討てないものの、よけいな被害は受けずに済むかもしれない。

山岡は冷笑を浮かべ、

「まぁ、俺はどちらでもいいぞ。あくまで狙われたのは同心、山岡周次郎だろうからな。いまさら、おぬしたちの助勢が欲しいとは思わぬ」

「そういうな。それにわしがどう思おうと、菊丸はおぬしを案じ、みずから動いているようだぞ」

「菊丸が」

不思議な話であった。たしかに、山岡も菊丸を嫌いではないが、そこまで強い仲間意識などは持っていなかった。だが、善太の仇討《あだう》ちをいいだしたこの前の様子を見ると、意外に性根《しょうね》の優しい男なのかもしれない。それとも、善太と菊丸の間には、他人の知らぬ繋がりがあるのだろうか。

でなければ、いくら仲間だったとしても、そこまで危険をおかす道理がない。

「ところで、長崎屋の件はどうなる。おぬしに探れといわれたが、その依頼はもういいのか」

「うむ、こうなってしまってはしかたがない。その件はこちらでなんとかしよう。なにせ、探るはずのおぬしが、虎の標的となってしまったのだからな」

そういいつつも、親方の顔には、どこか満足そうな表情が浮かんでいた。山岡はその一瞬を見逃さず、

「いままでも思わなかったわけではないが……いったい、あんたの正体はなんだい。ただの殺し屋の元締めじゃねぇだろう」

その問いに、親方はじろりと睨み返しただけでなにもいわない。

「今回、俺は表と裏の両方で、長崎屋を探れと命じられた。単なる偶然とは思えねぇ。あんたたちは、是が非でも、俺に長崎屋を潰させたかった……」

山岡はそこで言葉を切り、親方の表情を鋭く見つめた。

「お上《かみ》も、きれいな仕事ばかりしているわけにはいかねぇだろう。ときには汚れ仕事も必要だ。たとえば、阿片密売にかかわる同心を、表沙汰《おもてざた》にせず、闇から闇に葬《ほうむ》り去ったり……な。ただ、あんたが幕府の犬とは思えねぇ。だが、あんたは……というより恨み晴らし人という組織は――」

ひと息つき、山岡は親方の顔から視線を外して、通りを眺《なが》めた。その口調は、世間話をしているかのようである。

「裏で幕府とつながっているんじゃねぇのか。汚れ仕事をまかせる闇の隠密といったところか。そこまで関係の糸が太くなくても、ときおり、あんたは、幕府からの内密の依頼も受けている。その見返りとして、恨み晴らし人という組織が黙認されている――」

「おっと、そこまでだ。勝手な推測はいいがな。あまりしゃべりすぎても、ろくなことがないぞ」

親方は山岡の言葉を遮《さえぎ》ったが、決して話の内容を否定しなかった。当たらずとも遠からずといったところか。

「とにかく、おぬしは虎をどうにかしろ。さすれば、阿片にかかわる一件は、おぬしの好きなようにしてよい。上役に報告なりすれば、出世も望めるかもしれんぞ。ただ、事件の全容が表に出ることはないだろうがな……」

くっくっ、と親方が笑った。

これ以上、情報は引きだせないと思った山岡が、

「じゃあな。生き残れたらまた会いにくるぜ」

立ち去ろうと数歩歩んだところで、不意に親方が声をかけてきた。

「待て。さきほどもいったが、菊丸はおまえを助けようと動いている。あやつに力を借りるがよかろう」

「…………」

「それと、殿さまとやらを利用しろ。あの男は使える」

突然、親方の口から幸四郎のことが出てきて、山岡は眉《まゆ》をひそめて振り返った。

「……なぜ、殿さまのことを知っている」

「ふふっ、わしには、いろいろなところから情報が入ってくるからな。生半可《なまはんか》な

ことでは、虎を倒すことなどできぬ。あの殿さまであれば、なにか突飛《とっぴ》な策を用いて、虎退治をしてくれるかもしれんぞ」

この親方といい、善太といい、つくづく山岡の度肝《どぎも》を抜く男たちである。

そういう意味では、あの幸四郎もそうであった。

――これは、殿さまに会う必要があるかもな。

春屋に自分が行くと目立つだろう。虎が見張っている可能性もある。

策を授《さず》けてくれるぶんにはいいが、さすがに、幸四郎たちを殺し屋同士の戦いに巻きこむのは気が引けた。

法恩寺橋のあたりでぶらついていれば、幸四郎は気づくはずだ。

山岡周次郎はそう腹を決めると、大川をくだり、横川に向かって歩きだした。

五

数日後――。

いつものように、浅草から深川を歩きまわり、岡場所をぶらりと流した山岡は、長崎屋の前を通りつつ、様子をうかがった。

そこそこ繁盛しているようだが、かつての活気はない。阿片を求めにきたような不審な客もいないし、浜次郎の代理で店を取り仕切っている金八からも、とりたてて変わった報告は受けていない。

もはや、阿片は別の線で売り買いされているのだろうか。もしくは、山岡の件が片付くまで、なりをひそめているのか……。

あたりはすっかり暗くなっている。

山岡はそのまま浅草に戻った。もしかしたら、見廻り中の貫太郎をつかまえることができるかもしれない。それに、山岡自身も、なにか有益な情報を得られないかと、町に小者を何人か放っていた。

あいにくと、貫太郎には出会えなかった。それならば、と山岡は広小路から、馬道へ向かい、さらに奥へと進んだ。

そのあたりまで行くと、ほとんど田畑や原っぱだけである。

いっこうに姿を現さない虎にも、山岡は焦《じ》れていた。いっそうのこと、ひとけのない場所をうろつき、こちらから虎を誘いだすのも手かもしれない。

内心とは裏腹に、外見はぼんやりとした風情《ふぜい》で道を歩いていると、ふと背後に気配を感じた。強烈な殺気を感じる。

かきん。

山岡は振り向きざまに抜刀《ばっとう》し、飛んできた小刀を横薙《よこな》ぎに弾《はじ》いた。

毬《まり》が転がるように、黒ずくめの塊《かたまり》が駆け寄ってくる。覆面《ふくめん》をしており、人相はまったくわからない。

覆面は、あっという間に間合いを詰めると、背から刀を引き抜き、山岡目がけて振りおろした。大刀でそれを受けた山岡であったが、敵の刃先はまるで蛇《へび》のように曲がり、山岡の肩をかすめ斬った。羽織が裂かれたものの、幸い、傷には至っていない。

山岡は慎重に距離を取り、相手の得物《えもの》を見据《みす》えた。

刀身にほとんど反りがなく、先端が細いので、風を切る音が鋭い。さらに弓のようにしなりがあるので、どこから切っ先がおりてくるか、目切りが難しい。

──こいつが虎……なるほど、すげえ手練《てだれ》だ。こりゃぁ、かなり厳しいな。

単純に剣の技量だけであれば、山岡にも勝機があるかもしれない。だが、いつもとは勝手が違う武器が相手なだけに、勝てるという実感がまったく湧いてこなかった。

──剣筋を見切る前に殺《や》られちまうかもしれねぇ……。

正体不明の剣で猛攻をかけられては、ひとたまりもないだろう。ならば、いちかばちかに賭けて、斬りこんでみるか……。

心を決めた山岡が柄《つか》を握《にぎ》りなおした瞬間――。

「待てぇ」

怒声とともに、颯爽《さっそう》と一陣の風が舞った。

抜刀し、飛ぶように現れた幸四郎である。

あわてて刀を構えなおした虎を、幸四郎の剣が襲う。だが、虎はそれを寸の間で見切ると、跳ねるように後ずさった。

幸四郎が大刀を青眼《せいがん》に構えると、虎はじっと幸四郎を見つめ、踵《きびす》を返すなり闇の奥へと駆けていった。

幸四郎の剣の技量をひと目で見抜いたのだろう。さすがの虎も、突然現れた凄《すご》腕《うで》の浪人と、恨み晴らし人である山岡の、ふたりを相手にはできなかったようだ。

「大丈夫ですかい……山岡の旦那」

いままで隠れていたのだろうか、物陰《ものかげ》から六助が顔を出した。

「なぜ、あんたたちがここに……」

山岡の問いに、六助は、へぇ、まぁいろいろとありまして、と答え、幸四郎のほうを見やった。

幸四郎は、虎が去った闇を見つめ続け、

「あいつが……なるほど。それならば平仄《ひょうそく》は合うが……」

とつぶやき、いつものぼんやり顔に戻ると、山岡のほうを向いた。

「さて、山岡さんにはくわしい話をしてもらおうかのぉ。もちろん、話せぬこともあるだろうが、まぁ、そこらへんは、ぼかしてもらってもかまわぬ」

のんびりとした物言いであったが、なぜか逆らえない威厳のようなものを感じ、山岡はぽつりぽつりと口を開きはじめた。

六

「千秋屋を隠れ遊女屋にしよう」

突然、幸四郎がいいだした。

千秋屋の二階の奥座敷。ここに入れる者は、幸四郎の仲間しかいない。

そこで、幸四郎がそんな宣言をしたものだから、千佳やおりんは目を白黒させるばかり。

「なんです、いきなり」

「これには理由がある」

「あたりまえです。気まぐれでいわれては困ります」

千佳は、若衆姿である。今日も、女将《おかみ》の仕事はおりんにまかせていた。そのおりんは前垂《まえだ》れで手をぬぐいながら、呆《あき》れた様子で、

「殿さま、しっかりした理由があるんでしょうねぇ。千秋屋は、もはやこのあたりで一《いち》、二《に》を争う立派な料理屋ですよ。それともなんですか、私の女将姿が気に入らないとでも」

「千佳さん、おりんさん、そんなにいきり立たずに聞いてくれ」

「だからって、いきなり遊女屋にできるわけないでしょう」

千佳の怒りが爆発した。眉根をあげ、いまにも幸四郎につかみかからんばかりである。幸四郎はそれを軽くいなして、

「まぁまぁ。そんなに腹を立てると蛇がやって来るぞ」

「蛇」

千佳は蛇が苦手だ。ぎょっとしてから、すぐに幸四郎の軽口と気がつき、ため息をつくと、

「まったく、なんです。とりあえず、話を聞きましょう」

おりんと目配せを交わした。

おりんも、しかたがない、と諦《あきら》めたらしい。

それを機に、おもむろに幸四郎が語りだす。

今回の標的は、長崎屋である。

長崎屋は、女郎屋のかたわら阿片を売りさばいていた。中心となっていた人物は、主《あるじ》の浜次郎と同心の今川である。

そこまでは、千佳もおりんも事情を聞いていたので、うんうんとうなずいている。

事態を重く見た奉行所は、同心の山岡に密命をくだした。浜次郎と今川がいなくなったあとも、長崎屋を営業させ、上客や取引先など阿片密売の実体を探ろうとしたのだ。

ところが、いまや阿片にかかわる動きは、すっかりなりをひそめている。

というのも……。

「私は、長崎屋の番頭だった金八が怪しいと睨んでおる。金八は、店のことに関してはなにも知らない、と巧妙にいい繕《つくろ》っていたが、おそらくでたらめであろう。

阿片密売は、主の浜次郎と同心の今川、そして番頭の金八の三人で取り仕切っておったのだ」

「なんで、そのことがわかったのです」

おりんが聞いた。

「いまはまだ、はっきりとしたことはいえぬ。山岡さんの話を聞き、ほぼ間違いないとは思うが、肝心《かんじん》の証拠がないのだ……」

「それと、千秋屋を遊女屋にすることと、なんの関係があるのですか」

千佳が怪訝《けげん》そうに聞いた。幸四郎は唸《うな》ったまま、腕を組んで、

「おそらく、長崎屋の阿片密売の仕組みは、このようなものだと思う……女郎屋として客を取り、女郎を通じて阿片を試《ため》させる。もちろん、相手は金を持っている上客だけだ。そして、中毒になったころを見計らい、阿片の購入を勧める。いま、長崎屋は奉行所に目をつけられ、動こうにも動けぬだろう。そこで、千秋屋を遊女屋に変え、女たちを都合《つごう》してくれないか、と話を持ちかけるのだ。それとともに阿片のことも、ちらつかせてな……新たに物を流す先が手に入るとなれば、金八はかならずや食いついてくるだろう」

「そのために、大切な千秋屋を遊女屋に変えるのですか」

つりあがったままの目で、千佳がにじり寄った。

「そうだ。よいか、千佳さん。そんな連中をあぶりだすには餌《えさ》がいるだろう」

「その餌が千秋屋だと」

おりんが呆《あき》れたように幸四郎を見る。

「さきほど、おりんさんもいったとおり、いまや千秋屋は評判の高い名店だ。しかも建てられてからまだ日が浅い。そんな店が、さらに儲けを出そうと、料理とともに、裏で遊女もあてがう……。さすがに、阿片のことを切りだせば、少しは疑いを持つだろうが、それでも金八が信用する可能性は高い。なにも、店を潰そうというわけではない。それらしく見せるために、多少の改装は必要だろうが、一般の客には今回の絡繰りなどわからぬはずだ。見事、事件を解決した暁《あかつき》には、ふたたび営業を再開すればよいだろう」

幸四郎の言葉に、千佳はむすっとしたまま、黙《だま》りこんでしまった。幸四郎はいっこうにあわてる様子もなく、いま思いついたように、

「ああ、そういえばのぉ、事件の裏には、虎という希代《きたい》の殺し屋がひそんでいるらしい。なんとも変わった剣を使う達人であった。もし、金八をうまく引っ掛けられれば、虎やその殺し屋集団と果たし合いになるやもしれんのぉ。そのときは、

ぜひとも千佳姫にも思う存分、戦ってもらおうと思っていたのだが……」

幸四郎の思わぬ言葉に、千佳の表情が揺れた。大切な千秋屋を、形だけとはいえ、こともあろうに遊女屋に変えるなんて……。

だが、思う存分、剣を振るうことができるという誘惑に、千佳のなかのじゃじゃ馬気質が刺激されていた。この姫は、手に汗握《にぎ》る悪党退治の大立ちまわりが、大好きなのである。

「……わかりました。協力しましょう」

そういい切った千佳の目は、すでに爛々《らんらん》とした輝《かがや》きを放っていた。


こうして、翌日いきなり千秋屋は休業となり、店の改築がはじまった。それほど派手な店ではなかったのが、贅《ぜい》を凝《こ》らした装飾品が並べられ、千佳の家から高価な壺や掛け軸が次々に運ばれた。店の使用人は、ほとんど千佳にかかわりのある家臣やその家族なので、事件解決のためだ、と説明されると、

「姫さまが、またなにかやらかすようだ」

「今度はどんな派手な捕り物なんだろう」

と、むしろ楽しんでいる様子である。

常連の客たちは、何事が起きたのか、千秋屋は変わってしまうのか、と大騒ぎしたが、そればかりはしかたがない。

おりんが先頭に立って、丁寧《ていねい》に説明したのであった。

山岡もひそかに動いていた。

菊丸を通じ、長崎屋の動向を探らせていたのである。

あの日、幸四郎に長崎屋の件を話すと、幸四郎は驚くべき策と真相を告げてきた。もちろん、山岡は自分が恨み晴らし人であるとはいっていない。

幸四郎とはある事件がきっかけで知りあったのだが、おそらく、幸四郎は山岡の裏の顔に気づいているだろう。

ことあるごとに、会話で探りを入れられるが、それ以上のことは干渉してこない。山岡が恨み晴らし人であるという確実な証《あかし》がないせいもあるのだろうが、なんとも不思議な男であった。

幸四郎は、阿片密売を取り仕切っている人物が、金八だという。

あの丸っこい男が、そんな悪党だとは思えないが、幸四郎の説明を聞いていくうちに、納得するよりほかはなかった。そして、金八のもうひとつの顔も……。

――たしかにそう考えれば、辻褄は合うが……。

千秋屋を遊女屋に改築し、金八を引っ掛けて阿片密売の言質《げんち》をとると、幸四郎はいうのだ。幸四郎と一緒にいるあの姫さまも、全面的に協力するという。そのために、いったいどれだけの金子《きんす》が必要になるのか、山岡には想像すらできない。

――まったく、あの殿さまたちは何者なのだ。

山岡は腕を組んで考えるが、答えは出ない……。


浜吉と六助が幸四郎に命じられて長崎屋の動向をうかがっていると、女が店の前に近づいてくるのが見えた。

「あれ、おしずさん……」

六助が素《す》っ頓狂《とんきょう》な声を出す。

「知り合いか」

浜吉が尋ねると、

「へぇ、前に話したでしょう。お文という友達が阿片中毒にされて、殿さまになんとかしてくれって頼んできた娘なんですが……。なんでここにいるんでしょうね」

困惑する六助をよそに、おしずは店に入り、しばらくするとなにか考えこみながら出てきた。

なにげない風を装《よそお》い、六助がふらりと近づいていく。

店から少し離れて陰になっている場所で、六助はおしずに声をかけた。

「おしずさん、どうしたんですかい」

おしずはとくに驚いた様子もなく、にこやかに振り返って、

「六助さん……あなたがいるということは、長崎屋を調べてくれているんですね」

「へぇ、まぁ、そうですがね。なんで、あんたがここに。いま長崎屋に入っていったでしょう。またお文さんの様子でも見にきたんですかい」

六助が問いかけると、おしずは伏《ふ》し目がちに、じつは……と語りだした。

それによると、おしずは、お文の様子を見にきた口実で、番頭の金八に話を切りだしたのだという。

――高い金を払ってもらい、身請《みう》けされたが、いまの旦那はひどい男だ。一刻も早く逃げだしたいが、ほかに頼る伝手《つて》もない。ついては、もう一度、長崎屋のほうで雇《やと》ってもらえないだろうか。

「とりあえず、そういって店のなかに潜りこみ、なにか探りだせたらいいと思っていたのですが……。浅はかでしたね。いまの旦那の手前、私を雇いなおすことなどできないって。もちろん、私だって女郎に戻るつもりなんてさらさらなかったんですけど……」

なんとも無謀な計画である。本当に女郎に戻らされたら、どうするつもりだったのか。六助は、あんまり無茶はしねぇでくだせぇよ、とため息混じりにいうしかなかった。

「ふふっ、六助さんてお優しいんですね」

おしずはそんな言葉を残して去っていったのであるが……。

「おい、六助。あれがおしずという女か」

怪訝な目つきをした浜吉が、後ろからそっと近づいてきた。

はい、そうですが、という六助をなかば呆《あき》れるように見やり、

「あれは男だぞ……」

「へぇ」

「大きな声を出すな……」

「しかし、まさか」

「うまく化けてはいるがな。身体の動きが男のものだ。しかも、あの足運びはただ者ではないぞ」

「陰間《かげま》だってことですかい」

「馬鹿……単なる陰間に、あの足運びができるか。見ていろ……」

そういって、浜吉は、地面から小石を拾った。

「これでわかるはずだ」

遠くのおしずに向けて、山なりに小石を投げる。

おしずは気配を察したのか、いきなりしゃがんだ。周囲を見まわし、六助と並んだ浜吉の姿を認めると、軽く頭をさげたのである。

「おもしろくなってきたな」

浜吉は、にやりと笑った。

七

――一度、お会いして、商売上の話しあいがしたい。

頃合いを見計らい、千秋屋の女主人である千佳の言葉が、金八のもとに届けられた。警戒したのか、最初はなにも反応を現さなかった金八も、千佳の代理としておりんが長崎屋を訪れ、遊女屋の一件をもちだすと、とたんに興味を示しはじめた。

もちろん、ここではまだ阿片のことについては、ひとことも触れていない。

「最近、評判の千秋屋さんがねぇ。料理だけでも十分に潤《うるお》っているでしょうに。そのうえさらに女も手配するとは……。いやはや、なんとも商魂がたくましいですな」

金八はそういいながらも、千秋屋に女を手配するという話には乗り気になったようだ。

まずは、日を決めて千秋屋に出向いてもらい、女主人と話しあってもらいたい……おりんの提案に、金八はとうとう、うなずいたのである。

そして会談当日の夕刻――。
きらびやかな内装に変わった千秋屋の店内を、金八はまぶしそうに見まわしていた。どうやら、料理屋が女も提供するという話は本当のようだ。もちろん、奉行所に知られたら大変だが、

――なぁに、そこらへんはいくつも抜け道がある。

金八の頭のなかでは、すでに算盤が弾《はじ》かれていた。

うまくいけば、もうひとつの商売も……。

番頭らしき男が、金八を二階の奥座敷へと案内した。

襖を開けると、きらびやかな衣装を着た千佳が、にこにこしながら座っている。

場には、すでに膳が用意されていた。

「これは……」

金八は驚きの声をあげた。金八自身、いままで千秋屋に来たことはなく、女主人のことは話に聞いただけである。いろいろと噂は知っていたが、まさかこれほどいい女だったとは……これではまるでどこぞの姫ではないか。

「はじめまして、千秋屋の主《あるじ》、千佳です。お呼び立ていたしまして、申しわけありません」

「いえいえ、こちらこそ。いま評判の千秋屋さんに呼ばれるとは思いませんでしたな。お美しいだけでなく、どこか風格と威厳がおありになる」

金八は銀鼠《ぎんねず》の渋《しぶ》い着物を着ていたが、ふと裏地がのぞくと、金糸《きんし》で富士山《ふじさん》の刺繍《ししゅう》がしてあった。番頭の持ち物とは思えないから、浜次郎の代わりに店を継いでから作らせたものだろう。

——まぁ、気障《きざ》な男。

千佳は心でつぶやき、そっぽを向く。千佳がいちばん嫌う種類の男であった。

「では、食べながらお話を」

内心の嫌悪感をまったく表に出さずに千佳がうながすと、金八は、はいはい、と嬉《うれ》しそうに箸を取った。

おおまかなところは、おりんを通じて伝わっており、金八はうんうんとうなずきながら千佳の話を聞いている。

それからは、いかにもなごやかな時間が流れていった。

お互い、腹の探りあいなのだが、金八は千佳の艶《あで》やかな姿に鼻を伸ばしてもいる。そして、金額面や条件などの細かい話がひととおり終わったあと、千佳はおもむろに切りだした。

「あの……それで、金八さん。なんだか、とんでもない噂を聞いたのですが」

「ほほぉ、なんですか。答えられることならばいいが。もっとも、先代の浜次郎のときは、私もほとんど店のことにはかかわらなかったですからね」

「怒らずに聞いてくださいまし……つがるのことですが……」

千佳の言葉を聞いた瞬間、金八は眉をひそめた。

つがるとは、おおっぴらにはいえない阿片の呼び名である。

「なにをおっしゃるかと思えば……。いえいえ、手前どもはそんなことにはまったくかかわっておりません。つがるなど……めっそうもない。いやはや、ご冗談が過ぎますぞ」

まったく取りあおうとしない金八に、千佳はそれでも冷静な表情で、

「私どもも、町方のなかに伝手を持っております。失礼ながら、浜次郎さんと今川さまの一件、ごく内密に聞かせていただきました。それで、もしかしたら、金八さんも取り仕切っていたのではないか、と……。料理だけでなく女も、そしてさらにはその品物を手配できれば、この千秋屋は莫大《ばくだい》な利益を出せるでしょう。ただ、私どもには、その伝手がありません。千秋屋に来るお得意さまであれば、どれほど高価なものでも買っていただけるでしょうに……」

金八は無表情のまま、黙《だま》っている。おそらく、これは罠《わな》ではないかと、内心では疑心が渦巻《うずま》いているのだろう。

千佳はそれを察したかのように、

「お疑いになるのも、無理はありません。私がここでいかに説明しようとも、そ

う容易《ようい》には信じていただけないでしょう。そこで――」

そういって、ふと顔をとなりの座敷に向けると、手を叩いた。

するすると襖が開き、まばゆい強烈な黄金の輝きが、金八の目を打つ。

金八は目の前に現れたものが信じられず、ただただ口をぽかんと開けている。

それは、うずたかく積まれた千両箱と、なかからあふれんばかりにこぼれ落ちている無数の小判であった。しかも千両箱のまわりには、これ見よがしに、黄金が折り重なって積まれている。

「なんと、まぁ……」

ようやくのこと、それだけをつぶやき、金八がよろよろと立ちあがった。

千佳は目を細めて、追い討ちをかける。

「いかがでございましょうか。こちらは、これだけの金子《きんす》を用意しております。これならば、そうとうなつながるを買いつけ、売りさばくことができるかと……。ただ、もし金八さんが本当になにもご存じでなければ、残念ながら今回はご縁がなかったものとして諦《あきら》めますが……」

ほとんどは、千佳が自分の家から運ばせた金子である。見せるだけなので、他家から借用したものも含まれていた。将軍家につながる姫の頼みとあっては、他の家も渋々《しぶしぶ》ながら了承してくれたのだ。

金八は口を開けたまま、となりの座敷に近づいていった。彼の手が小判に触れるか触れないかのときに、千佳がふたたび問いを発した。

「どうなのですか、金八さん。私たちに品物を流せますでしょうか」

手に取った小判を呆然《ぼうぜん》と見つめる金八が、卑《いや》しい笑みを浮かべて振り返った。

「ええ、千秋屋さん、ご要望の件はいかようにもしましょう。誰も知らないことですが、そもそも、浜次郎は女郎屋のほうが専門だったのです。阿片に関しては、最初から私がすべて取り仕切っていますからね……」

その言葉が発せられた瞬間――。

「そこまでだ」

がらりと襖が開け放たれ、幸四郎と山岡周次郎の姿が現れた。

八

「やい、金八、てめぇが裏で阿片を取り仕切っていたんだな。となりの座敷でしっかり聞いていたぜ。わざとつがるという符《ちょう》を使っていたのを、てめえは阿片といいやがったな。いい逃れはできねえぞ」

突然、現れた幸四郎たちに、金八はのけぞった。山岡の怒声にも、口をぱくぱくとさせたまま、なにもいい返せない。

「もはや、逃げられぬぞ、金八……それとも、虎という名で呼ぶほうがよいか」

穏《おだ》やかな幸四郎の言葉に、金八は目を丸くしたあと、にやりと口を曲げた。じりじりと、摺《す》り足でさがりながら、

「ふん……こんなこともあろうかと思っていたさ……やはり罠だったんだな。そのぼんくら同心は知っているが、おめぇは誰だ。長崎屋に現れたときから、そのぼんやり顔が気に入らなかったぜ。おめぇも奉行所の手の者か」

「おっと……間違われても困る。私は関係ないぞ」

「……じゃぁ、何者だい」

「ん。私か……私はな、人呼んで殿さま浪人幸四郎。正義の味方だ」

「ふざけるな」

金八は窓に駆け寄ると、いまだっ、と大きな声で叫んだ。

どうやら、千秋屋の下に、手下をひそませていたらしい。いきなり、怒声とともに、千秋屋の一階が騒がしくなった。

一瞬の隙《すき》を突いて、金八は千佳を突き飛ばし、幸四郎たちの注意を逸《そ》らして一階に駆けおりていく。すばやく、幸四郎たちもあとを追った。

階下では、浜吉と貫太郎が、虎の手下たちと乱闘を繰り広げていた。おりんをかばいつつ、六助も奮闘している。

敵は十数人はいるようだ。

右から襲ってきた敵のひとりを、山岡が一刀のもとに叩きのめす。

貫太郎と山岡が背中合わせになって、敵の集団に対峙《たいじ》した。すぐに浜吉が身を寄せて、三人が輪になって斬りこむ。

遅れてはならないとばかりに、千佳が小太刀を抜き、敵と敵の間を舞うようにすり抜けた。

敵は次々と、おもしろいように倒れていく。

と、みなが目の前の敵に集中している瞬間……。

「きゃぁ」

敵のひとりが、おりんに打ちかかっていった。おりんはなんとか身をかわしたものの、敵は匕首を振りかざし、ふたたび襲ってくる。浜吉が脱兎《だっと》のごとく駆けだしたと同時に、かきんっ。

敵の匕首を、突然現れた女が短刀で払った。そして簪《かんざし》を抜くと、逆手《さかて》に持ち、敵の首筋に突き刺す。

「お、おしずさん」

六助が思わず叫んだ。おしずはこちらを向いて、にっこりと微笑むと、おりんの手を取り、かばうようにしてじりじりと後ずさる。

おしずの顔を見て、山岡が苦笑ともつかぬ表情を浮かべた。そして、幸四郎のほうに顔だけを向けて、

「殿さま、できるかぎり、金八の野郎は殺さないでくれ。生きたまま捕らえ、阿片密売の絡繰りを聞きだしたいのだ」

その言葉に、幸四郎は大きくうなずき、とくに自分から斬りこむこともなく、左右から襲いかかる敵を無造作《むぞうさ》に倒していった。

目指すは、敵の頭目《とうもく》、金八である。

その金八は、千秋屋の座敷で奇妙な刀を構えながら、目に憎悪《ぞうお》の炎を燃えあがらせていた。

「おまえら、本当に何者なのだ」

幸四郎はその気迫に飲まれることなく、のんびりと答える。

「だから、我々は、みんな正義の味方だというておるであろう」

「正義の味方だと。くそっ」

「汚い言葉だなぁ……そんな言葉を使っていると、顔までが卑《いや》しくなるぞ。おぬしは身体も顔もすべてが丸いのだから、言葉も丸くしたほうがよいのぉ」

幸四郎の馬鹿にした台詞《せりふ》にも反応せず、金八は、ほとんど反りのない刀を振った。

それを見て、幸四郎は、ほう、と感心した目つきで、

「やはり、山岡さんを襲ったあの黒覆面は、おぬしであったな。覆面で顔は隠せても、その丸い体形は隠せぬ。それに、長崎屋で初めて会ったときに、足運びや手足の動きが武芸の練達者を思わせたのだ。山岡さんからくわしい話は聞いておるぞ。おぬし、虎というのであろう」

「やかましい。その減らず口を黙《だま》らせてやるぜ」

先端が細いので、風を切る音が鋭い。さらに弓のようにしなりがあるので、どこから切っ先がおりてくるか、見切りが難しいのだ。幸四郎は、いつもより慎重に構えた。

「おまえが長崎屋を裏で操《あやつ》っていたのか」

「そんなことはねぇさ。店を大きくしたのは、浜次郎だ。もともと俺は、商売の邪魔者を殺していただけだ。それしか生きる道はなかったからな」

「ほほう、その奇妙な剣はどこで覚えたのだ」

「以前は、俺も侍だった。だが、つまらぬことで主家を追いだされ、長崎でぶらしているときに、唐国《からくに》の剣法を習ったのさ。そして同時に、浜次郎とも知りあった。最初は、長崎屋のためだけに働いていたんだがな。どうも、俺には殺しの才能があるらしく、店とは別に、殺し屋稼業をはじめたのだ」

「それで虎になったと」

「ふふっ……いや、虎とはそういうものではない。もし、おまえが俺に勝てば、教えてやる」

「なるほど……どうあっても、戦うしかないな」

「いくぞ」

掛け声とともに、金八が、びゅんびゅんと剣を上下に振りながら、突き進んでくる。

幸四郎はじりじりとさがった。すぐに壁にぶつかり、横に逃げようとしたその瞬間……。

金八が、がっ、と叫んで、飛びこんできた。

振りおろすのかと身構えたが、予想に反して切っ先は、横から出てきた。

さすがの幸四郎も驚き、そのまま前に身体を倒して飛びこむ。幸四郎の予想外の動きを、金八の目はとらえられなかった。

そのわずかな間を、幸四郎は逃さない。

飛びこんだ体勢のまま、突きを入れた。金八の膝《ひざ》に切っ先が突き刺さり、うめきながら金八は崩れ落ちた。

それを見て、金八の仲間は逃げ腰になる。

山岡がふたりを斬り、浜吉が残ったひとりを叩きのめす。

まだ敵はいないか、と千佳があたりを見まわした。

あいにく、すべて倒されている。

興奮でうっすらと赤くなった千佳の頬が、ぷう、と膨《ふく》らんだ。

斬られて唸《うな》っている連中を、山岡の指示で、貫太郎と六助がひとりひとり縛りあげている。

そのとき、金八が唸りながら、不気味な言葉を吐いた。

「てめぇら、これで終わったと思うなよ……」

貫太郎が、うるせぇ、と十手《じって》で肩を叩く。幸四郎が近づいて、ぐっ、とうめいた金八に目で続きをうながした。

金八はにやりと笑みを浮かべ、

「虎ってのはな……俺たち腕利きの殺し屋の呼び名でもあり、組織の名前でもあるのだ。虎はまだ死んでねぇ。いつか違う虎が、おまえたちに襲いかかるだろうよ」

捨て台詞を吐いた金八を、貫太郎がふたたび十手で叩きのめす。今度こそ、金八は意識を失ったようだ。

幸四郎が満足そうに、縛りつけられた連中を見ながら、

「さて、おしずさん……」

それまで陰に隠れていたおしずが、はい、と姿を見せた。

「あんたは何者だね」

幸四郎の言葉に、おしずは妖艶《ようえん》な笑みを浮かべ、おもむろに語りだした。

だが、その言葉は女のものではなかった。

「もうわかってるんでしょう。俺は菊丸……おしずなんて女じゃありません。ただ、この場でくわしいことはいえねぇんで」

そういって、意味ありげな視線を山岡に送る。さすがにここで、恨み晴らし人のことを持ちだすわけにはいかない。山岡は苦笑を浮かべつつ、

「まぁ、そいつは……俺の仲間、みてぇなもんだ。俺も知らなかったんだが、みなを騙《だま》すようなことになって、申しわけねぇ。菊丸は菊丸なりに、俺のことを心配してたみてぇでな」

菊丸はそこで幸四郎たちに深く頭をさげ、

「本当に申しわけありません。騙すつもりはなかったんですが……どうしても、長崎屋の一件に、殿さまたちを巻きこみたかったんです。山岡の旦那ひとりじゃ、あまりにも分が悪かったですからね」

――目的はもうひとつあったはずだ……。

山岡は内心でつぶやいた。菊丸の心のなかには、善太の仇討《あだう》ちがあったのだ。やはり、善太と菊丸には、他人にはわからぬ縁《ゆかり》があったのだろう。菊丸は、己《おのれ》の目的のために、殿さまや山岡を利用したのかもしれない。だが、たとえそうだとしても、不思議と腹は立たなかった。

「……まぁ、虎退治ができたのだから、これでよしとしよう」

そういって、幸四郎が、大きく笑った。

「ちょっと待ってください……」

そこに、千佳が怒りを押し殺した声をあげた。

「どうした」

「全然、よしとしません。幸四郎さん、あなたはそんな、のんびり、ぼんやりしていればいいでしょうが、この店は、あちこち血だらけですよ。これをすべて造りなおすかと思うと……いったい、いくらお金がかかると思っているのですか」

「……あ、そうであったなぁ。なに、なんとかなるであろうよ」

「幸四郎さんはいつもそうです。そんなことでは……」

「あ、いや、それ以上はいうてはいかん、いかん」

「まったく……」

千佳の言葉に、幸四郎は苦笑しながら、

「そろそろ、ここから退散したほうがよさそうだ」

ふたりのやりとりを見て、ほかの者が大笑いしている。そのなかで、菊丸だけが、不思議な目つきで幸四郎を見ていた。それに気づいた幸四郎が、

「なんだな。私の顔になにかついておるか」

「あ、いや……あなたたちは、いったい何者なのです。さきほどの腕前といい、この千秋屋のことといい、浮き世離れしすぎていますよ」

「あふん……だから、みんなにいうておるのになぁ。私は殿さま浪人だとな。そしてこちらの千佳さんは……ただのじゃじゃ馬姫だ」

わっはは、と幸四郎の馬鹿笑いが響き渡り、

「千佳さん、今日は何日かな」

「たしか、八月十五日ではありませんか」

「なに、十五夜《じゆうごや》ではないか。よし、みなで中秋《ちゆうしゆう》の名月《めいげつ》を愛《め》でにいこう」

幸四郎の提案を、千佳はにべもなくはねつけた。

「私は店の片付けがあります」

「ほほう、残念だのぉ……では、おりんさん」

「私も、掃除をいたします」

「む……では、女がおらぬ……そうだ、菊丸。もう一度、女になれ。そうだ、それがいいぞ、どうだ、山岡さん」

はぁ……と、幸四郎のはしゃぎぶりに呆《あき》れつつ、

「しかし、殿さまはいいご身分ですなぁ」

山岡が、心底羨ましそうな顔をした。

ふと見あげると、雲のない澄んだ夜空に、中秋の名月がぽっかりと浮かんでいる。

——まるで、殿さまみてぇだ。

山岡はつぶやくと、ふふっ、と笑みを浮かべた。

第六話　刺客の夏

一

女の鋭い視線の先には、浅黒い顔をした男の姿があった。夏のはじまりを告げる大川の水面を、男はじっと眺《なが》めている。

――あの男か……。

小さな声が、女の唇から漏《も》れた。

名を、お夏《なつ》という。

薄鼠色《うすねずいろ》の小袖《こそで》に、目立つ山吹色《やまぶきいろ》の博多《はかた》献上《けんじよう》の帯。白足袋《しろたび》に薄桃色《うすももいろ》の鼻緒《はなお》をすげた草履《ぞうり》を履《は》いた姿は、ただの町娘ではないだろうと想像できる。

だからといって、商売女とも思えない。不思議な雰囲気を放つ女だった。

その目は、ときどき鋭さを増す。

不思議な香りを漂わせているお夏に引きこまれるのか、人足《にんそく》たちが何度か、からかおうと近寄ってくるが、見向きもしない。

視線の先には、依然として浅黒い顔の男がいた。

そしてそのとなりには、まるで緊張感のない横顔を見せている男もいた。

名は、幸四郎というらしい。

見えるのは横顔だけだが、どことなく、のほほんとした雰囲気は感じることができた。

しかし、お夏の目的は、そんなとぼけた侍ではなかった。

幸四郎と一緒になって、川面を覗《のぞ》いている浅黒い顔の男だ。

年のころなら二十歳後半か。

銀鼠《ぎんねず》の小袖を腕まくりして、きりりと貝の口に結んだ帯。

——まさか、あの男がお尋ね者とは……。

つい、目を疑ってしまいそうになる。

男の名は、雪次郎《ゆきじろう》と聞いているが、それは偽名《ぎめい》だ。

本当の名は、島村章三郎《しまむらしょうさぶろう》。

武蔵小城《むさしおぎ》一万三千石、番頭《ばんとう》七百五十石取りの侍である。どうしてその章三郎が、お尋ね者になったのか……。

お夏が、小城藩三番家老・有沢左衛門《ありさわさえもん》の江戸別邸に呼ばれたのは、いまからひと月半ほど前のことである。

「この男を殺せ」

左衛門が見せたのは、似顔絵だった。ごていねいに、彩色までしてあった。そのためか、眉毛《まゆげ》の濃さが際立っている。

「二枚目ですね……この顔は、番頭さまではありませんか」

不審の目を向けると、有沢はかすかにうなずき、

「この男は、藩の秘密を知ってしまったのだ」

「秘密とは……」

「人にはいえぬから、秘密なのだ」

「はい……ですが……」

「おまえは黙って、いわれたことをやればよい。いままで育ててもらった恩を、いまこそ返すときだ」

「番頭さまは、どこに……」

「江戸にいるはずだが、はっきりした居所までは把握《はあく》しておらぬ」

「まずは、居場所を見つけるところからですね」

「そういうことだ。あの男の弱みにつけこめ」

「弱みとは」

「ない……」

「それでは、なにをしたらいいのか」

「弱みがないのが、弱みなのだ。えてしてそのような男は、自惚《うぬぼ》れが出るときがある。その気持をくすぐれば、策謀《さくぼう》もたやすいであろう」

「それは……」

女の武器を使えということであろう、とお夏は解釈をした。

このような日がいつかは来るであろうと、覚悟はしていた。また、それがおのれの重要な武器なのだと、幼いころから教えこまれている。したがって、否《いな》やはなかった。

「わかりました、父上……」

お夏は、有沢の養女である。実の父親は、お夏が三歳のときに隠れ仕事の途中で命を落としたという。つまり、お夏の一族は、長く小城藩の汚れ仕事をまかされていたのである。

父を失ったお夏は、左衛門に引きとられ、幼きころから仕事のいろはを教えられていた。左衛門は養父であり、組織の長《おさ》でもあった。

こうしてお夏は、ひと月半の間、江戸を探してまわった。

そして数日前、雪次郎と名乗っている章三郎らしき男を、ようやくのこと見つけたのだった。

それからのお夏は、慎重に章三郎の周囲を探った。すぐさま暗殺を試みるという手もあったが、章三郎はほとんどの場合、謎の侍と一緒にいた。

その侍、幸四郎という男は、いったい何者なのか。

素性《すじよう》を調べてみたが、まるで正体不明である。どこぞの大身《たいしん》旗本の部屋住みではないかとは思えるのだが、どうもそれだけではない雰囲気も見受けられた。

さらに、幸四郎のそばにいる千佳という娘も、わけありのようである。

なにを考え、どんな暮らしをしているのか、ふたりからはまるで読めないのであった。

章三郎が雪次郎と名を変えているのは、おそらく潜伏《せんぷく》のためであろう。

では、幸四郎も同じようにお尋ね者か……と初めは考えたが、

「あの、のほほんぶりは、なにかから逃げているとは思えぬ」

幸四郎は普段、横川、法恩寺橋そばにある春屋という船宿で寝泊まりしている。

雪次郎こと章三郎は、春屋の船頭として働いていた。

だが大事なのは、幸四郎の素性ではない。

どのようにして章三郎に罠《わな》を仕掛けるか……そのほうが問題であった。

なかなか近づけぬのは、章三郎の用心深さもあるが、それ以上に幸四郎の存在が厄介だったのである。

ふわふわしているように見えて、その実、隙《すき》を見せないのだ。剣術の腕も、かなり達者と感じられた。

それなら、その腕を逆利用したらいい。

幸四郎と章三郎は、ときどき大川端から川面を眺めている。そこでお夏は、こうして網を張っていたのである。

「旦那《だんな》、あっしにはなにも見えませんが」

雪次郎が、不思議そうな目で幸四郎に話しかけた。

「ん、そうかなぁ」

そう答えつつ、幸四郎は雪次郎の目をのぞきこんだ。

その目の奥は、謎だ。この男には過去がありそうだ。それも、それほど遠い昔の話ではない……と幸四郎は感じている。

「そうか、だからこそ、私はここへ連れてくるのだがなぁ」

「ははぁ……どんな意味があるのか、よくわかりません」

「それがわかったら、おまえが抱えている腹の虫もおさまるのではないかな」

「……お腹は空いていません」

「ふふ。まぁよい。それにしてもおまえは、浜吉とよう似ておるぞ」

「はて」

「洒落《しゃれ》が通じぬ」

「洒落で船は動きませんから」

「ほれほれ、それだ。まるで浜吉だ」

呵々《かか》大笑する幸四郎を、雪次郎はまぶしそうに見つめた。

「旦那は本当に、不思議なお方です」

「みんなにいわれるが、そうでもないのだ」

と、そのとき女の声が聞こえた。

「お助けを」

見ると、妙齢の娘が男に肩をつかまれ、強引に振りほどいている。そのまま娘は、幸四郎のそばに駆け寄ってきた。

困ったと眉根をさげた娘の顔は、いかにも男心をくすぐる。

「おやおや、いかがした」

娘の後ろから男がふたり、肩を怒らせて近づいてくる。ひとりは道具箱を抱えているから、大工か。もうひとりは、印半纏《しるしばんてん》を着た職人風だ。

だが、道具箱はあちこち欠けているし、汚れもひどい。あまり真面目に働いているとは思えぬ。むしろ、破落戸《ごろつき》といったほうが通りはいい。

「ははぁ、あの者どものことかな」

「はい、お助けくださいい」

娘は怖そうに、幸四郎から雪次郎の後ろへと身を寄せる。瞬間、匂《にお》い袋から流れる香りが、雪次郎の鼻腔《びこう》をくすぐった。

幸四郎は、にやにやしているだけで、男たちを追い払おうとする気配はない。

思わず雪次郎は幸四郎の前に出て、男たちとやりあおうとしたが、その一歩を押しとどめた。

こんなところで喧嘩《けんか》をして、顔を売るわけにはいかないのだ。

破落戸を追い払うなど、雪次郎からすれば遊びのようなものだが、目立つおこないは避けたかった。とはいえ、なにもせぬわけにはいかない。

「私の後ろへ……」

娘の手を引いて、背中へ隠した。

「ありがとうございます」

娘が握る手に、力が加わった。雪次郎は握り返す。

「おいおい、そこでいちゃいちゃされたんじゃ、目の毒なんだ。その女を、こっちに渡してもらおうかい」

「ほう、この女子《おなご》がなにかしたのかね」

のんびりと幸四郎が答える。

「なにかじゃねぇや。俺たちの巾着《きんちゃく》を盗んだんだ」

「あんなことをいっているが、本当か」

幸四郎は、娘に問いかけた。

「まさか、そんなことできるわけがありません。私はただの通りすがりです。掏摸《すり》などではありません」

「どうだ。こういっておるが、本当に掏《す》られたかどうか、確かめてみたらどうかな」

大工が、やかましい、といって懐《ふところ》に手を入れた。

「あれ……」

はぐれた犬が行き場を失っているような顔に変化した。

「おい、なにしているんだい」

半纏男が問う。

「あったぜ」

「なにがだ」

「これだ……」

道具箱を置いた男は、半纏を着た男に花柄の巾着を見せた。

「な、なんだって……」

半纏男も思わず懐に手を突っこんだ。

ごそごそと、なにやら探っていたと思ったら、

「あった……どうなっているんだい。狐《きつね》に騙《だま》されたような気分だぜ」

大工と職人風のふたりは、お互い目を合わせて、この場をどうまとめたらいいのか探りあっているようである。

「ほらほら、人は一度、思いこむと、そこしか見えぬようになるものよ。掏られたと思ったら掏られているし、そうではないと思ったら、そこにある」

「まさか」

半纏が呆《あき》れ声を出す。

「事実、あったではないか」

おかしい、不思議だ、なにが起きたんだ、とふたりは首を傾《かし》げながら、すごすごとその場から立ち去っていった。

「普通は、頭をさげてから去るものだがな」

ふふっと口元をゆるめた幸四郎が、雪次郎の陰《かげ》に身をひそめていた娘に目を送った。

「災難であったなぁ」

「……なんていったらいいのか。お助けいただき、ありがとうございました」

「なんのこれしき、猫まんまじゃ」

「はい……なんのお話で」

「いや、気にするな」

二

思ったより簡単だった。

お夏は、幸四郎、雪次郎のふたりから離れて、ほくそ笑んでいる。大工と職人男のふたりには悪いが、掏《す》った巾着を、追われて大工に肩をつかまれた際に戻しておいたのだった。

そのくらい、影仕事を仕込まれたお夏にしてみれば……。

「猫まんまか」

思わず笑みが浮かぶ。

朝飯前を、幸四郎はそんな冗談でおさめたに違いない。お夏があまり笑わなかったからか、幸四郎は異物でも飲みこんだような面相をしていた。

その姿を思いだすと、つい頰《ほお》がゆるむ。

しかし、すぐに本来の目的を思いだして、おのれを叱咤《しった》する。

──あんな冗談に笑っている場合ではない……。

それにしても、幸四郎は邪魔な男だ。お夏としては、すぐにでも雪次郎こと島村章三郎を籠絡《ろうらく》しなければいけない。

ふたりは名を聞いても、答えなかった。名前はない、などと幸四郎はうそぶいたし、章三郎はもともと名乗る気もなかったのだろう。

お夏がみずから名乗り、あらためてお礼にうかがいたい、としつこく迫ると、ようやく幸四郎が名乗って、普段は法恩寺橋の船宿、春屋にいる、と答えてくれたのだった。

いつまでもふたりのそばにいたら怪しまれると思ったお夏は、名を聞いたのを潮時《しおどき》に、その場を離れた。

嘘《うそ》を告げられたら……という心配もあったが、杞憂《きゆう》であった。そもそも幸四郎は、居場所をごまかそうというつもりはないらしい。

寝泊まりをしている湯島切通《ゆしまきりどお》しの長屋に向かって歩きながら、お夏が今後の策を練っていると、後ろから声をかけられた。

「お夏さんといいましたね」

その声は、章三郎であった。

首尾《しゅび》よく、男の気を引くことができたのかと、心のうちで快哉《かいさい》を叫《さけ》びたかったが、お夏は澄まし顔で振り返った。

「あら、さきほどの……なんでしょうか」

「橋の際に、これが落ちていました。お夏さんが持っていたものではないか、と思いましてね」

差しだされたのは、銀の簪《かんざし》だった。

しまった、と思ったが、その驚きは隠して、

「まぁ、たしかに私の簪です。いつ落としたものやら」

どうやら、大工と職人と揉みあううちに落としてしまったらしい。どうして気がつかなかったのか。

お夏は章三郎に感づかれぬように、眉根をひそめた。

それでも怪我の功名である。

「二度も、お助けいただきました」

「なに、たいしたことではありません。なかなかいいものですね」

たしかに、ものはいいだろう。なにしろ、お夏にとってそれは武器であった。

これで、章三郎の首を刺すつもりだった。

まさか、自分の命を奪う武器だとは、章三郎も思いもしていないだろう。

わざわざお夏の髪に、簪を挿してくれた。

そのときである、お夏の身体に、いままでとはまったく異なった雷《かみなり》が落ちた。雨が降りだしたわけではない。

――こんな親切を受けたのは初めて……。

そうなのだ。

いままでお夏は、幼きころから女間者《おんなかんじや》になるべく育てられ、当然、他の子どもたちと遊んだりもしていない。みんなが泥だらけになりながら走りまわっている姿を横目で見ながら、剣術や変装術などを仕込まれた。

章三郎を油断させるため、顔を弱々しく見せ、さらに握った手に力を入れたりもした。だがこれらはすべて、まやかしである。

厳しい訓練のなかで育ってきたお夏は、およそ親兄弟や友達などからの情に、触れてこなかったのだ。

しかし章三郎は、さきほど会ったばかりというのに、落とした簪をわざわざ持ってきてくれた。

そして、髪に挿《さ》してくれた……。

――もしかすると、私の正体がばれたのか……。

初めての経験に判断を鈍らせてはいけない、とお夏は自分にいいきかせた。

正体がばれたか、あるいは疑われているせいで、あえて章三郎は近づいてきたのではないか。

「ではまた会いましょう」

さわやかな章三郎の言葉であった。

踵《きびす》を返した瞬間、ふっと、香りが漂ったのは、お夏の匂い袋が雪次郎に飛び火していたからかもしれない。

考えてみたら、お夏が江戸の町中に出たのは、どれだけ前のことであっただろうか。そのとき、一緒に歩いたのは、お夏の教育係の女だった。

四十になろうかという年齢の女で、遊びらしい遊びは、いっさい許してくれなかった。

奥山の見世物《みせもの》小屋や、湯島の宮地《みやち》芝居《しばい》、芳町《よしちょう》の大芝居小屋……。王子《おうじ》や墨堤《ぼくてい》の花見見物や道灌山《どうかんやま》の虫聴きなど、市井《しせい》でおこなわれている催しについての知識は、ひととおり教えれくれた。だが、それを実践しにいったことは皆無《かいむ》であった。

そして、男をたぶらかす手練手管《てれんてくだ》については、とりわけ念入りに教育された。

「男の言葉を信用してはいけません」

名も名乗らぬその教育係の女は、しつこく何度も何度も繰り返し、お夏の身体に染みこませた。

そのせいだろう、いま雪次郎がとった行動についても、その好意を素直に受け取ることはできなかったのである。

お夏にとっては、それがあたりまえの話なのだ。

――男はみな嘘つき……。

肌に染みこんだその言葉に抗《あらが》いはしない。

それが、女間者としての誇《ほこ》りであり、自分の身を守る鉄壁《てっぺき》の鎧《よろい》なのである。

感情を動かされそうになる自分を呪《のろ》いながら、お夏は大川橋から高札場《こうさつば》に向かっておりていく。

大川からの照り返しがまぶしい……。

目を細めたお夏の顔には、刺客《しかく》としての力がよみがえっていた。

船宿、春屋に戻った幸四郎を待っていたのは、千佳と貫太郎であった。千佳の髪に差さった簪が輝いている。

雪次郎はその簪を見て、

「さすが千佳さんの簪は、人を引きつけますねぇ」

「これは嬉《うれ》しいお言葉。幸四郎さん、お聞きになりましたか」

「ん、聞いたが、どうしたのかな」

「たまには、こういう女心をくすぐるような台詞《せりふ》をいうものです」

「おう、そうであるか。千佳さんの簪は人を引きつけるぞ」

「……いった私が馬鹿でした」

「む……それはあるまいに。いえといったから、素直に褒《ほ》めたのではないか」

「親分、なんとかいってくださいよ」

話を振られた貫太郎は、へぇ、と肩をすくめながらも、なにか別のことで苛々《いらいら》しているようであった。

「親分、どうしたのだ。口をパクパクしていると、そのうち金魚になってしまうぞ」

「そのほうがいいかもしれませんや」

「おや、なにかあったらしい」

その場にいたらいけないと思ったのか、それとも、御用聞きのそばにはいたくないのか、雪次郎が、仕事ですからと離れていく。

貫太郎は、その後ろ姿が消えるのを待っていたらしい。

「……じつは、こんな回状がきたんですが」

もう一度、雪次郎の姿を確認してから、人相書きです、と懐から取りだした。

その顔を見て、幸四郎と千佳は顔を見あわせる。

「これは、雪次郎ではないですか」

驚きの声をあげた千佳に、貫太郎は大きく肩を揺らし、

「やはり、そう思いますかい。あっしの思いこみであれば……と思ってたんですがねぇ」

「それでさきほどから、金魚になっていたのか」

「さいでげす」

ふむ、とうなずく幸四郎だが、それほど驚いた様子は見えない。その顔つきに、千佳は不思議そうだ。

「ひょっとして、雪次郎の素性を知っていたんでしょう」

「いや、知らない。親分、どんな凶状持ちなのだ」

「それがですねぇ……」

おかしな話だ、と貫太郎は人相書きを畳の上に広げて、皺《しわ》を伸ばす。

「ここには書いていませんがね」

息を吸いこんでから、

「御奉行からのお話なのか、それとも別のところからのお達しか、それがよくわからねぇんです」

それもあって気持ちが悪い、と貫太郎はため息をつく。

「どこぞの藩の重役から出た話のような気がするんですが、はっきりはしません。とにかくこの顔の男を見つけたら、有無をいわさず捕縛《ほばく》しろ、とまぁ、そういうわけですよ」

どう思いますか、と目で幸四郎に問う。

「ふむ……おそらく、以前は侍であったろうとは想像していたが、まさか悪さをしていたとは……」

すると、千佳が憤《いきどお》りの声を出した。

「雪次郎が悪事を働いたなどとは考えられません。なにか裏がありそうな気がします。幸四郎さん、探りましょう」

雪次郎を助けたいという気持ちが大きいらしい。その言葉を受けて、貫太郎もへちまのような顔を動かしながら、

「あっしもねぇ、なにか裏がありそうな気がしてならねぇんでさぁ」

そうでしょうねぇ、と千佳も首をひねる。

「それにしても、雪次郎とは何者なのです」

雪次郎が春屋の船頭として働きだしたのは、数月ほど前のこと。

眉が太くまるで役者のような新人船頭だと、金持ちたちの評判を聞き、あるとき千佳は舟遊びのときに、船頭を頼んだのだ。

まだ風が冷たい時季であったが、船に乗りこんでみると、火鉢《ひばち》がちんちんと赤い光を見せていた。さらに、寒いと困るでしょうと、どてらまで用意してあった。

いままで、そこまで気を使う船頭など、見たことがなかった。

なんでも、火鉢は店の道具だが、どてらは自腹で買ったらしい。

そんな細やかなところも人気を得た秘密だろうが、どういうわけか雪次郎は、それ以上、仕事を増やそうとはしなかったのである。

呼ばれ仕事が増えれば、それだけご祝儀を手にすることができる。しかし、雪次郎はむしろ、あまり人気が出るのを好んではいなかったようだ。

「いま考えてみれば、人気が出て、自分の過去がばれたら困ると思っていたんでしょうか」

千佳のひとりごとのような台詞に、幸四郎は、そうかもしれぬ、とうなずく。

貫太郎は、自分を避けるように見受けられたから、後ろ暗いところでもあるんじゃねぇかと思っていた、とつぶやく。

「しかし、回状が配られるほど、だいそれた悪党には見えませんがねぇ」

どうしたものか、という貫太郎に、幸四郎はあっさりいった。

「では、本人に聞いたらよいではないか」

「ええ……そんな」

「まぁ、案外と簡単に落ちをつけられるかもしれんぞ。猫……いや、なんでもない」

大川橋での一件を知らない千佳と貫太郎は、猫とはなんだ、と不思議な顔つきをするだけであった。

三

本当に礼をいいにきたのですね、と雪次郎は頭をさげた。

はい、とお夏も同じく頭をさげながら、春屋の船溜《だ》まりから向かってくる雪次郎に微笑《ほほえ》みを送った。雪次郎は尻端折《しりぱしょ》りをおろしながらお夏の前に立つと、

「わざわざ来ていただいのはありがたいのですが、あいにく、幸四郎さんはいま留守をしているようで……あ、そうだ」

こんなところで立ち話は無粋《ぶすい》だからと、雪次郎は近所の菜飯屋にでも行こうと誘ってきた。

お夏に拒否をする理由はない。

はい、と鈴の声を出した。

と、そのときお夏は、あらためてはっとする。

本来なら、手管のなかで使う声音《こわね》だ。男の前で使うときは、目的があってのうえである。しかし、いまはどうしたことか、ごく普通に出たようであった。

まったく術は使っていないのだ。

「おまえにとっては、初仕事だな……ぬかるなよ」

有沢の声が頭のなかで響いた。それは嫌な声であった。さらに、教育係の女の声が脳天から落ちてくる。

――あんたは装置だからね。思いなどは捨てなさい。

幼きころ、装置の意味が疑問だった。成長するにつれ、その意味を知る。そして、装置としてのおのれの役目をまっとうするには、どうしたらいいのか、そればかりを考えるようになっていた。

だが、いまの自分はどうだろう。

お夏は、過去、普通の男と接したことは皆無である。

そばにいるのは、有沢とその家来たち。家来といっても、お夏の父親と同等の扱いをされる男の装置たちだ。

したがって、その者たちもほとんど感情を見せない、出さない。感じさせてはいけないのだ。

雪次郎のような普通の男が、お夏には新奇な味わいだったのである。

それだからこそ、雪次郎の言動が不思議であり、魅力にも見えたに違いない。

男の持つ強い力で、引き寄せられるような思いであった。

——雪次郎……いや、違う、この男は章三郎だ……。

初仕事だというのに、こんな不甲斐《ふがい》ない思いを抱えているわけにはいかない。

お夏はおのれにいいきかせる。しかし、雪次郎から受けとる吸引力が、なかなか抜けない。

これでは、刺客として、装置として落第である。

お夏は、太腿《ふともも》をつねった。

失敗すると、教育係から受けた折檻《せっかん》である。おかげでお夏の太腿には、痣《あざ》がいくつも残ってしまった。

教育係の女はいった。

「その痣を見るたびに、自分の役目がなにか思いだせるでしょう」

お夏さん、という声が聞こえた。

「あ、すみません、ごめんなさい、許してください。次はしっかりやります」

「どうしたんです、いきなり」

「あ……雪次郎さん。すみません、取り乱しました。お恥ずかしいかぎりです。ちょっと子どものころの思い出を浮かべていました」

「いや、それはいいのですが。私が粗相でもいたしましたか」

「とんでもありません、私が勝手に思いだしていただけですから」

「そうですか……つらい過去でもあったのでしょうねぇ」

――やめて……その優しさが、恐ろしい……。

お夏の心は悲鳴をあげている。

雪次郎は、お夏の気持ちをはかるような目で見つめる。

有沢や教育係とは、まるで異質の温かさだった。

──やめてください、やめて……やめて……。

お夏の心は悲鳴をあげ続けている。

雪次郎は、お夏になにが起きているのか推《お》しはかるが、答えは見つからない。

どうして、さきほどまで明るかったお夏の顔が変化してしまったのか。

まるで見当つかずにいる。

「お夏さん、とにかくどこか店に入りましょう」

「あ……いえ、いえ、けっこうです。私はここで失礼いたします」

「しかし、せっかく来ていただいたのに」

「……大丈夫です。私にかまわないで」

最後は、叫び声に近かった。

お夏は雪次郎の前から逃げだした。

「お夏さん……」

後ろ姿を見ながら、雪次郎は途方に暮れる。自分がなにかいけない言動をとってしまったのか、それともほかに理由があるのか。

お夏は、子どものころを思いだしていたと答えた。たしかに、目は遠いところを見ていたような雰囲気であった。

本当にそれだけか……。

自分の正体が、ばれてしまったということはないだろうか。

もし、そうだとしたら、お夏は小城藩となんらかのかかわりある娘なのか。

いろんな感慨を持ちながら、雪次郎は往来の真ん中で立ち往生を続けるしかなかったのである。


とくに目的もなく、外をぶらついていた幸四郎が春屋に戻ってみると、例によって浜吉が四角く座って待っていた。その顔は、苦虫を嚙《か》みつぶした、という表現がぴったりだった。

ようやく帰ってきたか、という目をした浜吉は、幸四郎の前にずりっとひと膝《ひざ》を出すと、

「こんな回状がまわっているのをご存じですか」

「雪次郎の話であろう」

「すぐ捕縛いたしましょう」

浜吉は、手にしていた人相書きを幸四郎の前に広げた。

ふむ、と幸四郎はうなずきながら、そんな物をどこから手に入れたのか、と問

う。浜吉は、十手《じって》持ちの間に出まわっているのです、と答えた。貫太郎から聞かされたわけではなさそうである。

そんなにあちこちで目に入るとなれば、

「……雪次郎が危険だ」

「危険なのは、私たちです。もうあの船頭を呼ぶことはできません。いや、呼んで捕縛しますか」

「待て待て、雪次郎がなにをしたというのだ。それがわからぬ」

「調べております」

自分で探っているのか、ほかの家臣を使っているのか、はっきり答えずに、浜吉はさらにずりあがって、

「おりんさんの命が危なくなるのは困ります」

「はて」

「いや、姫もですが」

「取ってつけたような、いいかたではないか」

「そうですか」

皮肉《ひにく》も浜吉には通じない。

苦笑しながら、幸四郎は浜吉にささやく。

「じつはな、雪次郎を呼んでおる。さっき仕事で船に乗っていってしまったから、戻ってきたら、私のところへ来るように伝えたのだ。それまで暇《ひま》をつぶしていたのだが……そろそろ戻っているころだろう」

「それは仕事が早い」

「捕縛するためではない。本人に直接あたろうというのだ」

「それは、いかがなものですか……逃げられたら、私たちの失態《しったい》となります」

「かまわぬ」

「そうはいきません。春屋にいられなくなります」

「そうとはかぎるまい。それに、いざとなれば千秋屋で寝泊まりすればよい」

さて、船は戻っておるのかのう、と幸四郎が窓から外を見ようかというところで、雪次郎が入ってきた。日に焼けた浅黒い顔と太い眉が沈んでいる。

「おや、その顔はいかがしたのだ」

「はい……いえ、まぁ」

「歯切れが悪いではないか。気っ風のよさが売りの雪次郎とも思えぬ」

さては、自分の人相書きが回覧されていると気がついたのか、と浜吉は身構える。いざとなったら、すぐ組み討ちでもしようという顔つきだ。

雪次郎は、そんな浜吉の動きにも無頓着《むとんちゃく》のようであった。

「ちと聞きたいことがある」

「はい……なんでございましょう」

浜吉に例の物を、と伝えると、一瞬迷いを見せたが、では、といって懐から人相書きを取りだし、畳の上に広げた。

雪次郎は、びくりと肩を動かした。

「岡っ引きの間で、こんなものが出まわっているのだが」

幸四郎の言葉に、雪次郎はため息をつく。

「とうとう来ましたか……」

「人相書きにくわしい話は書かれておらぬからな。本人から聞こうと思ったのだが」

「はめられたのです。幸四郎さんなら聞いてくれるのではないかと、以前から考えていました」

雪次郎は素直に話しだした。

本名は、島村章三郎といい、武蔵小城藩の番頭であったという。

浜吉の眉が、かすかにうごめいた。どうやら、小城藩についての不祥事かなにかを、あらかじめ聞いていたらしい。

あるとき章三郎は、弓番である尾上《おのえ》新六郎《しんろくろう》から相談を受けた。弟が困っているというのである。

新六郎の弟は佐七郎《さしちろう》といい、つい先頃、出仕《しゆつし》できるようになったばかりで、まだお城の右も左もわからぬのだが、十露盤《そろばん》だけは達者だという。そのおかげで、勘定方《かんじようかた》の炭番《すみばん》に召し抱えられたらしい。

炭番は、冬に備えて炭の調達をしながら勘定をつかさどる仕事だが、十露盤が得意な佐七郎は、ついほかの帳簿まで目を通してしまった。

そのなかに、米帳簿があった。

そして、おかしな数字を見つけたのだという。

しかし、新参者《しんざんもの》の佐七郎が米の勘定方へ問いかけをするのは、はばかれる。それに、米相場の担当ではない。そこで、どうしたらいいのだろうか、と兄の新六郎が相談を受けたというのである。

同じ勘定方とはいえ、米と炭ではほとんど横のつながりはない。むしろ、どちらが倹約《けんやく》できているか、仲違いすらしているありさまだった。

佐七郎はすっかりと途方に暮れていた。

兄としては、よけいなこと首は突っこむな、といいたいところだったが、藩の勘定方に不正があったとすれば、それはそれで由々《ゆゆ》しき問題である。

さすがに自分だけではよい解決策が思いつかず、新六郎は章三郎のもとへ話を持ってきたのである。

そして章三郎は、勘定方にそれとなく聞いてみることにした。

米番は、章三郎の同輩、今坂田之助《いまさかたのすけ》という男であった。幼きころからの友であり、田之助が不正を働くとは考えられなかった。

田之助は上からの覚えもよく、特に三番家老の有沢からかわいがられていることもあり、そのうち出世し、藩の重鎮《じゅうちん》にまでなれる男だというのが、もっぱらの評判である。

そんな男が、米の仕入れに関して不正など働くわけがない。

そういう気持ちが強かった。

問いかけを受けた田之助は、一笑に付した。

「そんな馬鹿なことをする者なんて、米担当にはおらぬぞ。どこから出た話か知らぬが、迷惑千万」

田之助は笑いながらもときどき怒り、そう答えた。

それでも、おかしな噂《うわさ》が出たら困るゆえ、一応自分でも調べてみると答えて、ふたりは離れた。

その後、田之助からはいっこうに連絡はなかった。もっとも、章三郎に報告する義務はないのだから、それも当然とは考えていたのだが、どうにもしっくりこない。

章三郎は、ふたたび田之助に面会する。

すると、不正などなかったから、いちいち教える必要はない、と告げられた。

その態度に、章三郎はかすかな不審を覚えた。あまりにも取ってつけたような返答に、なにか隠しているのではないか、と感じたのである。

もちろん、表沙汰《おもてざた》にする気はない。

章三郎は番頭だ。番頭は警備担当の長である。有事には先頭に立ってお家を守る仕事。藩の不祥事を公《おおやけ》にするわけにはいかない。

章三郎は家臣に命じて、田之助を見張ることにした。

田之助自身が不正を働いているとは思わぬが、米方の誰かをかばっているのではないか、と疑っていた。

だが、田之助は誰と接触することもなく、隠し事をしている様子は見受けられなかった。

「おかしい……なにか裏がある」

そう考えた章三郎は、田之助の後ろ盾《だて》になっているという有沢を訪ねた。ちょっとしたきっかけがあり、米の帳簿を見る機会があったのだが、そこにおかしな数字があったため、調べてみたらどうか、と進言したのである。田之助の後ろ盾になっている有沢の言葉ならば、田之助も無碍《むげ》にはできまい。そう推測したからであった。

「それが裏目に出ました」

静かに語っていた雪次郎は、そこで言葉を切った。

四

「一気に片をつけよう……」

湯島天神下の長屋に戻ったお夏は、破裂するのではないかと思えるほど、心の臓が早鐘《はやがね》を打っている。

いままで、外の空気に触れずに修行に明け暮れてきた。

男は嘘つきで邪悪《じゃあく》なものだ、という教えは本当だったのか。

そんな疑惑が生まれたが、気持ちを無理やり吹き飛ばす。

大事なのは、教育係の教えが真実かどうかではなく、仕事をきちんと果たせるかどうか、である。そのために、幼きころから太股に痣を作り、研鑽《けんさん》してきたのではないか。

戸を叩《たた》く音が聞こえて、お夏は立ちあがる。まさか雪次郎ではないだろう。どきどきしながら心張り棒を外した。戸口に立っていたのは、見覚えのない男だった。細い眉に、頬がそげている。剣呑《けんのん》な雰囲気は、遊び人風であった。

「どちらさまで」

「雪次郎と会ったようだな」

自分は有沢から遣《つか》わされた使いだ、と答えた。名を聞くと、自分たちには名はないと答え、呼びにくければ、

「山と呼べ」

と告げられた。観察すると、お夏と同じ臭気《しゅうき》がするようである。人にはいえない人生を送っている匂いであった。

山と名乗った男は、これからどうするつもりか、と問うてきた。

お夏は、どうせなら一気に片をつけたい、と答える。

「長引けば長引くほど、面倒が生まれます」

「なるほど、さすがだな」

なにをもって褒めたのかわからぬが、雪次郎の優しさが怖いからだとはいえない。

「では、どうやって呼びだす」

「それは……」

まだ、そこまで考えてはいなかった。しかし、すぐひらめいた。

「恋文《こいぶみ》を出します」

「……それはまた、いきなりではないか」

会ったばかりというのに、のこのこ出てくるだろうか、と山は首を傾げた。

「自信があります。雪次郎はかならず来ます」

山は、そうか、と答えながら、不敵な笑みを浮かべる。

「さすが、お類《るい》さまの秘蔵っ子だ。おっと、名は教えぬはずであったが、まぁ、いいだろう」

教育係は、お類という名であったらしい。

「おまえは知らせれておらぬであろうがな、この際だから教えておこう。お類さまはいつもおまえを褒めていたぞ。これだけの逸材《いつざい》は、いままで教えたことがないとな」

「……まったく認められていないと思っていました」

「厳しくあたっても、ついてこれたのはおまえだけだとな。おまえの素直さがいちばんの武器になる、ともお類さまは感心しておったわ」

「そうですか」

その素直さが武器にならず、負の力になっているとは、目の前の男もお類も気がつきはしないだろう。その怖さを確信できるのは、おのれだけだ。

「とにかく長引かせる気持ちはありません」

「よし、いつどこに呼びだすのか、教えてもらおう」

「これから、一緒に考えませんか」

「ふ……なるほど、お類さまが誉《ほ》めるのは、こんなところだな。ほかの女なら、男の知恵など借りずに、ひとりでできるというところだ。おまえは人をいい気持ちにさせたり、心配させたりする天性の武器がある。お類さまの言葉は本当だったらしい」

いいながら、山はお夏に向かってにじり寄り、手を伸ばした。

「なにをなさいます」

「勘違いするでない。これを渡すためだ」

山は丸薬《がんやく》を手にしていた。それをお夏に渡すと、

「万一のときのためだ。正体は絶対に知られてはならん」

「承知しております」

自死するための毒薬だろう。苦味とも甘味ともいえぬ気持ちの悪い臭いを発していた。

心まで苦しくなりそうな気がした。

──私も毒にならないといけない。

雪次郎こと、島村章三郎の命を取るには、毒婦にならないといけない。

お夏は、なんとしても雪次郎から受けた優しさをなかったことにしようと、殺人計画に頭をひねった。

山もなにか考えているようではあったが、じっとお夏の言葉を待っている。

「できたか」

本気で待っているような声だった。

「はい……まずは文を出します。名前もわかるようにします」

「それだけ、奴に近づけたというわけだな」

「おそらく」

自信はあった。

お類は、男が優しくするのは下心があるからだ、といいきっていた。そこから推しはかるだけでも、章三郎はお夏に気を動かしているはずだ。籠絡技を使う機会はなかったのに……とお夏は苦笑するしかない。

それでも、近づいただけの効果はあったのだ。

ようやく、お夏は自身を取り戻したようであった。

「文には、惚れていると匂わせるだけにします。あからさまは、かえって疑惑を呼びますからね」

「お類さまも、男をたぶらかすには思わせぶりだけでよい、というておった。さすが師弟であるな」

「はい。教えはきっちり守ります」

満足そうに山はうなずき、

「そのあとはいかがする」

武者震いでも起きるのではないかと思えるほど、お夏の頬は朱に染まっている。

殺人の計画に没頭《ぼっとう》しているためであった。

相手の素性は関係はない。とにかく、やれといわれた指示をそのまま完結させるだけだ。

お夏は、一心不乱に策を語りはじめた。


お夏から文が来た。

雪次郎は、混乱する。たいした内容ではない。読みかたによっては、恋文ともとれるが、それよりも、あのときいきなり別れてしまった非礼を詫《わ》びたいとの申し出であった。

船頭をしていると、非礼な相手はいくらでもいる。だから、気にしているわけではなかった。それに特段、お夏に気持ちが動いたというわけでもない。

雪次郎としては、できるだけ表に顔は出したくないのだ。女と仲良くなったところで、いつまで春屋にいられるかどうか。江戸もそろそろ危険だと思いはじめていた矢先である。

──これは、幸四郎さんに相談をしたほうがいいかもしれない。

お夏の言動に疑惑もあったからである。

大川橋の出来事は、あまりにも都合がよすぎるような気がしていいのだ。それは、幸四郎も感じているようである。その真実を確かめたいという思いもあった。

その日の船頭仕事から戻った雪次郎は、身体にかかった水気を切って、道路に出た。日差しはすでに夏だった。

いつの間にこんな暑くなったのだろう。

毎日、世間とは離れて暮らしたい、と考えていた。それが、幸四郎という不可思議な侍に会ってから、雪次郎のまわりがどんどん動きはじめたようである。

そして、お夏からの文……。

なにか悪い方向へ動いているような気がして、しかたがない。

自分をこんな生活に貶《おとし》めたのは、有沢左衛門に違いない。

でなければ、左衛門に話を持ちこんだその日の夜、いきなり屋敷が捕り手に囲まれるはずがない。左衛門は自分の悪事を隠すために、すべてを章三郎に押しつけようとしたのだった。

捕り手の先導役は、なんと尾上新六郎だったのである。

新六郎は捕縛する寸前、章三郎を組み討ちに誘いこみ、

「弟が疑われてしかたなかった……私を殴って逃げよ」

そうささやいたのである。

捕り方の後ろで、にやにやしている男の顔が見えた。

捕り方としては勘定方よりも弓番のほうが適しているはずだが、田之助のにやつく顔を見て気がついた。

やはり、不正はおこなわれていた。有沢と田之助が手を組んでいたのだろう。三番家老と米勘定の担当が手を組めば、米の仕入れ価格や相場を、容易にごまかすことができる。

さらに、章三郎はある事実に気がつき、愕然《がくぜん》とする。

田之助がにやついていたのは、章三郎の捕縛により、許嫁《いいなずけ》のお佐江《さえ》を我が手にできると踏んだからではないか。かねてより、田之助はお佐江に惚れていた節が見受けられた。だからこそ、田之助はにやついていたに違いない。

そうはいくかと思ってはみても、とにかく逃げ通すしかなかったのである。

その後、お佐江がどうなっているのかは、知らぬままだ。ことによっては、田之助が無理やり婚儀へと運んだかもしれぬ。後ろ盾に三番家老がいるなら、なお

さらであろう……。

とはいえ、まだはっきりしておらぬ件についてあたふたしても、しかたあるまい。幸四郎が以前、そんな台詞を吐いていたと思いだす。事実がはっきりするまで、希望は捨ててはならぬ、と。

文を見た幸四郎は、楽しそうである。ふたりの行く末を思ってのためではなさそうであった。

今日は、幸四郎ひとりで、千佳はいなかた。なんでも、堀江町にある千秋屋という料理屋を切り盛りしているというのである。

見たところ武家のようなのだが、不思議な娘である。

「不思議な娘であるな」

幸四郎が口に出したのは、千佳についてではないだろう。

「はい。どうしたものかと思いまして」

「追手の一味とも考えられる、といいたいのだな」

「はい。あの登場の仕方といい、その後の態度といい、どこか芝居がかった気がしています」

「たしかに、あの掏摸の件は眉唾《まゆつば》であるな。お夏の自作自演というわけか」

「しかし、そのあとの言動は、作為が感じられなかったのです」

「ほう。というと、どんな仕掛けをしてきたのだ」

「仕掛けではないと感じられました」

雪次郎は、突然、お夏がなにかを思いだしたのか、それともほかのきっかけがあっておかしくなったのか、わからないと説明をする。

「涙でも流さんばかりだったというのか。策ではないというのだな」

「あれは、偽《いつわ》りのない怯《おび》えではなかったか、と思いました」

ふむ、と幸四郎はうなずき、脇息《きょうそく》を引き寄せて膝をあてる。

一見、だらしない格好に見えるが、幸四郎がやるとそれも優雅《ゆうが》に見えるから不思議である。

雪次郎は、文の内容について、先日の非礼を詫びたいと記されているが、待ちあわせの場所がいかにも怪しい、と推理を働かせていた。

「なんと、葛飾の青戸村《あおとむら》とな」

「はい、あまり土地勘がない場所でございます。調べてみると、ただ畑や田んぼが広がっているばかりだとか」

「ふむ。以前は青戸御殿と呼ばれる屋敷から、御神君家康《いえやす》公や秀忠《ひでただ》公、家光《いえみつ》公などが鷹狩《たかが》りの場として活用していたくらいであるからなぁ。もっとも、御殿といっても、鎌倉のころの城跡だ」

「そうでございましたか。御殿の話はなんとなく聞いたことがあります」

「明暦《めいれき》の火事で焼け落ちてしまった千代田のお城再建のために、御殿の木材が使われてしまったと聞いておる。したがって、いまはない」

「そんな逸話があるのですか。お夏がいうには、近所に自分が以前に働いていた屋敷があり、その一室を借りることができたというのです」

「なんと不思議千万」

幸四郎が呻《うめ》くと同時に、浜吉が部屋に入ってきた。

雪次郎の姿を認めると、かすかに眉根をうごめかせて、

「こんなところにいつまでもいたら、捕まりますぞ。逃げたほうがよろしいのではあるまいか」

侍言葉で伝えると、さらに続けた。

「武蔵小城藩について、ちと調べてみた」

そうですか、と雪次郎はため息をつく。内容はだいたい予測がつく。

おおかた、章三郎が不正を働き、捕縛の網をかいくぐって逃げた……とでも探

ってきたのだろう。

とうとう、江戸から逃げなければいけなくなったらしい……。

「話がおかしいのだ。雪次郎さん、いや章三郎さん。新六郎という御仁《ごじん》を知っていますね」

「はい、弓番の実直な男です。私を捕縛に来ました」

「その御仁が切腹をさせられそうになったらしい」

「なんと……私を逃してくれたせいか」

息を呑《の》んだ雪次郎は、怒りに震える。

「だが田之助という者が命乞いをして、三番家老が助けたらしい」

雪次郎は声も出ない。敵の力はそこまで及んでしまったという意味だ。

左衛門は着々とおのれの地位を確実なものとし、最後は藩を我がものにでもするつもりだろうか。

浜吉は続ける。

「調べてみると、有沢左衛門という男は、たいして才があるとはいえぬらしい。藩乗っ取りというより、私服を肥やすだけにうつつを抜かしている……小者でしかない」

「そうですか。ですが、新六郎までが籠絡されたとなると、その力の支配下は、勘定方だけではなくなりますね……」

「ところで、ひとつだけいい話をお伝えしましょう」

真面目な面相で、浜吉は告げた。

「と、いいますと……」

「お佐江さんは心配いりません。島村章三郎さんを待っている、との話を聞きました。お佐江さんは無実を信じているという話です」

「え……それは誰から……」

「さる者からです」

「……しかし、おふたりはどんなご身分のおかたなのです。浜吉さんは町人姿でありながら武家言葉を使い、しかも、小城藩についてまるで密偵を放っていたような口ぶりです。それに青戸御殿の話など、古い幕府の話についても薀蓄《うんちく》がある……」

心底不思議そうに、雪次郎は幸四郎と浜吉を見つめる。

「なに、ただの春屋の居候《いそうろう》と、女掏摸と懇《ねんご》ろな男であるよ。ちょいとお節介なだけでな」

わはは、と大笑いする幸四郎に、雪次郎も、そうですか、としか応じようがなかった。

「そういえば、私が来たときに貫太郎がいたようでしたが、姿が見えませんね」

浜吉が周囲を見まわす。幸四郎は、知らぬ、と答えた。浜吉もそれ以上、話を広げはしなかった。

「約束の刻限が近づきました。とにかく、私は青戸村に行ってみます」

覚悟を決めた顔つきで、雪次郎が立ちあがった。

「それがいいな。お夏という娘が追手かどうか。はっきりさせる意味でも会っておいたほうがいい」

幸四郎の言葉に、雪次郎はていねいに頭をさげた。

五

葛飾、青戸村は江戸の北東にあたる。大川橋から業平橋《なりひらばし》に出て押上《おしあげ》へ。そこから亀戸《かめいど》の香取《かとり》明神を過ぎ、船で渡ったところが青戸である。

たしかに四方八方、畑ばかりで、こんな場所に御殿があったとは信じられない。

渡船からおりて、どちらに行けばいいのかと思案していると、

「雪次郎さん、来ていただいたのですね」

御高祖頭巾《おこそずきん》をかぶってはいるが、その声でお夏だと気がついた。

「はい、せっかくのご招待ですからね」

「うれしいかぎりです」

その微笑みは、大川橋のときと比較すると作為が見えた。

「待っていたのですか」

「こんな畑ばかりのところですからね。方向が狂ってしまうのではないかと思いまして」

「じつは途方に暮れていたところでした」

ほほほ、とこれも作為的な笑みを浮かべて、こちらへどうぞ、と雪次郎の先を歩きだした。

お夏は機嫌よく話しかけながら、進んだ。

やがて、木々が見えてきた。鎮守《ちんじゅ》の森のようだった。木々の隙間から屋敷の屋根がちらちらとのぞまれた。目的地に着いたらしい。

お夏は、どうぞこちらへ、と笑みを浮かべるが、その顔は前回とは異なり、引

きっているようにすら感じられ、疑惑が深まるだけである。

けっこうなお屋敷だった。敷地は、小藩の家老が済む程度の広さはあるのではないか。どんな人間の屋敷なのかそれが気になる。

たしかにここならば、働いていたといわれてもおかしくはない。もしお夏が敵だとすれば、まさに用意周到である。

顔の細い男が迎えに出てきた。頰がそげていて、病弱な印象を受けるが、目は鋭い。近所の百姓を雇った風情《ふぜい》ではない。

少しお待ちください、とお夏は一度、屋敷に入っていき、出てきた姿に雪次郎は目を疑う。

「お夏さん、その姿はいったい……」

白無垢《しろむく》に白の襷《たすき》、白鉢巻《はちまき》を巻いているのだ。

「雪次郎こと、島村章三郎……親の仇《かたき》。お覚悟を」

「な、なんの話です、それは」

覚えのない親の仇といわれ、雪次郎は混乱する。

「……それだけの覚悟で戦うという意味です」

親の仇討ちは、自分を鼓舞《こぶ》するための理由付けだったらしい。逆に考えると、雪次郎とは戦いたくないのだろう。だからこそ、そこまでのお覚悟をする必要があったのではないか。

「お夏さん、私を狙《ねら》う目的はなんです。有沢に頼まれたのですか」

「恨みはありません。ですが問答無用です」

仲間の山から見ても、お夏のその姿は意外だったらしい。目を細めて見つめている。

お夏は短刀を逆手に持ちかえて、雪次郎に突進する。

その姿から、お夏の腕がどれだけのものか、雪次郎は気がついた。上下左右に、身体がぶれないのだ。

「それだけの腕前を持っているとは……」

「お覚悟を」

雪次郎は、お夏の視線に捕らえられた。その目は哀しみを帯びていた。

しゅっ、と音を立てて、短刀が雪次郎の鼻先を滑る。

体勢を保ちながら避けたが、鋭い風切り音を数度聞くあいだに、雪次郎は足元から崩れ落ちた。

同時に、木々のなかから覆面《ふくめん》の侍たちが五人ほど、いっせいに雪次郎めがけて刀を振りあげ、突進してきたではないか。

地面に倒れこんだ雪次郎が、最期《さいご》か、と観念したとき、

「無礼者、さがれ」

大きな声が木々の間から響きわたる。

一瞬、時が止まった。大きな音は、人の行動を制限させるのだ。

出てきたのは幸四郎である。となりには浜吉が腰を低くし、敵たちと向かいあう姿勢をとっている。

ふたりの姿を見て、雪次郎は驚いた。あたかも殿さまと警護の者、そのものだったからである。番頭のときの雪次郎ならば、同じ態勢をとるだろう。

お夏は目を見開き、頬がそげた男は懐から小さな弓矢を持ちだした。携帯用の弓矢ではあるが、弦《げん》の部分を強固にして、飛ぶ距離と強さを補《おぎな》っているように見えた。

「お夏さん、おまえさんは何者だ」

こんなときでものんびりとした幸四郎の言葉遣いに不審を覚えながらも、お夏は黙《だんま》りを続ける。

「まぁ、いいだろう。それにしても、ひとりにそれだけの人数とは、おおげさで

はないか」

お夏は、はっと息を呑んだ。

「そういえば……山……これはいったい。私たちふたりだけでという話ではありませんか」

「おまえが勝手にそう思っていただけだ」

「私は騙されていたのですか」

「お類さんからの警告だ。おまえはあまりにも純ゆえに、いざとなると弱くなる懸念があると聞いていたでなぁ。念のために仲間を呼んでおいたのだ」

お夏はため息をつく。雪次郎への気持ちを考えると、お類の見立ては正しかったのかもしれない。

幸四郎の登場で足を止めた敵たちが、ふたたび動きはじめた。じりじりと輪を縮《ちぢ》めてきたのだ。

雪次郎は、お夏に視線を飛ばしながら起きあがると、

「お夏さん、やめましょう。私は敵ではないし、不正なども働いてはいません」

「そんなことは関係ないのです。これが私の真《まこと》の姿であり、私なのです」

「いまからでも遅くはありません。こちら側に……」

「仲間を裏切れと」

「正しい道へ戻りましょう、といっているのです」

「……私の正しい道は、あなたを殺す……それです」

「人を殺して、正しいはずがありませんよ」

そうだ、そうだ、という声が、幸四郎から発せられた。

「まずは、この雑魚《ざこ》どもを追い払わねばならぬなぁ。おい、山さんとやら、どうだ、こちらに寝返るというのは。堀江町にいい料理屋があるから、そこで雇ってもらえるぞ」

「やかましい……」

山は肩を怒らせて、弦を弾いた。矢は一寸あるかどうかという程度のものだが、細い鉄製であった。

「武蔵小城藩の殿は、板橋相模守《いたばしさがみのかみ》さまであろう。温厚《おんこう》な、よい殿さまではないか。家臣がこんな馬鹿な行動をとっていると知ったら……そういえば、あそこの見目《みめ》麗《うるわ》しい姫さま……なんというたかなぁ」

浜吉の顔を見ると、

「房姫《ふさひめ》さまです」

「おう、そうだそうだ。房姫が嘆《なげ》くぞ」

「なんと、相模守さまはともかくとして、房姫さまの名まで知っているとは、おまえは何者」

「なに、法恩寺橋は船宿、春屋の……居候よ」

そこで、幸四郎はふと息を抜いて、

「つくづくおまえは馬鹿だな。房姫の名を認めたところで、おまえたちの正体がばれたと気がつかぬか」

山は、あっと息を呑むと、仲間に向けて、やれ、と声をかけた。しかし、その前に動いたのは、浜吉だった。

大車輪のごとく回転しながら、あっという間に、敵の輪を崩してしまったのである。そのすばやい身の動きにも、雪次郎は感嘆《かんたん》する。

――このふたりは……どこぞの殿さまと警護か……。

やはりそう考えたほうがしっくりする。

噂で、どこぞの殿さまが江戸の町を徘徊《はいかい》していると聞いたことがある。このふたりが、その殿さまと伴の者に違いない。のんびりしながら高貴なたたずまいを見せる姿にも、うなずける。

「殿……」

試しに、呼んでみた。

うん、と幸四郎が怪訝《けげん》な目で雪次郎を見つめ、にやりとする。

「ばれたか」

「申しわけありません、おそらく……」

「それ以上はいうでない。あとが面倒だ」

は、と頭をさげた雪次郎に、浜吉が手を貸して、

「章三郎さん、こちらへ」

安全なところへと導きながら、

「あとのことは、おまかせください。有沢左衛門についても、我らから相模守さまへ、伝達がそろそろ行くころです」

「……そこまでしていただいたとは」

「雪次郎は、殿のお気に入り船頭さんですから」

真面目な目で答えた浜吉は、取って返して、山と呼ばれた男の前に進み出た。

六

すぐさま弓を引いた相手に向かって、浜吉は突進する。同時に幸四郎も動きだした。ふたりが、寸分の違いも見せずに突進する。

山の視線が泳いだ。

「それ、こっちだ、こっちだ」

幸四郎の揶揄《やゆ》が、さらに山の目線を左右に振らせた。

ほんの隙間をついて飛びこんだ浜吉の肘打《ひじう》ちが、山の顎《あご》に炸裂した。

呻きながら、山は昏倒《こんとう》する。それを見ていたお夏は、このふたりには勝てそうもない、とため息をついた。

さて、こやつらの処遇をどうするか、と幸四郎が浜吉に問うと、

「おやぁ、あのへちま顔は、貫太郎ではないか」

幸四郎が驚きの声をあげる。

「はは ぁ……貫太郎が来ていたはずだ、といった浜吉の言葉は正しかったらしい。あのとき、隠れてこちらの話を聞いていたのだな」

貫太郎は、白無垢姿のお夏を見て目を丸くする。さらに、倒れている侍たちを見て、

「なにがあったんです、これは」

「なに、あの森のなかから、野獣が出てきてなぁ。かわいそうに、その獣の餌《えさ》になるところであったらしい」

「……また、そんな嘘っぱちを」

そういって、倒れている山と、ほかの者たちをあらためる。

「死んじゃいねぇようだが……野獣の爪《つめ》にやられたとは思えませんぜ」

薄ら笑いをしながら、幸四郎と浜吉を交互に見つめる。

そのとき、お夏がいきなり腰に短刀をあてて、雪次郎にぶつかろうとした。貫太郎の十手が飛んで、短刀を落とした。

「親分、やるではないか」

その褒め言葉を無視して、貫太郎は雪次郎に目を送る。

「あんた島村章三郎さんかい」

雪次郎は、答えない。人相書きを取りだしながら、貫太郎は顔を見比べている。どこかで会ったような気がしていたが、船頭だったとはなぁ、とつぶやいた。次

にお夏を見つめて、名を問いただそうとする。

そのときであった。

幸四郎はお夏のそばまで進み出ると、そこになおれ、と告げた。

「覚悟をいたせ」

やにわに刀を抜くと、お夏の脳天めがけて切っ先が落ちた。

「なにを……するんだい」

あわてた貫太郎がお夏のそばによると、幸四郎の刀が切ったのは、脳天ではなかったらしい。お夏の髪の毛が、ばさりと切られていたのである。

「……な、なんだい。尼《あま》さんかい」

「そうだ、親分、この人は尼だ。これから尼寺に入るのだからな。捕縛など無粋なことはやめてもらいたい」

「……はは ぁ、そうですかい。まぁ、あっしはね。島村章三郎という咎人《とがにん》を探しているんでしてねぇ。尼さんになるおなごなんざに用はねぇからなぁ。それに、その女がどんな悪事を働こうとしていたのか、この目では見ていねぇから、関係ねぇな」

「親分、すばらしい」

手を打ちながら幸四郎は、さらに続ける。

「では、こちらにいるのは、船頭の雪次郎だが、親分はどう思う」

ため息をつきながら、貫太郎は雪次郎に視線を飛ばし、さらに人相書きを見ると鼻を鳴らして、

「ふん、よく似ているが、こらぁ他人の空似ってぇやつかもしれねぇ」

そういうと、鼻をほじった。

「それに、ここには黒子《ほくろ》があるが、その男にはねぇからな」

驚いて、浜吉と雪次郎が人相書きを見ると、なるほど鼻のそばに大きなほくろがあった。浜吉と雪次郎は、貫太郎が鼻をほじった意味を理解する。

雪次郎の顔は笑いと涙で、くしゃくしゃである。

浜吉は貫太郎に目を飛ばすと、おまえは馬鹿か才人かわからぬ、とつぶやいてから、

「眠っている奴らを起こしましょう。その前に、雪次郎さんとお夏さんは、どこかへ行ってください」

貫太郎が十手を振りながら、ここから去るようにとふたりをうながした。

浜吉が、山をはじめとして倒れている敵に活《かつ》を入れる。

全員、息を吹き返したころには、貫太郎も雪次郎もお夏の姿もない。起きあがった山が幸四郎を見つめて、この野郎、と毒づいた。

「おまえたち、有沢左衛門はすぐ失脚《しっきゃく》するぞ。とっと逃げたほうがよい」

やかましいと叫んだ山が、突進しようとしたその瞬間、浜吉が叫んだ。

その大音量は、そこにいた連中の動きをいっせいに止める。

「こちらのおかたをどなたと心得る……」

印籠《いんろう》を取りだすと、最後は小さいささやき声で、幸四郎の身分をばらした。

驚愕《きょうがく》する敵たちを尻目に、幸四郎は、わははは、と大声で笑いながら、

「これよ、これ。一度やってみたかったのだ」

呵々大笑する幸四郎ののんびり顔と大笑いは、小城藩密偵の肩の力を奪うには十分であった。

「早くこの場から立ち去れ。されば罪は問うまい」

しかし、山が唇から泡を吹いている。

「しまった、毒を飲んだか」

その言葉に、浜吉は顔色を変える。山が毒薬を持っているとしたら、お夏も同じであろう。幸四郎と目が合った瞬間、駆けだしていた。

しばらく進んでいくと、

「しまった、遅かったか……」

お夏は、雪次郎の膝の上で、青息吐息《あおいきといき》である。

浜吉は、すぐさま雪次郎からお夏の身体を引きはがし、口のなかに手を突っこんだ。

「吐け、吐くのだ。まだ飲んだ矢先なら間に合う。親分、どこぞから水を」

あわてて貫太郎は、すぐそばにあった井戸から大量の水を汲《く》んで、浜吉に手渡した。浜吉はその水をお夏の口に流しこみ、親分、手を貸してくれ、といってお夏を抱き起こした。

「眠るんじゃない。起きているんだ、目を開けろ」

貫太郎と一緒になって肩を貸し、その場をぐるぐる歩きまわらせる。その合間に水を飲ませ、胃のなかを空っぽにさせた。

何度も水を流しこみ、吐かせ続ける。

そんなことを繰り返していると、ようやくお夏の目が開いた。

「雪次郎さん」

肩を貸していたふたりは、雪次郎と交替する。雪次郎にしなだれかかったお夏

は、虫の息をしながら、

「雪次郎さん、私と一緒に逃げてください」

「………」

「無理ですね。お佐江さんという許嫁がいるんですものね」

「お夏さん、あんたのことは忘れない」

「いいんです、忘れてください。でなければ私がみじめですから」

そこまでいうと、お夏は気を失った。

七

あれから、半月が過ぎた。

幸四郎のいうように、有沢は失脚し腹を切った。左衛門につながっていた勘定方の今坂田之助は閉門《へいもん》を申しつけられている。不正を見つけた尾上佐七郎は、相模守より特別なはからいを受け、勘定方米番の筆頭に就《つ》いたらしい。

島村章三郎は、相模守によって呼び戻され、家老として腕を振るように命を受け、お佐江との婚儀も進んでいると聞いた。

毒魔から立ちなおったお夏は、尼さん姿で湯島の高台に立っている。そこからは、江戸の町並を見渡すことができた。

影が伸びはじめていた。

お夏は、夏も終わり、とつぶやいた。

「そう……私の短い夏も終わった……」

幼きころから女刺客になるための修行に明け暮れていた。

汗をかき、泥水を飲み、野原を走り、川底を泳ぎ……それらの日々は、季節でいえば夏であった。

そして、その季節はいま終わった。いつ終わるのか、むしろ終わりなどないのではと思っていたが、じつのところ、夏は短かった……。

酉《とり》の下刻になろうとしている。

空が赤い。お夏は、夕日を眺めながらふたたびつぶやいた。

「短い夏に、さようなら……今度の夏は、もっと楽しい季節にしよう……さよならだけが人生……新しい暮らしについては……明日、また考えよう……」

夕日を浴びる法恩寺橋を渡る貫太郎に、浜吉が追いつき横に並んだ。

春屋にいる幸四郎たちへ、その後の経過を伝えにきていたのだった。それによると、島村章三郎の件は忘れろ、というお達しだったらしい。

横から、浜吉は話しかける。

「親分、今回はいろいろ粋なはからいであったなぁ」

「ふん」

「鼻ほじりは傑作だった」

「ち……」

「どうだい、これから一杯」

「いいな」

「ふふ、これからまた、親分との新しい絆《きずな》ができそうだが、どうだい」

「絆だと、ちゃんちゃらおかしいぜ」

「そうかな、いいではないか」

「だったら……おりんを返せ」

わははは、と幸四郎のような笑いが、浜吉の口から漏れている。

夕日の横には、出はじめの白い月がぽっかり浮かんでいた。

コスミック・時代文庫

殿《との》さま浪人《ろうにん》 幸四郎《こうしろう》
刺客の夏

【著 者】
聖 龍人

【発行者】
杉原葉子

【発 行】
株式会社コスミック出版
〒154-0002 東京都世田谷区下馬 6-15-4
代表 TEL.03(5432)7081
営業 TEL.03(5432)7084
FAX.03(5432)7088
編集 TEL.03(5432)7086
FAX.03(5432)7090

【ホームページ】
http://www.cosmicpub.com/

【振替口座】
00110-8-611382

【印刷／製本】
中央精版印刷株式会社

ISBN978-4-7747-6282-1 C0193

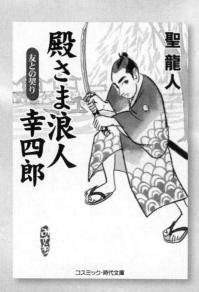